やり直し令嬢は竜帝陛下を攻略中2

永瀬さらさ

22363

角川ビーンズ文庫

c o n t e n t s

キャラクター紹介
ラーヴェ
竜神。
魔力が強い者でないと
姿を見られない
ジル・サーヴェル
クレイトス王国サーヴェル辺
境伯の令嬢。
16歳から10歳に時間を逆行
ハディス・テオス
・ラーヴェ
ラーヴェ帝国の若き皇帝。
竜神ラーヴェの生まれ変わ
りで“竜帝”とよばれる
やり直し令嬢は竜帝陛下を攻略中
2

ジェラルド・デア・クレイトス

クレイトス王国の王太子。
本来の時間軸では、ジルの婚約者だった

フェイリス・デア・クレイトス

クレイトス王国第一王女。
ジェラルドの妹

エリンツィア・テオス・ラーヴェ

ラーヴェ帝国第一皇女。ハディスの異母姉。
ノイトラール領の竜騎士団長を務める

リステアード・テオス・ラーヴェ

ラーヴェ帝国第二皇子。
ハディスの異母兄

カミラ（本名はカミロ）

竜妃の騎士。弓の名手

ジーク

竜妃の騎士。大剣を使う

～プラティ大陸の伝説～

愛と大地の女神・クレイトスと、理《ことわり》と天空の竜神・ラーヴェが、それぞれ加護をさずけた大地。女神の力をわけ与えられたクレイトス王国と、竜神の力をわけ与えられたラーヴェ帝国は、長きにわたる争いを続けていた——

本文イラスト／藤未都也

序章

剣先《けんさき》を首元に突《つ》きつけられた女性指揮官は、戦場に現れた十二歳のジルに驚《おどろ》きの表情を隠《かく》さなかった。

「まさか、君が指揮官なのか？」

「はい。あなたはエリンツィア・テオス・ラーヴェ皇女殿下《でんか》で間違《まちが》いありませんか」

「……ああ、そうだ。君は？」

「ジル・サーヴェル。この隊の指揮官です」

「サーヴェル家のご令嬢《れいじょう》か。確か、ジェラルド王太子の婚約者《こんやく》だったかな。……なるほど、そういうことか」

何かを噛《か》みしめるように敵国の女性指揮官がまぶたを閉じる。

抵抗《ていこう》する気配はなかった。だがせかされるように、ジルは話を進める。

「あなたを捕虜《ほりょ》にします。命の保証はしますので、兵に降伏《こうふく》を呼びかけてください。援軍《えんぐん》は期待しないことです」

ジェラルドがジルに託《たく》してくれた作戦はうまくいった。エリンツィア皇女の部隊は誘《さそ》い出され、既《すで》に孤立《こりつ》している。いかに勇猛果敢《ゆうもうかかん》で知られた第一皇女の竜騎士《りゅうきし》団といえども、対空用の魔法陣《まほうじん》に囲まれてしまっては、ただの的になるだけだ。戦えば全滅《ぜんめつ》必至だろう。

「ジェラルド王太子殿下は、むやみに命を奪《うば》うなと仰《おお》せです」

「……そうか。そうだろうな。ヴィッセルがそう手を回してくれたんだろう。はは、ありがたいことだ。あいつの策にのって、結局――私は」

「敵襲《てきしゅう》！　敵襲――!!」

突然《とつぜん》の警笛と一緒《いっしょ》に、ラキア山脈から放たれた魔力が、十字に山をなぎ払《はら》っていった。悲鳴と怒号《どごう》があがる。

(部隊が分断された⁉　どこから)

国境の向こうから伝わる巨大《きょだい》な魔力に、びりっと肌《はだ》が粟立《あわだ》つ。答えを部下が叫《さけ》んだ。

「ラキア山頂に、深紅《しんく》の軍旗！　ラーヴェ皇帝《こうてい》軍です！」

「ハディス・テオス・ラーヴェか！　まさか、ラキア山脈を越《こ》えてきたのか⁉」

噂《うわさ》に聞くラーヴェ皇帝の直属軍だ。エリンツィアを助けにきたに違《ちが》いない。

「ジル、エリンツィア皇女だけでもつれて撤退《てったい》しよう。かなう相手じゃない」

冷静な副官の言葉にジルは思わず食いつく。

「戦いもせずに逃《に》げるのか⁉」

「今の一撃《いちげき》で対空用の魔法陣は使い物にならない。兵力も分断された。指揮系統の混乱はさけられないよ。……この季節にラキア山脈を越えて進軍してくるなんて、信じがたい暴挙だ。完全に裏をかかれた。こちらの手の内も読まれていると見て間違いない」

「まさか。ジェラルド様の策が読まれていたなんて、そんな」

「そのジェラルド王太子殿下を敗退させた相手だよ、あのラーヴェ皇帝は。正気を疑いたいところだけど、味方も欺《あざむ》いて準備してきたとみたほうがいい。援軍はないはずだったんだ」

笑ってみせようとしたが、援軍の姿に呆然《ぼうぜん》としているエリンツィアの顔が副官の分析《ぶんせき》を裏付けていた。副官はついっと鋭《するど》い目をラキア山脈へと向ける。

「ノイトラール竜騎士団を撃破《げきは》し、指揮官の皇女を捕虜にした。初陣《ういじん》の成果としては十分だろう。ここで皇女を取り戻《もど》されたうえ、退路まで断《た》たれたら目も当てられない」

「……わかった。撤退する！　各自、伝令を！　報告は密にせよ！」

「──私を、助けに、きたのか。ハディス」

エリンツィアがつぶやいたあと、笑い出した。思わずジルは剣《けん》を握《にぎ》る手に力をこめる。

「残念ですが、あなたはこのまま連れて行きます」

「お前の策をしりぞけ、ヴィッセルの策にのって醜態《しゅうたい》をさらした私を。──いや違うか、お前は……そうか、最初から疑っていたのか。知ってたんだな。こうなることを」

エリンツィアがふらりと立ちあがった。顔には、泣き出しそうな笑み《え》が浮《う》かんでいる。

「馬鹿《ばか》な子だ。捨て置けばいいものを。味方にも敵にもなれない、情けない異母姉《いぼし》など」

「動かないでください。抵抗するなら──ッ！」

いきなり下から衝撃《しょうげき》がきて、剣が弾《はじ》き飛ばされた。

（隠し武器!?）

油断していたわけではない。だがこの状況で笑《じょうきょう》いやまないエリンツィアに気圧《けお》されていたのだろう。部下の弓先が、剣が、エリンツィアに向く。

「逃がすわけにはいかないのよ皇女サマ！　ジーク！」

「おうよ！」

「待て、カミラ、ジーク！」

ジルから距離《きょり》を取ったエリンツィアは、隠し持っていた短剣《たんけん》をジルたちではなく、自らの喉《のど》元《もと》に向けた。

「何を、皇女殿下！」

「せめて、お前の負担にはならないでおこう。このまま私が囚《とら》われたら、きっとお前は助けにくるんだろうから。知っていたよ、お前は優《やさ》しい子だった。それを私達は保身のために呪《のろ》われている、化け物と拒《こば》んで……私達のほうがよっぽど、人間という呪われた化け物だ」

「カミラ、射ろ！　止めるんだ！」

副官の命令が響《ひび》くと同時に、弓矢がエリンツィアの肩《かた》を、足を射貫《いぬ》く。だが皇女は笑ったまま歯を食いしばり、立っていた。まるで命を握りしめるように、自らの首に突きつけた短剣を手放さない。

「すまなかった。不出来な姉で」

「……やめて、ください。皇女殿下。わたしたちは、あなたの命を奪う気などない！」

「お前の味方になってやれなくて、すまなかった。せめてこれから先、お前の敵にはならないよ、ハディス。それが精一杯《せいいっぱい》の、私の謝罪だ」

笑ってエリンツィアが自らの首を短剣で貫いた。広がった灰銀の髪《かみ》が血で染まり、黒の瞳《ひとみ》から光が消えていく。

呆然とジルはそれを見ていた。

敵でも、無駄《むだ》に命を奪わずにすむはずの戦場だった。最小限の犠牲《ぎせい》で、終わるはずだった。

そんなものはないのだと思い知らされた初陣の記憶《きおく》だ。

追撃《ついげき》してこなかったハディスは、助けにきた異母姉の戦死をどう思っただろう。

（たぶん、悲しんだんだろう）

それとも笑い、なかったことにして、突き進んだのだろうか。

伸《の》ばし始めた髪から血のにおいが落ちなかったことまで鮮明《せんめい》に覚えているけれど、その問いを口にすることはできない。答えも聞けない。

――それは、今から二年ほど先の話。

十六歳から十歳に時間を逆行した今のジルにとって、過去ではなく未来の話だからだ。

（クレイトス王国とラーヴェ帝国《ていこく》の開戦をさければ、あの未来も変わるかもしれないのか）

ラーヴェ帝国の空を見あげながら不思議に思う。どうして自分はここにいるのだろう。時間も国境すらも越えて――。

「ああ、いいキャベツだ。こんなに青々して！　今日はこれを使おう」

そう、本当に自分は何をしているのだろう。

「やっぱり野菜は取れたてが一番だ。種をまいておいてよかった。このままいい天気が続いてくれれば、きっと大きく育つぞ。楽しみだ――ぐはっ!?」

我慢《がまん》できずに、ついうっかり夫の背中を蹴飛《けと》ばしてしまった。

「なんで！　呑気《のんき》にキャベツを育ててるんですか、陛下!?」

「なんでって言われても、帝都《ていと》に入れないんだからしょうがないじゃないか」

キャベツをかばって顔面から畑に沈《しず》んだハディスが、怒りもせずに振《ふ》り返る。

ハディス・テオス・ラーヴェ――敵国の皇帝であり、最大の敵であったはずの人物だ。

何の因果か今はジルの夫で、エプロンに軍手をはめて農作業中だ。なお、現在も間違いなくラーヴェ帝国の皇帝であると付け加えておく。

そう、皇帝だ。皇帝なのに、である。

「キャベツ作ってる場合じゃないでしょう!?」

「大丈夫《だいじょうぶ》だ。他《ほか》の野菜もちゃんと育ってる。苺《いちご》ももうそろそろ」

「そうじゃないです！　そうじゃなくて、今の事態をもっと考えて」

「考えてもしかたないじゃないか。今日の晩ご飯はポトフだよ」

「えっポトフ……」

「大きな塩豚《ぶた》が手に入ったから、大きめに切って煮込《にこ》もう。とろとろになるよ」

「とろとろ……」

食欲に弱いジルの脳裏《のうり》に、湯気があがったほくほくの豚肉のポトフが浮かぶ。ハディスは料理が得意だ。ごろごろした豚肉は脂《あぶら》がのってきっとおいしいにちがいない――と唾《つば》を飲みこんでからはっと気づいた。

「そうじゃなくてですね、陛下」

「じゃがいももいい感じに育ったな。この地方はラーヴェ帝国でもあったかいからね。気候も春めいてきてるし、助かったよ」

「もう！　聞いてますか、陛下⁉　わたしたちお尋《たず》ね者なんですよ！　しかも魔力もろくに使えない状態なのに、呑気に畑仕事してる場合じゃ――」

「おーい、陛下に隊長。帰ったぞー。見ろ、川魚が大漁大漁」

「見て見てジルちゃーん、この大きな鳥！　アタシが仕留めたのよ」

壊《こわ》れかけた石壁《いしかべ》の向こうから帰ってきた部下の声に、ハディスが笑顔で立ちあがる。

「鳥は保存がきくように加工しよう。魚のほうは新鮮《しんせん》なうちに塩を振って焼こうか」

「お、いいね。いやーここ川もあるし、山に獣《けもの》は住んでるしで狩《か》りのしがいがあるぜ」

「ほんと、一時はどうなるかと思ったけど、いい感じよね」

うんうん頷《うなず》き合っている部下にジルは拳《こぶし》を震《ふる》わせて叫ぶ。

「ジークとカミラまでこの生活に馴染《なじ》んでどうするんですか⁉」

青空に響く叫びに驚《おどろ》いて、コケッコーとジルが飼っている鶏《にわとり》っぽいヒヨコが鳴いた。

第一章 ⚜ スローライフ偽帝騒乱

水上都市ベイルブルグの雲一つない青空を旋回《せんかい》する影《かげ》に、ジルは両眼を大きく見開く。長い胴体《どうたい》に、大きな翼《つばさ》。きらきら輝《かがや》く堅牢《けんろう》そうな緑の鱗《うろこ》。ジルの身長ほどある脚《あし》なのに、音も立てずに、水上都市ベイルブルグの城の前庭へ優雅《ゆうが》に舞《ま》い降りる。

「竜《りゅう》……陛下、竜です！ なんで⁉」

一列に並んだ三頭の竜に感動しつつ、竜がおりてくる理由がわからずに、ジルは隣《となり》に立っているすらりとした長身の夫――ハディスを見あげる。

ハディスは綺麗《きれい》な金色の目をまたたいて、不思議そうな顔をした。

「なんでって、帝都からの迎《むか》えだよ。人間の迎えはいらないから、皇族用に飼ってる竜をよこしてくれって兄上に頼《たの》んでおいたんだ」

「迎え⁉ じゃ、じゃあこれに乗るんですか⁉ 馬とか、馬車じゃなくて⁉」

「ああ……そうか、クレイトスなら移動に竜を使わないか。竜が産まれないんだから」

ひとりごちるハディスに、ジルはこくこくと頷く。

このプラティ大陸には、霊峰《れいほう》ラキア山脈をはさんで東西にふたつの大きな国がある。

ひとつは、ジルの故国であるクレイトス王国。愛と大地の女神《めがみ》クレイトスの加護を受け、女神の眷属《けんぞく》であるクレイトス王族がおさめる国だ。

もうひとつがジルが今いるここ、ラーヴェ帝国。理《ことわり》と天空の竜神ラーヴェの加護を受け、竜神の眷属であるラーヴェ皇族がおさめる国だ。

「わ、わた、わたし、こんなに近くで初めて見ました……！」

戦場で竜の吐《は》く炎《ほのお》をかいくぐり、頭部をぶん殴《なぐ》って撃墜《げきつい》したことはあるが、あれは『近くで見た』うちに入れてはいけないだろう。

感動して両手を組むジルに、ハディスが苦笑いを浮《う》かべる。

「怖《こわ》くはない？」

「全然！　わたし、竜に乗るの夢だったので！　飼いたかったくらいです！　でも、竜は魔力《まりょく》を嫌《きら》うって……」

「正確には女神クレイトスの魔力を嫌《きら》ってんだよなぁ」

するっとハディスの肩あたりから顔を出したのは、蛇《へび》のような肢体《したい》に小さな翼を持つ不思議な生き物、竜神ラーヴェ——たぶん、生き物だ。

ハディスが端整《たんせい》な眉《まゆ》をよせて、声をひそめる。

「ラーヴェ。今は僕の中にいろ、人目がある」

「竜には姿を見せておかなきゃ示しがつかねーだろ、竜神ラーヴェ様だぞ、俺は」

「竜にはラーヴェ様の姿が見えるんですか？」

帝都への移動準備のため、周囲は竜の背に鞍《くら》を載《の》せたり荷を積ませたりと人が慌《あわ》ただしく動き回っている。こちらを注目している様子はないが、竜神であるラーヴェは魔力の強い人間にしか姿も声も見聞きできない。

声量を落として問いかけたジルに、ラーヴェもつられたように声を小さくした。

「そりゃ、竜だからな。っていうか人間だけなんだよ、俺の姿が見えないのは」

「そうなんですか？　じゃあ、ソテーにもラーヴェ様が見えてる？」

ジルが背中に背負っているリュックに入っている荷物はふたつ。

ハディスから「僕だと思って」といささか重い台詞《せりふ》と一緒《いっしょ》に贈《おく》られた手縫《てぬ》い加工されたくまのぬいぐるみと、ハディスから許しをもらって飼い始めたヒヨコだ。前者はハディスぐま、後者はソテーと名づけられている。どちらも名前を聞くたびに周囲が顔を引きつらせるが、ジルは気にしていない。

ジルの声に反応してジャンプ力が増してきたソテーがリュックの隙間《すきま》から顔を出し、ぴよっと応じた。まさか返事をしたのだろうか。笑ってラーヴェが答える。

「見えてるよなー。――って突《つつ》くな、痛いだろうがこのヒヨコ！　ハディスにソテーにされたいのか⁉」

「ピヨー！」

「ソテー、くま陛下といい子にしててください。あのでも、女神クレイトスの魔力を嫌うってことは、わたしは……」

愛と大地の女神クレイトスの加護により、クレイトス出身の人間は大なり小なり魔力を持って生まれるのが普通《ふつう》だ。クレイトスに生まれ、膨大《ぼうだい》な魔力を持つジルは、竜が嫌う筆頭の存在ではないのだろうか。

不安になったジルを、突然《とつぜん》ハディスが抱《だ》きあげた。どこもかしこも綺麗な造りをしているハディスの顔がいきなり間近にきて、ジルは息を呑《の》む。こうして抱きあげられるのはしょっちゅうなのだが、長い睫《まつげ》だとか、吸い込まれそうなほど深い金色の瞳《ひとみ》だとか、名前を呼ぶ薄《うす》い唇《くちびる》の形だとか、何度見ても慣れない。

「大丈夫、君は竜帝《りゅうてい》である僕のお嫁《よめ》さん。竜神に祝福を受けた竜妃《りゅうひ》だよ。その証《あかし》の金の指輪だって持ってるんだから、竜もわかってる」

「えっじゃあ、乗れますか!?」

「ハディスと一緒なら、まあ問題なく乗せてくれるだろ。嫌うって言っても、一般《いっぱん》的にそういう傾向《けいこう》があるって話で、無理矢理乗れねーわけでもないしな。ただ竜が承諾《しょうだく》してねえと乗り手を守らねーから、高度上げれば高山病にかかるし制御《せいぎょ》もきかねえけど」

ひとりで乗るのはやっぱり難しいのか。少しだけがっかりしたが、乗れるほうの喜びが勝って、ジルはハディスの頭に抱きつく。

「乗ります！　乗せてください、陛下！　早く早く、空を飛べるんですよ！」

「わ、わかったわかった。君、魔力でそこそこ空を飛べるだろうに、なんでそこまで」

「竜で飛ぶのとはまた別です！」

わかった、ともう一度答えたハディスが一歩進むと、背後から声がかかった。

「ジルちゃーん。用意できたわよ……って竜⁉ まさか竜で移動なの⁉ アタシ乗ったことないわよ！」

真っ青になったカミラは、竜妃であるジルの騎士《きし》だ。当然、竜に乗ってジルについてくることになる。そのうしろで、同じく竜妃の騎士であるジークも、気難しそうな顔をさらにしかめていた。

「マジかよ……そうか、お偉《えら》いさんはそうだよな、竜だよな……マジか……」

「だ、大丈夫《だいじょうぶ》ですよ。竜は優《やさ》しい生き物ですから」

見送りに出てきたスフィアが、なだめるように言っている。スフィアはジルの家庭教師なのだが、ベイル侯爵《こうしゃく》代行でもある。今回は一緒に移動するのではなく、ジルたちが落ち着いてから帝都《ていと》に迎える予定になっていた。

「スフィア様は乗ったこと、あるんですか？」

「……ちょ、ちょっとだけ、乗せてもらったことがあります……」

気恥《きは》ずかしそうに言うスフィアに、周囲が目を丸くした。ハディスが笑う。

「スフィア嬢《じょう》は竜に好かれやすい体質だと思ってたけど、それはすごいな」

「ベイル侯爵家は何代か前に皇女様が降嫁《こうか》されてきたことがありますから、私もその恩恵《おんけい》を受けたんだと思います。竜の皆様《みなさま》は、ラーヴェ皇族の味方ですから」

「でも、竜に好かれるかどうかは、結局は個人差だ。ラーヴェ皇族だって蛇蝎《だかつ》のごとく嫌われた人物もいたらしいよ」

ハディスと談笑《だんしょう》しているスフィアはどこからどう見てもか弱い侯爵令嬢だ。そんな女性が乗れるのに、怖くて乗れないというのは矜持《きょうじ》が許さないのだろう。カミラとジークの覚悟《かくご》と苦悩《くのう》をまぜた複雑な顔がおかしくて、ジルは忍《しの》び笑いをする。

そしてジルの笑い声は、ハディスに腰《こし》を抱かれて鞍に乗り、竜の体が浮かび上がったとき、歓声《かんせい》に変わった。

「浮きます、浮いてます陛下！」

「君、ほんと怖い物知らずだな……こら、立とうとしない」

周囲をよく見ようと身を乗り出そうとしたら、腹のあたりに腕《うで》を回されて引きよせられた。

「僕から離《はな》れないこと。はしゃぎすぎて落ちたら大変だ」

たまに大人びるハディスに、つい恥ずかしくなって下を向く。そうすると眼下に、見送る人々の顔が見えた。

手を振《ふ》るスフィアが、城門から敬礼を返す近衛《このえ》兵のミハリたちが、一ヶ月ほどすごしたベイルブルグの城が、小さくなっていく。海に囲まれているベイルブルグは、きらきら青く輝いて見えた。方向転換《てんかん》のために旋回すると、街から歓声と花吹雪《はなふぶき》が舞いあがる。軍港の城壁《じょうへき》からは隊長に任命されたヒューゴたち北方師団が、雑な敬礼をしていた。

皆《みな》、女神の襲撃《しゅうげき》からベイルブルグを守ったジルとハディスを見送ってくれているのだ。

「守れてよかったですね、陛下」

「うん」

同じものを見ているハディスの答えは短い。でも、その目がジルがくすぐったくなるほど優しく細められていた。ハディスの肩《かた》にいるラーヴェも誇《ほこ》らしげだ。だが照れくさいのか、すぐにふんとそっぽを向いた。

「これからだろ。さあ、我らが帝都、天空都市ラーエルムへ帰還《きかん》だ！」

ハディスが手綱《たづな》をとると、ぐん、と高度が増した。きゃあっとジルが歓声をあげる背後で、ぎゃああああとカミラとジークの悲鳴があがる。

「何⁉　まだ高くなるの、いやああああ死ぬ、いやー！」

「叫《さけ》ぶな暴れるな、うるせー！」

「あの、カミラとジークは……」

「大丈夫だ、ちゃんと竜《りゅう》は僕の言うことを聞く。鞍にくくりつけといたし、落ちても竜が拾いにいくよ」

「竜って賢《かしこ》いんですね！」

感動するジルのうしろから「落ちるってなんだ⁉」とか「気絶したいぃ」とか色々聞こえるが、ハディスも竜も無視だ。竜の調子が出てきたのか機嫌《きげん》がよくなったのか、どんどん高度も速度もあがり、山も川もあっという間に越《こ》えていく。

「すごいすごい、陛下！　速いです、すぐ着いちゃうんじゃないですか⁉」

「さすがにそれは無理だよ。竜だって何時間も飛べるわけじゃない。ベイルブルグからラーエルムまで、ラーヴェ帝国《ていこく》を東西に横断するようなものだから、慣れていても二日はかかる。う

しろのふたりのこともあるし、休憩《きゅうけい》を入れて三日ってところかな」

「三日も乗れるなんて嬉《うれ》しいです！」

「だって。じゃあサービスしないとな？」

いたずらっぽく笑ったハディスの意をくんだのか、突然雲の中をつっきった竜がぐるんと一回転した。夢みたいだ。歓声をあげて、ジルははしゃぐ。

「楽しい？」

「すごく！　それに竜に乗ってる陛下、すごくかっこいいです！」

間近にいるハディスは、かつて敵として相見《あいまみ》えたどの竜騎士《りゅうきし》よりも見事な綱《つな》さばきで竜を操《あやつ》っている。興奮のまま素直《すなお》に告げたジルに、ハディスのほうが頰《ほお》を染めて視線を泳がせる。

「そ、そう？」

「はい！　ずっとこうしてたいくらい！　――あ、でも陛下、無理しちゃだめですよ」

竜神ラーヴェの生まれ変わり、器《うつわ》だというハディスは、その身に宿す魔力《まりょく》が強すぎて体が弱い。ついでに心も弱い。

ちょっとしたことで動悸《どうき》息切れを起こすし、油断するとすぐ倒《たお》れるのだ。それを知っているジルは、ハディスの顔色を確かめるように上を見る。

するとジルの髪《かみ》に顔を埋《うず》めるようにして、ハディスが背後から抱きついてきた。

「大丈夫。喜んでる君を見ると、元気をもらえるから」

「そ、そうですか？」

「うん」

風も何もかも心地《ここち》いいはずなのに、居心地が悪くなってジルは身じろぎする。なお、うしろから悲鳴は聞こえなくなっていたので、気絶したのだろう。実際、休憩で地上におりたとき、ジークとカミラはふたりそろって鞍《くら》の上でのびていた。

きゃあきゃあジルを喜ばせながら、竜での空の旅は一日目も二日目も、穏《おだ》やかに続いた。

「へえ、君は七人きょうだいの真ん中なのか」

「はい、上に姉がふたり、兄がひとり。下に双子《ふたご》の弟がふたり、妹がひとりいます」

憧《あこが》れの竜に乗れたのは嬉しいが、何よりも楽しかったのは、ハディスとふたりきりでたくさん話せることだった。

ベイルブルグでも時間はあったが、就寝《しゅうしん》時以外はまず誰《だれ》かがいたし、ラーヴェもいた。だがラーヴェはジークとカミラをのせた竜を気にかけていて、飛行中は離れる時間がある。ひょっとしたら、ふたりきりになれるよう気遣《きづか》ってくれたのかもしれない。

「陛下は？」

空の上という環境《かんきょう》が開放感をもたらすのだろう。聞いてしまってから、我に返る。ハディスは御多分《ごたぶん》にもれず、家族仲がよくない――というか、権力争いをしているはずだ。

だがハディスは気にした様子はなく、竜を飛ばしながら答える。

「今は君と同じだ。上は異母姉《いぼし》がひとり、ヴィッセル兄上と、僕と同い年の異母兄《いぼけい》。あとは下に異母妹《いぼまい》がふたり、異母弟《いぼてい》がひとり。昔はもっといたけど」

「……女神《めがみ》のせいで、大勢亡《な》くなったんですよね」

「そう、七人か、それ以上だったかな。全員、僕の呪《のろ》いで死んだってことになってる」

あっけらかんと言うハディスに、ジルは唇《くちびる》を引き結ぶ。

(大半は、女神の嫌《いや》がらせだろうが——ひょっとしたら、中には呪いをいいことに陛下のせいにした陰謀《いんぼう》もあるんだろうな)

国の中枢《ちゅうすう》とはそういうところである。

女神に時間を巻き戻《もど》される前、クレイトス王国の王太子の婚約者《こんやく》だったジルは、その手の話はいやというほど見ている。ただ、クレイトス王国は兄妹《きょうだい》の仲はよかった。よすぎてジルは婚約破棄《はき》から冤罪《えんざい》の処刑《しょけい》にまで至ったわけだが。

(思い出すのやめよう。それより、陛下だ)

ジルが知る未来では、ハディスはこれから異母兄弟や実兄ヴィッセルを含《ふく》むラーヴェ皇族を反乱や内乱で次々処刑してまわる。信頼《しんらい》する実兄と通じたクレイトス王国と開戦し、度重《たびかさ》なる裏切りに疲《つか》れ果てて、非道の残虐帝《ざんぎゃくてい》に成り果てるのだ。

今、ジルの体を支えてくれるこの手も腕も背中も、こんなに優しくて温かいのに。

「僕は嫌《きら》われているから、君にも嫌がらせが向かうかもしれないけど——」

「わたしが守ってあげますからね、陛下！」

気合いを入れ直したジルに、ハディスがぱちくりとまばたいた。

ジルがハディスに求婚したのは、破綻《はたん》するとわかっているジェラルド王太子との婚約から逃《に》げるためだった。だが人生をやり直すにあたって、強いくせに可哀想《かわいそう》なこの男をしあわせにすると決めた。クレイトスとの開戦も回避して、今度こそ恋を成就させるのだ。

十歳と十九歳という年の差だとか、実はハディスが女神クレイトスに付け狙《ねら》われていてハディスの花嫁《はなよめ》になるということはすなわち女神を斃《たお》すことだとか、色々問題は山積みだが。

「全部折りますので！」

「う、うん？　折るって――うん、そうだな、君、女神、ばきって折ったな……」

「まかせてください！　また折りますから！」

「お、折るのは女神だけにしておいたほうがよくないかな？　ほら、ヴィッセル兄上とか優《やさ》しいし……君とのことを応援《おうえん》してくれるかは、わからないけど……」

ハディスは実兄であるヴィッセルがいちばんの裏切り者だと、まだ知らない。

だから、ジルはにっこり笑う。

「陛下の味方は折りません」

敵なら折るが、という言葉を隠《かく》しておいた。

(それに確か、陛下に真っ先に刃向《はむ》かうのは、陛下のきょうだいじゃなくて――)

「おい、もうそろそろラーエルムが見えるぞ」

横に追いついてきたラーヴェの声に、ジルは正面に目を凝《こ》らした。なお、ラーヴェのうしろについている二頭の竜には、やっと気絶しなくなったジークとカミラがそれぞれ鞍にしがみついている。

海から流れ込む川でなだらかな平原が一度途切《とぎ》れ、今度は急な斜面《しゃめん》に変わる。高木が並ぶ森が少しずつ消えていき、雲が流れる緑の高原が現れた。

高度のせいだろうか。空気が変わった。クレイトス王国の王都にも感じた、静謐《せいひつ》さと神聖さだ。神の加護を一身に受けているような。

やがて、雲が霧《きり》のように晴れて、天の頂に広がる都市が見えた。

「あれが、帝都《ていと》ラーエルム……」

ラーヴェ帝国の中枢。ラーヴェ帝国の最北部に位置するその都市は、高度もあって、空気が少し冷たい。

だが、青空にそびえ立つ帝都は、天空都市と呼ばれるにふさわしい威厳《いげん》を兼《か》ね備《そな》えていた。雲が流れる高原と都市を仕切る城壁《じょうへき》は断崖絶壁《だんがいぜっぺき》まで続いており、竜でも使わなければとても跳《と》び越《こ》えられない高さだ。

その壁《かべ》の向こう、斜《なな》め上から見おろす街並みは、整然として美しかった。白い歩道に中央に向かっていくつも伸《の》びる階段。色鮮《いろあざ》やかな屋根と煙突《えんとつ》から、煙《けむり》がいくつもあがっている。街の真ん中には、鐘楼《しょうろう》がついた時計台がある。そのうしろ、さらに高い位置には、三つの尖塔《せんとう》を持つ白亜《はくあ》の城が天高く鎮座《ちんざ》していた。

「あれが、……陛下のお城ですか」

「うん」

城壁へ向かう高原の道と平行に飛びながら、ハディスが頷《うなず》く。その声は緊張《きんちょう》しているようにも聞こえた。

少なくとも今、あの街も城もハディスにとって居心地のいい家ではない。戦場だ。

ぎゅっとジルは、竜を操る綱を握《にぎ》るハディスの手に、手を重ねる。何も言わず、ハディスがジルの小さな手にさらに手を重ねる――そのとき、正面で何か光った。

「!? 陛下、城壁の上……魔術障壁《まじゅつしょうへき》じゃないですか!?」

「ジル、口をとじて!」

クレイトスの城壁にもある魔力の仕掛《しか》けだ。外壁の敵を討《う》つためのものである。

城壁の上に幾何《きか》学模様をにじませた透明《とうめい》な壁が浮《う》かびあがり、そのまま一直線に光線がいくつも放たれた。凝縮《ぎょうしゅく》した魔力の熱線を紙一重《かみひとえ》でかわし、上空に旋回《せんかい》しながらよけて逃げる。

「何だ、なんで攻撃《こうげき》されてるんだ!?」

「ラーヴェ、そのふたりと竜《りゅう》を安全なところへ! 狙いは僕だ!」

「なんでよ、陛下ってばそんなんでも皇帝《こうてい》でしょ!?」

「陛下、わたし行きます! 陛下もジークたちと安全なところへ!」

「ジル!」

ハディスが慌《あわ》てる声が聞こえたが、逃げ回っても埒《らち》があかない。鞍を蹴《け》ったジルは、飛んでくる光線をよけて障壁へ向かってまっすぐ飛ぶ。ハディスの言うとおり、狙いはハディスらしい。正確にはハディスの乗っている竜だろうか。

(帝都から皇帝の迎《むか》えによこされた竜。そういうことか!)

敵だと識別する印でもしかけてあるのだろう。いずれにせよ術者の気配は感じない。あの障壁から放たれる光線は、自動でハディスの乗る竜を狙っている。その証拠《しょうこ》に、まっすぐ向かってくるジルには攻撃してこない。

腰《こし》にさげておいた短剣《たんけん》を抜《ぬ》き、その切っ先に魔力を集中させて、障壁に突《つ》き刺《さ》す。手応《てごた》えがあった。ふやけるように、障壁がほどかれていく。

ほっとしたその瞬間《しゅんかん》、ざわっと背筋が粟立《あわだ》った。上だ。

「ジル！」

よけようとしたが、一歩遅《おそ》かった。ふせごうとした剣がなぎ払《はら》われ、右腕《みぎうで》に熱と鋭《するど》い痛みが走る。その一瞬で、相手との力量差を悟《さと》った——正確には、武器の力量と、そこにしかけられた罠《わな》を。

「陛下！　だめです、魔力封《ふう》じの武器です！」

そのままジルの右腕を切り落とそうとしたその剣を、間に割りこんだハディスが天剣で受け止める。だが勢いを受け流せず、ジルをかばうように抱《だ》いて体勢を崩《くず》したハディスの背中に、一撃が振《ふ》り下ろされた。

「陛下！」

叫《さけ》んだときには、ハディスごと地面に叩《たた》きつけられていた。

横向きに体が滑《すべ》り、地面をえぐる。やっと止まってからジルは目を開いた。衝撃《しょうげき》はあったが、痛みも怪我《けが》もなかった——ジルを抱きこんで、ハディスがかばってくれたのだ。

「陛下、陛下……！　大丈夫《だいじょうぶ》、ですか」

右腕は痛んだが、出血はないようだ。急いで起き上がったジルは息を呑《の》んだ。

ハディスの背中にざっくり切り傷がある。ジルの右腕と同じく、魔力で焼き切られているのか、血は流れていない。だが、地面に落ちたときに頭を打ったのか、起き上がったハディスのこめかみに一筋、血が流れた。

「陛下。わたしを、かばって」

「大した怪我じゃない。……ラーヴェ」

『わかってる』

天剣に転身した竜神《りゅうじん》ラーヴェの声が硬《かた》い。だがそれ以上に、その天剣が薄《うす》く透《す》けていくことに、ジルは慌てた。

「陛下、ラーヴェ様が……」

「よけたか。しかも、まだ魔力が使えるとは」

低い、しゃがれた声が上空から吐《は》き捨てられた。

「この剣でも一瞬で魔力を封《ふう》じきれぬとは、つくづく化け物だな、お前は」

地面に落ちたハディスとジルを見おろしているのは、たったひとりだった。

年齢《ねんれい》は五十すぎだろうか。白髪《しらが》が交じった髪《かみ》と髭《ひげ》が年齢を感じさせるが、伸びた姿勢と立派な体格はまだ十分に若々しい。

そして風になびくマントは、ラーヴェ皇族以外には許されない深紅《しんく》だった。

「……叔父上《おじうえ》」

ジルを片腕《かたうで》に抱いて、膝《ひざ》をついたまま、ハディスがつぶやく。素早《すばや》くジルは記憶《きおく》の片隅《かたすみ》から情報を引っ張り出した。

(前皇帝の弟、ゲオルグ・テオス・ラーヴェ!)

別名ラーデア公。ジルが知る歴史どおりならば、ハディスの治世に真っ先に反旗《ひるがえ》を翻した人物だ。ハディスの手で焼き払われたベイルブルグの惨状《さんじょう》を糾弾《きゅうだん》し、ベイル侯爵《こうしゃく》家への苛烈《かれつ》な粛清《しゅくせい》に脅《おび》える諸侯《しょこう》をとりまとめ、ハディスを偽帝《ぎてい》だと断じて挙兵する。

偽帝騒乱《そうらん》。いずれそう呼ばれる、皇帝ハディスの治世における最初の内乱だ。

(でも挙兵はもっと先のはずだし、今の陛下はベイルブルグを救った! ベイル侯爵家への粛清もない。陛下を糾弾する理由は表立ってはないはずなのに――)

「そのまま帰ってこず、姿を消せば、見逃《みのが》すことも考えてやったものを」

「……叔父上、その剣は?」

「天剣だ。本物のな」

片頬《かたほお》をあげて答えたゲオルグにハディスは眉《まゆ》ひとつ動かさなかった。

「お前の持っているそれは、偽物《にせもの》だ。そうだろう?」

「……」

「お前が竜帝《りゅうてい》だといわれ、皇帝の地位にいられるのは、天剣があるからだ。それも、お前がたくらんだ皇太子の連続死に脅えた兄上が、偽物を本物だと勝手に思い込んだからだろう」

「陛下は本物の竜帝で、この天剣はまぎれもなく――っ」

　立ちあがろうとしたジルを、ハディスがゲオルグから隠すように抱きこむ。そして腕《うで》の中でささやかれた。

「逃《に》げるぞ、ラーヴェ。まだいけるな」

『一回なら』

「逃げるって、陛下」

「傷から魔力封じの魔術が侵蝕《しんしょく》してきている。君もだろう。このままだと、ふたりとも魔力が使えなくなる」

　ジルは指先まで魔力を集中させてみる。だがハディスの指摘《してき》どおり、いつものような力が入らない。

「転移はあと一回が限界だ。しかも大した距離《きょり》は飛べない。でも今なら護衛のふたりも荷物もあわせて転移させられる。戦うよりも逃げることに残りの魔力を使うべきだ」

　そう言ってハディスが右手に持った天剣に目を落とす。それを見たジルは、頷き返した。

　魔力の高い人間にのみ見えるラーヴェの姿。だが転身し、天剣の姿をとれば誰《だれ》にだって見えるはずなのに――その神器が、薄く薄く消えかかっている。

　ハディスの内にある、魔力が封じられていくせいだ。

「既《すで》にふれを出した。お前は偽帝。ラーヴェ皇帝を騙《かた》る、まがい物だ。断じて、竜帝などではない！」

ゲオルグが手を挙げる。それを合図に、城壁の向こうから竜騎士《りゅうきし》が、あいた城門から軍旗を掲《かか》げた軍が雪崩《なだれ》を打ったように出てきた。

再び城壁の上の魔術障壁が光り出す。自動修復機能があるらしい。それらが放った一斉攻撃《いっせいこうげき》を、ハディスが半分消えた天剣でなぎ払う。

まとめて吹《ふ》き飛ばされたゲオルグが舌打ちし、剣をかまえる。

「まだ魔力が使えるのか⁉ だがもう長くはもつまい」

「ジル、つかまって。竜は置いていく」

「はい！」

「ラーヴェ！」

叫んだハディスに応えるように、ジルとハディスの体が一瞬浮《いっしゅんう》く。同時に、どこか魔力の渦《うず》に呑みこまれるように体が引っ張られる。

ハディスの魔力が不安定なせいだろうか。ぐるぐると悪酔《わるよ》いしそうな揺《ゆ》さぶりをかけられて、気持ち悪い。それでも必死にハディスにつかまって、耐《た》える。

『嬢《じょう》ちゃん、俺はしばらく動けない』

ラーヴェの声が聞こえたが、歯を食いしばったままでは何も答えられない。

『ハディスを頼《たの》む』

竜神の声がそれきり、遠くなっていく。

はっと目を開くとそこは、夕暮れ間近の静かな森の中。

崩れた石垣《いしがき》にかこまれ、うらぶれた一軒家《いっけんや》の前に、ジルたちは倒《たお》れていた。

目をさましたジルは周囲の安全をジークとカミラにまかせ、ハディスの傷の手当てをした。

ハディスが選んだ転移先は、末端《まったん》の皇子として辺境に追いやられていた頃《ころ》、あちこちに作っていた隠《かく》れ家のひとつらしい。ラキア山脈と近い低山の中腹にある、人里離《ひとざとはな》れた場所だと説明をうけた。

「山をおりれば大きめの街があるんだけど、街道《かいどう》もこの山をさけるように迂回《うかい》して作られてて誰も近寄らない。近くに竜《りゅう》の巣があるからね」

「竜の巣？」

すでにジルは、ラーヴェの姿も声も完全に認識《にんしき》できなくなっていた。それはハディスも同じようで、天剣も持てなくなっていた。

だが、ハディスの中にラーヴェはいるらしく、ハディスを通じて会話はできるという。何か言われたのか、顔をしかめてからハディスが答えた。

「竜が子どもを育てる場所だよ。卵が孵《かえ》る場所でもある。ラキア山脈付近の山間にはよくあるんだ。絶対に近づくなってラーヴェが言ってる。まず問答無用で殺されるからって。竜の卵や鱗《うろこ》が磁場を作っていて、魔力が使えなくなったりもするらしい」

「陛下でも近づいたら駄目《だめ》なんですか？」

「僕は大丈夫なんじゃないかな。え？　ラーヴェなしじゃ駄目？」

怒《おこ》られたのか、ハディスが首をすくめている。それが頭の傷の痛みを隠しているようで、ジルはハディスのこめかみにもう一度、消毒液をつけた布を押し当てた。

「ここは陛下の隠れ家だから、色々道具もそろってるんですね」

「うん。数日暮らす分にはまず困らないと思うよ。まさか逃走先《とうそう》に使うことになるとは思わなかったけど」

「──魔力《まりょく》は、どうですか」

「ほとんど使えないな。君は？」

血のしみこんだ布を、井戸《いど》で汲《く》んだ綺麗《きれい》な水に浸《ひた》してみた。冷たい水だ。一度かき回してみたが、魔力の熱によってあたたまる気配はない。

「だめです、戻《もど》りません。……魔力封《ふう》じの術って言っても、完全に魔力が使えなくなるのは普《ふ》通《つう》、数時間程度のはずなのに。しかもわたしも陛下もなんて……」

「叔父上が持っていたあの武器が媒介《ばいかい》になって、魔術を補強してるんだろう。天剣《てんけん》そっくりだったけど、いったいどこから持ちこんだんだか」

「どういう経緯《けいい》であれ、あんな強力な魔術を組める国はひとつしかありません」

魔術大国クレイトス。浮《う》かんだ自分の故国の呼称《こしょう》に、ジルは嘆息《たんそく》する。

（やっぱり、今の時点でラーヴェ皇族の中に既に入り込んでるのか）

覚悟《かくご》していたことだが、油断ならないことを、改めて思い知る。

「確かに強力だけど、永久にきく魔術じゃない。自然に解除されていくだろうってラーヴェは言ってる」

「ほんとですか⁉　そのうちってどれくらい」

「完全回復まで一年くらい？」

「長すぎます！」

愕然《がくぜん》としたジルの前で、ハディスは粗末《そまつ》な食卓《しょくたく》に頰杖《ほおづえ》をついた。

「でも、半年もあれば、天剣は戻ると思う。君だってその頃にはそこそこ魔力が戻ってるだろう。無理をすれば解除する方法があるかもしれないけど、変に術がこんがらがったりしたら長引くし……いずれにせよ、あの武器についても、現状についても情報がいる」

ハディスの言うことはもっともだ。

「叔父上《おじうえ》の様子からして、周辺への根回しは終わってるとみたほうがいい。下手に動けば罠《わな》の中に飛びこむようなものだ。今は少し、様子を見よう」

「でも、……陛下の天剣は本物で、本物の皇帝《こうてい》なのに」

「叔父上の行動なら想定の範囲《はんい》内だよ。ベイルブルグになかなか迎《むか》えがこなかったのも、ベイル侯爵の独断でできることじゃない」

「──すみません。わたしのせいです」

頰杖をつくのをやめて、ハディスがまばたく。その顔をジルは見られなかった。

「わたしがもっと慎重《しんちょう》に行動していれば、陛下まで魔力が封《ふう》じられることもなかったのに」

「それは違《ちが》うよ、ジル。もともと狙《ねら》われていたのは僕だ。魔術障壁《まじゅつしょうへき》に向かった君の判断も行動も的確だった。叔父上のあの武器は予想外だ」

「でも、陛下はわたしを助けて、魔力を」

頭を引きよせられたと思ったら、頭のてっぺんに口づけを落とされた。びっくりして、情けないことを言うばかりだった口が止まる。

「怖《こわ》い思いをさせたんだな。僕の力不足だ、ごめん」

「へ、陛下は、なんにも悪くな——うひゃっ」

耳たぶに息を吹きかけられて、身をすくめてしまった。目を白黒させていると、ハディスがいたずらっぽく笑う。

「僕は最近、お行儀《ぎょうぎ》のいい男を目指してるんだ。でも、可愛《かわい》いお嫁《よめ》さんが落ちこんでるなら話は別かな。つまりこれ以上ジルが自分を責めるなら、もっと慰《なぐさ》めないといけなくなる」

「わっわかりました、もう言いません！」

「今回のことは、あんなものに後《おく》れをとった僕の失態だ」

頭上から降った冷たい声に、ジルはハディスの顔を見ようと視線を持ちあげる。日が沈《しず》みかけているせいで、硝子《ガラス》もない突《つ》き上げ窓から入ってくる光は少ない。どこか遠くを見ているハディスの横顔を、食卓の上にある蠟燭《ろうそく》の灯《あか》りだけが照らす。そのせいなのか、ハディスの綺麗な輪郭《りんかく》がはっきりせず、ひどくあやうく見えた。

「……怒ってますか、陛下」

「どうしてやろうか、と思ってるだけだよ。君をかっこよくエスコートする旅路に泥《どろ》をかけられた」

薄《うす》い唇《くちびる》の端《はし》が、わずかに持ちあがっている。

ハディスの膝《ひざ》の上によじのぼったジルは、背伸《せの》びをして、その両頰《りょうほお》をひっぱってみた。どこから見ても完璧《かんぺき》な美形も、頰が伸《の》びれば崩《くず》れる。

「なひほふるんだ」

「陛下はかっこよかったですよ、ずっと。わたしがかすり傷ですんだのは、陛下のおかげなんですから」

頰をなでるハディスの顔が元に戻ったのを確認《かくにん》して、ジルは自省ばかりで自分が言葉を間違《まちが》えたことを悟《さと》る。反省より大事なことを忘れていた。

「助けてくれてありがとうございます、陛下。わたしも、次こそ陛下をかっこよく助けられるよう、頑張《がんば》りますね！」

「……。なんでそう、君はかっこいいかな」

「聞いてませんね。かっこよかったのは陛下ですよ？」

首をかしげると、今度はそっと額に口づけられた。お礼の口づけだとわかっているので、恥《は》ずかしくない。むしろくすぐったくて笑ってしまう。それが気に入らないのか、ハディスがむっと口を曲げる。

「なんで笑うんだ」

「陛下が子どもみたいだなって」

「子どもは君じゃないか。……それとも僕を子ども扱《あつか》いするなら、君を子ども扱いしなくていい？」

首を傾《かし》げてのぞきこむ仕草は子どもっぽいのに、金色の瞳《ひとみ》の艶《つや》が増す。ジルは大急ぎで首を横に振った。

「まっ間違えました、陛下は大人です！」

「大人をやめたい……」

「やめないでください、陛下ならできますから！」

「そうだ頑張れよ陛下、いい加減隊長から離《はな》れろ」

「アタシたち、もうそろそろ中に入っていいかしらー？」

背後からの声に、ジルはハディスとふたりして固まる。

「見てるなら見てるって先に言ってくれないか!? 盗《ぬす》み見なんて破廉恥《はれんち》だ！」

先にハディスが真っ赤になって怒り出すものだから、慌《あわ》てるより先に呆《あき》れてしまう。人目を気にしないほうだと思っていたが、盗み見されるのは恥ずかしいらしい。

新たな発見に少し胸をうずかせながら、ジークとカミラも加えて、情報をすりあわせた。

転移した先は、帝都《ていと》ラーエルムから南西にあるノイトラール地方。クレイトス王国との国境であるラキア山脈の北半分と接した、ノイトラール公爵《こうしゃく》家の領地だ。険しい山脈があるとはいえ、国境を守るために作られた街はどこも城壁《じょうへき》があり、士官学校も多く、ノイトラール公爵家が誇《ほこ》る竜騎士《りゅうきし》団が見回りを欠かさない。

そもそもノイトラール公爵家とは、ラーヴェ帝国《ていこく》の三大公爵家――三公のひとつである。代々の皇帝は三公から妃《きさき》をとることが多く、ラーヴェ皇族と姻族《いんぞく》関係にある。ハディスを偽皇《にせこう》帝《てい》と糾弾《きゅうだん》したゲオルグの実母も、三公のひとつフェアラート公爵家の姫《ひめ》だった。

貴族の後ろ盾《だて》なしに皇帝になったハディスにとって、三公は親戚《しんせき》であり政敵だ。すぐに追っ手をかけられてしまうのではとジルは焦《あせ》ったが、ハディスが明かした内情は思ったものと違った。

「ノイトラール公爵家は、他《ほか》の二公にくらべると騎士気質《きしかたぎ》なところがあって、権力的なことには中立を保つことが多い。帝位を狙うよりも、防衛と領地経営に口を出されないために立ち回ってる感じだ」

「じゃあ、ひょっとして陛下の味方をしてくれますか？」

「うーん。ノイトラール公爵家の皇妃《こうひ》が生んだ皇太子が死んでるからなあ」

呑気《のんき》に言ったハディスに、ジルのほうが顔を引きつらせてしまった。

「そ、それってやっぱり呪《のろ》いの……陛下のせいってことに……？」

「なってるね」

「……助けは求めないほうが無難だな」

ジークの判断に、カミラが眉《まゆ》をひそめる。

「っていうか陛下が助けを求められる貴族っているの？」

「心当たりがない。僕の母親は平民——踊り子か何かだったらしいから」

身分が低かったとは聞いていたが平民だったとは。よく許されたものだと思ったが、前皇帝には大勢跡継《あとつ》ぎがいた。だから許されたのだろう。

「じゃあ、陛下の兄上……ヴィッセル皇子はどうなの？　今、皇太子なんでしょ？」

「兄上の後ろ盾は叔父上だよ。叔父上はひとりだけ娘《むすめ》がいるんだけど、その子が兄上の婚約者《こんやく》なんだ」

「味方の味方が敵になってるじゃねぇか！　それ味方も敵のパターンだろう！」

吼《ほ》えたジークの気持ちに、ついジルも追従したくなったが、こらえた。少なくともハディスは実兄《じっけい》を信じている。できれば兄弟仲を裂《さ》くようなことは言いたくない。

「つまり陛下を皇帝たらしめているのは、女神《めがみ》の呪いをのぞけば、前皇帝の譲位《じょうい》と天剣《てんけん》なんですね……」

「その中でもいちばんの理由は天剣だ。ラーヴェの姿は普通《ふつう》、見えないしね。天剣が偽物だと言えれば、今の僕を皇帝から追い落とすのは簡単だろう。叔父上のとった策は正しいよ。帝都は僕抜《ぬ》きでもヴィッセル兄上がいれば政治は回るようになってるし」

「おい、じゃあ手詰《てづ》まりじゃねーか」

「そんなことはないよ」

頭をかいていたジークがまばたきをする。カミラもさぐるような目を向けた。ジルも、さすがににこにこしているハディスの言っていることがわからずに、首をかしげる。

「何か手があるんですか？」

「叔父上の天剣は長くはもたない。そのうち壊《こわ》れるよ。それを待っていればいい」

「壊れるって……あ。魔力封《まりょくふう》じの反動ですか？」

ゲオルグが持っていた偽天剣が、強力な魔術の媒介《ばいかい》にされているのは間違いない。ジルに加えハディスの魔力まで封じたのだから、並大抵《なみたいてい》の武器ではいずれもたなくなる。

「僕とジルの魔力が回復するということは、あの偽物の天剣が力を失っていくということだ」

「……なるほど、だったら確かに待つのが一番の手だな」

「焦って敵の罠《わな》にハマるのもムカツくしね」

「まずは、安全第一でおとなしくしていよう。そうすれば戦い方も見えてくる」

ハディスの言うことには説得力があった。ほっとしたジークとカミラの顔に、ジルはちょっぴり誇らしくなったくらいだ。

だから油断した。

（まさか、本当に、ほんっと――――に何もしないなんて！）

まずは傷を癒《い》やしつつ、安全を確保することで十日がすぎた。生活をととのえようと半月がすぎ、もうそろそろ何か変化や指示があるのではと待ってそろそろ一ヶ月だ。

その間の収穫《しゅうかく》といえば、ハディスが丁寧《ていねい》に育てたキャベツやじゃがいもくらいである。キャベツを作るハディスを蹴《け》っ飛ばしたくもなるというものだ。背中の傷も完治している。

「いい加減！　何か！　しましょう！」

ついに我慢《がまん》できず、夕食のポトフを囲む食卓《しょくたく》でジルは宣言した。

正面の席に座ったハディスが、エプロンをつけたまま首をかしげる。

「何かって？」

「帝都《ていと》奪還《だっかん》に向けて作戦を練るべきです！　この一ヶ月、野菜を育ててただけじゃないですか陛下⁉」

「野菜だけじゃない、苺《いちご》ももうそろそろ頃合《ころあ》い」

「違《ちが》います！　そういうのではなく……っカミラ、ジーク！　どう思いますか⁉」

「案外、田舎《いなか》の暮らしも楽しいなって」

「釣《つ》りもいいぞ」

カミラとジークまでここの暮らしに適応し始めている。絶望的な気持ちで顔を覆《おお》ったジルを気の毒に思ったのか、ジークが豚肉《ぶたにく》をフォークにさしてなだめにかかる。

「しかたないだろう。手配書だって回ってるはずだ。こっちには外に出したら一発で通報される顔があるんだぞ」

「どこにそんな危険な顔が……なんでみんなそろって僕を見るんだ？」

眉をひそめるハディスは、エプロンに三角巾《さんかくきん》を着用していても目を奪《うば》われる美形だ。確かに外に出せば一発で通報されるだろう。だがジルはあがく。

「陛下が外に出せないのはわかってます。でもせめてわたしたちだけでも動くべきです」

「そりゃ、何かやることあるならやってやるけどな。何するってんだ」

「……て、敵襲《てきしゅう》にそなえて塹壕《ざんごう》を掘《ほ》るとか……」

「そんなもの作ったら、逆にめちゃくちゃあやしまれちゃうでしょ」

カミラのもっともな指摘《してき》がぐっさり胸にささった。だがこのままでいいわけがない。

「だってもうそろそろ一ヶ月ですよ!?」

「まだ一ヶ月だ。魔力だって戻《もど》ってないし」

堂々と言い返したハディスを、ぎろりとにらむ。

「そう言って半年くらいのんびりすごそうとか思ってませんか、陛下」

ハディスがすっと目線を横にそらした。ジルは身を乗り出す。

「そんなこと許されるわけないでしょう！　陛下は皇帝《こうてい》なんですよ!?　クレイトスから帰ってきて、ベイルブルグの滞在《たいざい》期間と合わせてもう三ヶ月、皇帝が帝都にいないとかおかしいじゃないですか！」

「え……だめかな……いいんじゃないかな……特に戻っていいことがあるわけでもないし、面《めん》倒《どう》ばっかりだし……ここの生活楽しいし……」

フォークでじゃがいもを突《つ》きながらハディスがぶつぶつ言い訳している。ジルは手のひらで一度食卓を叩《たた》いた。

「陛下」

「はい」

ハディスが背筋を伸《の》ばす。それをにらみながら、ジルは尋《たず》ねた。

「ベイルブルグで、帝都奪還作戦立てて遊んでらっしゃいましたよね。本当は今の状況《じょうきょう》でも戦況をひっくり返す手があるんじゃないですか」

「……。僕のお嫁《よめ》さんが怖《こわ》い」

「誤魔化《ごまか》さないでください！　——今日、風に飛ばされてきたの拾ったんです」

ポケットから折りたたんでおいた紙を取り出す。おそらく、少し離れたふもとの街で配られているのだろう。半月前の日付になっている新聞には、地方に出向していたノイトラール竜騎《りゅうき》士《し》団長が戻ってきたという速報が載《の》っていた。

「あきらかに陛下の捜索《そうさく》のために戻ってきてますよね！　野菜作って狩《か》りをしておいしいポトフを食べている間に、どんどん追い詰《つ》められてるじゃないですか！　もし明日ここが見つかったらどうするつもりですか⁉」

「見つかってから考えたらいいんじゃないかな……今の僕たちにできることってないし」

「まぁな。金もない、人脈もない、情報もない、ないないずくしでやることもない」

「給料も出ないいまだしねー」

「——わかりました」

はははとあがった軽い笑いが、ジルの冷たい声に気圧《けお》されたように引いた。

無表情でジルは抑揚《よくよう》なく、すらすらと告げる。

「じゃあわたし、せめて働きに出ます。この新聞によると竜騎士団の手がたりなくなったようで、竜騎士見習いの募集《ぼしゅう》がかかってるんです。入団試験さえ突破《とっぱ》できる実力があるなら、性別年齢《ねんれい》、身元も問わないそうです。ちょうど明日が試験日だそうで、いってきます。大丈夫《だいじょうぶ》、受かってみせます」

「ちょ……ジル……だって君、魔力もないのに」

「大丈夫です。筋力的な魔力なら多少戻ってきてます」

「筋力的な魔力って、なんなんだそれは」

「魔力は筋力です」

きっぱり言い切って、頰《ほお》を引きつらせている大人達を冷たく見回す。

「それにもともと鍛《きた》えてます。魔力がなくても同年代にならまず負けません。なんだったら出世コースにのってやります。これでお金も人脈も情報も多少は手に入りますし、反対はしませんよね、ではそういうことで」

「ジ、ジル……ひょっとしなくても怒《おこ》って」

答えのかわりに、ポトフのじゃがいもにフォークを突き立てた。

「まさか反対しませんよね、陛下」

「だってそれは、危険だし……」

「大丈夫です。陛下はここで朝ご飯とお弁当と夕飯を作って待っててくれればそれで」

「そんなわけには」

「でないと離婚《りこん》」

「わかった！」

ハディスは急いでこくこくと頷《うなず》いた。安易に心臓が止まらないのは、魔力を封じられているせいで体調がいいからだろう。それとも、ここの生活が快適で精神的な負担が少ないのか。けっこうなことだ。安心してジルも働きに出られるというものである。

山の中腹に建っている一階建ての小屋は、入り口を入って正面に広い居間が、左手は厨房《ちゅうぼう》や風呂場《ふろば》といった水回りがととのえられており、右手奥には寝台《しんだい》がある部屋がふたつある。寝室《しんしつ》のひとつはジルとハディスが使い、もうひとつはカミラとジークが居間のチェストにクッションや毛布を敷《し》いて作った簡易寝台と交替《こうたい》で使うことになっていた。

身分と性別、関係性からいっても妥当《だとう》な部屋割りだろう。

だが、竜妃《りゅうひ》とはいえ、小さな女の子の騎士《きし》となったジークは心から賛成はしていない。

「おい陛下、今はともかく帝都《ていと》に戻ったら隊長と寝室わけるんだろうな」

「わける？　どうして？」

着替《きが》えをジルの見ていない居間ですませる気遣《きづか》いはできるのに、質問の意味がわからないという顔でハディスが返す。そんな態度をとられるとますますジークは警戒《けいかい》せざるをえない。

「十歳に添《そ》い寝《ね》ってぎりぎりだろう」

「夫婦《ふうふ》だよ？」

「……それが通用する相手ばっかりじゃないだろう」

「君はもう帝都に戻ったときのことを考えてるんだ」

笑いを含《ふく》んだ声に、ジークはむっとする。

「戻れないっつうのか、竜帝《りゅうてい》サマが」

「いや」

短く否定したハディスは、ジルの指摘どおり、本当は事態の収拾《しゅうしゅう》の算段をつけているようにみえた。

「それより明日から、ジルをよろしく頼《たの》むよ。ジルは賢《かしこ》いけど、こっちの国の情報にはうといだろうし、何よりまだあの年齢だ」

「止めないんだな、隊長を」

「基本的にジルのやりたいことを邪魔《じゃま》する気はないんだ、僕。嫌《きら》われたくないしね」

それは信頼《しんらい》なのか。

(隊長をためしてるみたいに感じるのは、俺だけか？)

じっと見つめていると、肌着《はだぎ》を脱《ぬ》いだハディスが振《ふ》り向いた。

「男の着替えなんか見て楽しい？」

「ずいぶん鍛えてる体だな」

「君ほどじゃないよ」

「質素な暮らしにも慣れてんだな」

「まあ、ずっと辺境で皇族らしい生活はしてなかったしね」

桶《おけ》の湯に布をつけ、体を拭《ふ》く準備をするハディスに、不慣れさも嫌悪《けんお》もない。

そもそもハディスの荷物に入っていたのは、火をつける道具に鍋《なべ》に携帯食料《けいたいしょくりょう》、地図、大小そろった麻布《あさぬの》、薬や消毒液など入った簡易の救急箱、数種類の通貨だ。完全に遭難《そうなん》用で、皇帝の持ち物ではない。それだけ放《ほう》り出されることに慣れているからだろう。

――というか。

「……妙《みょう》なにおいがするぞ、何入れた今」

「精油。君も使う？　さっぱりするよ。体臭《たいしゅう》もとれるし。髪《かみ》には香油《こうゆ》がおすすめ」

「乙女《おとめ》か！」

「ジルがこのにおいが好きだって言うんだ。よく眠《ねむ》れるって。それにやっぱり好きな子の前では綺麗《きれい》でいたい」

だめだ、つっこみが追いつかない。嘆息《たんそく》したジークは、ハディスから目を離《はな》してごろりと簡易寝台に横になる。

「まあなんだっていい。給料払《はら》ってもらえればな」

「それならジルを守ってもらわないと」

「何度も言うな。それが仕事なんだからな、やる」

目を閉じると、部屋に漂《ただよ》う精油のにおいが確かに心地《ここち》よく感じる。

(催眠《さいみん》作用のある変なもん嗅《か》がされてんじゃねーだろうな)

何もかもが胡散臭《うさんくさ》い皇帝だ。偽帝《ぎてい》だと騒《さわ》ぎたくなる貴族連中の気持ちがわかる。

「いざとなったら僕を叔父上《おじうえ》に突き出せ」

目をあけて、身を起こしてしまった。体を拭き終えたハディスは、寝間着《ねまき》を羽織りながら、静かに笑う。

「ジルを守るためならそれくらいやれ。そうだろう、竜妃の騎士」

ジークは知らず握《にぎ》っていた拳《こぶし》をほどき、今度は薄《うす》い掛《か》け布団《ぶとん》を頭からかぶって目を閉じた。

（それは隊長や俺達に裏切られるってことだろうが）

切り抜《ぬ》ける自信があるとしても、心が痛まないわけではないだろう。それとも、信じていなければ痛まないのか。本当に何を考えているのかよくわからない皇帝《こうてい》だ。

けれどもジルを大切に思っていることだけは、本当なのだ。

西の城門をくぐると、まず目に入ったのは街の中央まで続く舗装《ほそう》された大通りだった。ずらりと並んだ建物や店は高低もさまざま、煉瓦《れんが》造りから壁《かべ》の塗装《とそう》の色まで華《はな》やかだ。行き交《か》う人々も多く、大通りからそれた小道でも露店《ろてん》が立ち並び、呼び込みの声がやまない。早春の日差しの下で、はしゃいだ子どもが噴水《ふんすい》広場へと駆《か》けていく。

ジークをつれて中に入ったジルは、呆然《ぼうぜん》とその光景を眺《なが》めたあと、叫《さけ》ぶ。

「ものすごく大きい街じゃないですか⁉」

「そら三公のひとり、ノイトラール公のお膝元《ひざもと》の城壁都市《じょうへき》だからな」

てっきりノイトラール公爵領《こうしゃく》に点在する街のひとつだと思っていたのだが、ノイトラール城《じょう》塞《さい》都市、本家大本だった。

「ということはここの竜騎士《りゅうきし》団って……」

「ノイトラール公が率いる竜騎士団だ」

竜騎士団の中でも精鋭《せいえい》中の精鋭ではないか。ジルは唸《うな》る。

「どうりで……さっきから受験者がいかついと……皆《みな》、気合いが入ってると……！」

「本気で竜騎士目指してる連中が集まってるんだろう。性別年齢《ねんれい》身元不問っていうのは、あやしげな奴《やつ》がきても叩《たた》き出せる自信があるってことだ」

しかも、ノイトラール公爵のお膝元ということは、政治的な意味でより中央──帝都ラーエルムに近いということになる。敵陣《てきじん》まっただ中に飛びこむようなものだ。

「しかも、ゲオルグ・テオス・ラーヴェは、帝都で三公と有力諸侯《しょこう》を集めて天剣《てんけん》をお披露目《ひろめ》済み。で、三公を含めた各領地に偽帝ハディス・テオス・ラーヴェの捜索《そうさく》を要請《ようせい》する。そうなってるだろうと思ったが、今やすっかり陛下はお尋《たず》ね者だな」

ここにくる途中《とちゅう》で回収した新聞と、出回っている手配書を持ってジークが嘆息する。

「よかったことといえば、写真がないことくらいか。顔がよすぎて似顔絵も似てない。黒髪《くろかみ》金目、『一度見たら忘れられない美形』ってとてつもなく正確な情報が書いてあるが」

「その情報を書いたひと、賢いと思います……」

ハディスが見つかれば即《そく》通報される、と改めて実感する。

「あとはもうひとつ、金髪《きんぱつ》の小さな女の子連れ」

もちろん、ジルのことだろう。ゲオルグはハディスがかばったジルを覚えているのだ。

「ベイルブルグにも照会がいってるでしょうね」

「二人連れ扱《あつか》いで、俺やカミラの情報はない。——誤魔化《ごまか》してくれてる気もするが」

「スフィア様、大丈夫《だいじょうぶ》でしょうか」

「信じるしかないだろう。それに、上にはもっと情報が回ってるかもしれん。今更《いまさら》だがどうする、やめるか？」

ジークに尋ねられ、ぶんぶんとジルは首を横に振る。

「ここまで警戒されずにすんでます。このままいきましょう」

「まあ、即通報顔はともかく、金髪の女の子ならそう珍《めずら》しくないしな」

「それに陛下にお弁当持たされたんですよ。これを食べるまで帰れません」

ジルが背負っているリュックには、ハディスが早起きして作ってくれたお弁当と水筒《すいとう》が入っている。

いってらっしゃいと見送る顔はさみしげだった。さみしい思いをさせる分の成果を持って帰りたい。

「……弁当だけ食べて帰る、はだめなのか？」

「でも、夕飯はシチューなんですよ!? 仕事を終えたあとの陛下のご飯……！」

「帰る気がないのはわかった。だが、魔力《まりょく》もないのに、受かる見込みはあるのか？」

「大丈夫ですよ、わたしはこれでも戦闘《せんとう》民族の中で育ったので！」

「戦闘民族……」

ぼやきながらも、ジークはついてきてくれる。

竜騎士団の兵舎と詰《つ》め所は、大通りをまっすぐいって、役所がある広場が見えたら左に曲がる。そう城門の兵士が教えてくれた。今日は竜騎士団の見習いを選抜《せんばつ》する日なので、受験者の証《あかし》として右腕《みぎうで》に白い布を巻きつけられただけで、城門が通過できたのだ。

やはり、こんな好機を逃《のが》す手はない。

「ジークは受かる自信、ありますか？」

「ただの騎士ならまだしも、竜騎士はわからん。竜に好かれるかって問題があるだろう。こういう試験を突破《とっぱ》するのは、カミラが得意なんだが」

「ああ、カミラは得意ですよね。頭の上にのった林檎《りんご》を射て合格、みたいな」

潜入捜査《せんにゅうそうさ》のときは、よくカミラの立ち回りと一芸に助けられた。未来の話を思い出して笑うジルに、ジークが胡乱《うろん》な目を向ける。

「……見てきたみたいに言うんだな」

「えっ……あ、いえ、そういうのが得意そうだなって、そういう意味です！」

「まあいい。それより広場が騒ぎになってるぞ」

本当に気にしていないようで、ジークは行き先を指さした。ジルも視線を動かす。

大通りが十字にかさなる広場で、人だかりができていた。左に曲がる道をふさがれ立ち往生しているのは、腕《うで》に白い布をまかれている者達、すなわち竜騎士団の見習い志望者だ。

「トラブルって、試験はどうなるんだ」

「はるばるここまでやってきたんだぞ！　せっかくのチャンスなのに」

「現在、竜騎士団は出払《ではら》っておりますので、いったんここでお待ちください」

「だからそれはいつまでだよ！」

「とにかくここでお待ちください」

受験前の緊張《きんちょう》がそうさせるのか、繰《く》り返される問答に罵声《ばせい》がまじり始めている。

竜騎士団の兵舎へ向かう通路をふさいでいるのは、数名の若い男達だ。全員、同じ騎士服を着ている。

「あのひとたち、竜騎士団の兵士でしょうか？」

「だろうな。どうする――って、待つしかないか」

「トラブルってなんなんでしょうか……」

つぶやきながらジルは周囲を見回す。広場に集まって押し問答をしている受験生を遠巻きにして住民たちが見ていた。騒ぎを聞いて集まってきているのだろう。同じものを見たジークが舌打ちする。

「不用意に人目につくのはまずい。いったん離れるか」

「……試験までどれくらいあるんですっけ」

「あ？　ああ、もうそろそろ――」

ジークの答えを、正午の鐘《かね》が遮《さえぎ》った。一瞬《いっしゅん》、問答も忘れたように広場の喧噪《けんそう》がおさまる。直後、鐘の余韻《よいん》を上空からの風と羽ばたきが吹《ふ》き飛ばした。

広場を半分覆《おお》う、大きな影《かげ》。

「っ……竜、竜だ！」

「お、驚《おどろ》くな。竜くらい、この街には竜騎士団があるんだから――」

「くそっ仕留められなかったのか⁉」

こちらへ走ってきた竜騎士の叫びをかき消すように、緑色の鱗《うろこ》を持つ竜が広場の噴水を踏《ふ》み潰《つぶ》した。人は乗っていない。つまり、飼われていない竜だ。

雄叫《おたけ》びをあげた緑竜が、とどめのように空に向かって炎《ほのお》を吐《は》く。

「ひっ……！」

「あ、暴れ竜だ！」

「皆さん、落ち着いて避難《ひなん》を！」

竜騎士団の指示と受験生の混乱は、そのまま広場に伝播《でんぱ》した。悲鳴があがり、一斉《いっせい》に皆が逃《に》げ出す。怒号《どごう》と、何かを蹴倒《けたお》すような音。これでは竜騎士団の指示など届かない。

「おい、隊長どうする――ってやっぱりか！」

ジークの叫びを背後にジルは駆け出す。苛立《いらだ》っているのか竜は足踏みを繰り返し、そのたびに地面がゆれた。目の前で転んだ竜騎士めがけて、吼《ほ》えた竜がその足を踏み下ろそうとする。

間一髪《かんいっぱつ》、ジークが大剣《たいけん》で受け止め、その下に滑《すべ》り込んだジルは竜騎士を抱《だ》いて抜け出した。

「大丈夫ですか」

「あ、ああ。君は」

「いいから、住民の避《ひ》難誘導《なんゆうどう》を！　南側の通りはあいてますからそちらに！」

皆が一斉に逃げ出したせいで、東西の大通りが詰まっている。ぐるりと竜が向きを変えてジルを見た。迷わず竜騎士の腰《こし》から長剣を奪《うば》う。

（くそ、重い。魔力が十分ならこんな小さな竜、顎《あご》に一発きめれば終わるのに）

だが扱えないほどではない。かまえたジルを竜が見据《みす》える。敵と認識《にんしき》されたらしい。

「君、無理だ！　竜の鱗にただの剣はきかない！」

「いいからさがれ、邪魔《じゃま》だ！」

怒鳴《どな》ったジルに気圧《けお》されたのか、竜騎士がこくこく頷《うなず》く。

小さな竜といっても、二階建ての家屋よりは高い。がっと竜が炎を吐いた。それをよけてジルは走る。狙《ねら》うのは柔《やわ》らかい腹と、足の内側だ。

「ジーク、援護《えんご》しろ！」

「了解《りょうかい》した！」

ジルを踏み潰そうと足を振《ふ》り上げた竜の前に、ジークが躍《おど》り出る。魔力も使えないくせに、度胸のよさは変わらない。竜の意識がジークに移った隙《すき》に、ジルは竜の懐《ふところ》に入り込んで、後ろ脚《あし》を斬《き》り付ける。魔力も腕力《わんりょく》も足りないせいで、切り傷程度にしかならない。

だが竜を驚かせるには十分だったらしい。石畳《いしだたみ》が崩《くず》れるほどに力一杯《ちからいっぱい》踏《ふ》みつけられた後ろ脚はよけられたものの、尻餅《しりもち》をついたジル目がけて、竜の尻尾《しっぽ》を振り下ろされる。

「隊長！」

よけられない、なら受け止めるしかない。今使えるだけのありったけの魔力を使ってだ。

だが剣を握《にぎ》ったその直後、竜が硬直《こうちょく》した。

「……え？」

「そこまでだ、試験終了《しゅうりょう》！」

涼《すず》やかな女性の声が響《ひび》く。

力が抜《ぬ》けたように竜がその場でへなへなと崩れ落ちる。ゆっくり落ちてきた尻尾につぶされたジルは、這《は》って出た。

「おい、無事か！」

「は、はい」

ジークの手を借りて、立ち上がる。そこに影がかかった。また竜だ。ただし、今度は人が乗っている。

宙に留《とど》まる竜に乗ったまま、女性が言う。

「素晴《すば》らしい動きだった。子どもとは思えないな。そこの君も、魔力もなしに竜と戦うその度量も力も申し分ない」

「君達は合格だ。他《ほか》にも何人かいい働きを見せてくれた。いつもとは違《ちが》う、臨時の入団試験だったが、今回はなかなか豊作かもしれない」

「どういうことだよ」

「……通行止めから全部、試験だったということですよ」

嘆息《たんそく》と一緒《いっしょ》に答えたジルに、ジークが眉《まゆ》をひそめる。ジルの答えを裏付けるように、竜騎士《りゅうきし》団は先ほどの混乱が嘘《うそ》のように、てきぱきと指示を出し始めている。ジークとジルが助け出した竜騎士には目が合うなり親指を立てられた。

避難したはずの住民も早々に戻《もど》ってきて、広場をのぞき見ている。住民もぐるなのだ。

「つまり全部演技かよ!? 噴水《ふんすい》は!?」

「近々取り壊《こわ》し予定だったので、試験ついでに潰しておこうと」

「じゃあこの竜は!?」

「我が竜騎士団の竜だな」

ジークが唸《うな》って、しゃがみこむ。

「そういや、竜騎士団と受験生にしか襲《おそ》いかかってなかったな……」

「賢《かしこ》い子だろう。だがここまで命じるには、相当の信頼《しんらい》関係と訓練がいる。見習いは真似《まね》しようとするな。まずは襲いかかられないようにしなければ」

「……硬直したのも？」

「……」

ジルの質問に、逆光で顔が見えない竜上の女性が不思議そうに反覆《はんぷく》した。

「硬直した？　この子が？　ふむ、どこか体調が悪いのかもしれないな」

「……あの、あなたは？」

「ああ、自己紹介《しょうかい》が遅《おく》れた」

ひらりと、竜の鞍《くら》から軽《かろ》やかに女性が飛び降りた。心得たように竜が飛んでいき、柔らかい風が舞《ま》う。長い灰銀の髪《かみ》をうしろに払《はら》い、黒の瞳《ひとみ》がまっすぐジルを見据える。騎士団の制服を着ているが、マントは深紅《しんく》。

ラーヴェ皇族のみに許される禁色だ。

「私はエリンツィア・テオス・ラーヴェ。ラーヴェ帝国《ていこく》第一皇女だ」

それはかつての未来で自死した敵国の皇女。

苦い初陣《ういじん》の思い出が一気に蘇《よみがえ》った。だが、今はまだ違う。

「ノイトラール竜騎士団長と名乗ったほうがいいかな？　ここの竜騎士団を正式に取り仕切っている。よろしく」

皇女だというのにエリンツィアは気さくに手を差し出した。

動揺《どうよう》も未来もすべて呑《の》みこんで、ジルはその手を握り返す。

「よろしくお願いします」

もしやり直せるなら、彼女は今度こそ、ハディスの助けの手を拒《こば》まず、味方になってくれるだろうか。

（そうだ、やっぱりさっきのは陛下――）

そこでふと、大事なことを連想した。

「わたしのお弁当！」

リュックを急いであけ、ハディスのお手製三段重ねサンドの惨状《さんじょう》を目の当《ま》たりにしたジルは、まるで不合格者のようにその場に崩れ落ちた。


「めっちゃジルちゃん目立っちゃってるじゃなァい。陛下、いいのあれー？」

高く分厚い壁《かべ》に囲まれた街には、城壁《じょうへき》の四隅《よすみ》に周囲も街も一望できるひときわ高い監視塔《かんしとう》がある。望遠鏡から顔をあげたカミラに、ハディスはときめく自分の胸を押さえた。

「さすが、僕のお嫁《よめ》さんはかっこいいな……」

「そうねーかっこいいわねー倒《たお》れないでね、陛下」

「そのうえ可愛《かわい》い。夕飯は合格祝いでご馳走《ちそう》を用意しないと。何か調達して帰ろう」

弁当箱を抱いてしょんぼりしている姿がそれはもう愛《いと》おしい。カミラが嘆息した。

「買い物なんて無理に決まってるでしょ。陛下、自分がお尋《たず》ね者だって自覚して」

「君が買ってきてくれるんじゃないのか。部下ってそういうものだと思ってた」

「うっわあいきなり皇帝《こうてい》陛下っぽい態度になるのね。まァいいけど。……さっき、竜《りゅう》を止めたのって陛下？」

「うん。でもジルには内緒《ないしょ》にしててくれ。今日こうしてついてきてたことも」

入団試験に竜が使われることはわかっていた。だから遠くからハディスが見ているだけでもいざとなれば力になれると見学していたのだ。

「ジルは真面目《まじめ》だから、不正だって怒《おこ》るかもしれない。別に僕が圧をかけなくても、異母姉上《あねうえ》が止めたんだろうけど」

「そりゃ、竜相手に竜帝が出てきちゃ勝負にも試験にもならないわよね。でもジルちゃんって竜妃《りゅうひ》なんでしょ？　その辺の加護はないの？」

「確かにジルは竜神の祝福を受けた竜妃だ。でも竜は竜神の分身、神使だからね。竜神の下という意味で同格なんだよ。しかも竜が嫌《きら》う女神《めがみ》の魔力《まりょく》を持ってるし、従わせるのは難しいんじゃないかな……ラーヴェが甘くて、竜の躾《しつけ》がなってないんだ」

そこで、頭の中でぎゃんぎゃん何やらラーヴェがわめきだしたので、ハディスは顔をしかめた。竜は神聖な生き物だとか、そう簡単に人間に従わせられるかとか文句を言っているが、要は自分に仕える竜が可愛いからなるべく自由にさせてやりたいだけだ。胸の内でそう言い返すと、図星なのか黙《だま》った。

「それに竜妃は基本、対女神のための存在だから」

「そんな言い方して。ジルちゃん怒るわよ」

「ちゃんと説明したよ。なら今度は女神を木屑《きくず》にするって言われて……僕は笑いが止まらなくてあやうく気管支炎《きかんしえん》になりかけた」

「……あのとき寝込《ねこ》んだのそれが原因だったのね……ジルちゃんらしいっちゃらしいか」

「女神って木屑になるのかな」

思い出すと笑いがこみあげてきて、ハディスは口元を手で覆《おお》う。

折れたのもだいぶ衝撃《しょうげき》だったが、木屑になっても笑いが止まらなくなりそうだ。ジルはどうも女神を黒い槍《やり》として認識《にんしき》しているらしい。

本当の姿は見る者すべてを魅了《みりょう》するような、可憐《かれん》で愛らしい乙女《おとめ》なのだが——。

(言わないほうがいいだろうな、うん)

女神に対峙《たいじ》するときのジルは、頼《たの》もしいがちょっとおっかない。やきもちなのかなと思うとそわそわするが、口にしたら最後、折られるのが自分だということくらい、ハディスにもわかっている。賞品はじっと動かず奪《うば》われてこそ賞品なのだ、とラーヴェとも話し合った。

「でも陛下って、天剣《てんけん》がなくても竜を従えちゃうのね」

「それなりには。力や知能の高い竜は、さすがに天剣くらい出せないと命令に従わないだろうけど」

「なら、竜を使えば帝都《ていと》奪還《だっかん》できちゃわなァい？」

ジルが選んだ騎士《きし》は聡《さと》い。

だが、笑《え》みを浮《う》かべたハディスの内側には、育て親がわりの優《やさ》しい竜神がいる。

「言っただろう。竜は竜神ラーヴェの神使。帝民同士の争いに使われるならともかく、竜が単独で民《たみ》やラーヴェ皇族を攻撃《こうげき》するのは、竜神が守るべき身内を害することになる。それは理《ことわり》に反することだ。やりすぎれば、ラーヴェが神格を落とす。ラーヴェが神格を落とせば、この国への加護が薄《うす》まる」

「……内ゲバにめちゃくちゃ弱いってことじゃないの、それ」

「だが、竜が身を守ることは許されるように、竜神を——竜帝を害すれば話は別だ。僕が身を守るために竜を使って粛清《しゅくせい》することは、理にかなう。その相手がたとえ民であっても、ラーヴェ皇族であってもだ」

察しのいい竜妃の騎士は、ハディスの言いたいことをくみ取ったようだった。毎朝形を整えている眉尻《まゆじり》が、ちょっとさがる。

「それって……陛下なら竜を使って、反乱を起こした帝都を一夜で壊滅《かいめつ》させられるってことよね……？」

「だから、最終手段だ。ラーヴェ皇族も誰《だれ》も、僕に石を投げるおそろしさをわかっていないいんだよ。それをしてなお、許される存在があるとしたら、それは……」

——私ダケ。

両眼を開いたハディスは、鋭《するど》く周囲を見回す。今、女神の声が聞こえた気がした。

「どしたの、陛下？」

「いや。気のせい……」

切り捨てようとした途中《とちゅう》で、ハディスは考え直す。

ジルがいれば、女神はハディスにつきまとうことはできない。先のジルとの戦いで相当消《しょう》耗《もう》しているはずだし、当分動くことも困難なはずだ。

だが、器《うつわ》がいれば話は別だ。そもそも、ゲオルグの偽《にせ》天剣の出所からして可能性はある。

不愉快《ふゆかい》極《きわ》まりない。だが、いつもなら疎《うと》ましいだけの事態が、不思議と今は苦痛ではなかった。ほんの少しだけ楽しくすら感じる。

守ると言われて、生きてくれと願われて、しあわせにすると約束されたからだ。

――けれど。

(君は本当に、どんな僕でも好きでいてくれるのかな)

ハディスの仄暗《ほのぐら》い執着《しゅうちゃく》に、ジルはきっと気づいていない。

第二章 ⚜ 潜入、ノイトラール竜騎士団

「いってらっしゃい」

「いってきます」

ハディスから頬《ほお》に軽い口づけとお弁当の入った鞄をひとつ受け取って、ジルは石垣《いしがき》の前で待っているジークのところへ駆《か》け出す。途中でヒヨコなのは頭だけになってきたソテーが、コケッと鳴いた。なかなか賢《かしこ》いこのヒヨコもどきは、見送りにきてくれたらしい。

「ソテーは陛下の畑を食い荒《あ》らさないように！　カミラ、陛下をお願いします」

「はいはい」

「ジーク、街道《かいどう》まで競走です！」

「いいからさっさと走るぞ」

やる気のない生返事だが、山道を一直線に駆け下りるジルにジークはちゃんとついてくる。

勤務十日目、この山道にもだいぶ慣れてきた。春の日差しにきらきらしている小川を石伝いに飛んで渡《わた》り、城門へと続く街道に入ったところで速度を落とす。

「ジーク、わたしに遠慮《えんりょ》せず追い抜《ぬ》いてもいいんですよ」

「そうはいかんだろ。俺はお前の騎士だ。にしても相変わらず元気だな、隊長は」

「だって今日のお昼ご飯は、デザートつきだって！」

仕事に、おいしいお弁当にデザート。やりがいのある充実《じゅうじつ》した日々だ。何より給料が出たのが嬉《うれ》しい。基本給は勤務日数の少なさもあって少額だったが、入団祝いという名目で色がついていたので、十分生活費の足しになった。ノイトラール竜騎士団は太っ腹だ。

（陛下にプレゼントも買えたし！　自分で稼《かせ》ぐっていいな！）

街道をくるくる回りながらご機嫌《きげん》で歩くジルに、ジークが胡乱《うろん》な目になった。

「わざわざ危険を冒《おか》して竜騎士団の見習いになった理由を忘れてるんじゃないだろうな？」

「覚えてますよ、ちゃんと」

「ならいいが。いいか隊長、目立つなよ。いやもう遅《おそ》いが、これ以上目立つなよ」

「そういうジークのほうが目立ってるでしょう。この間の新人の訓練試合、一位をとったんですから！　わたしなんて準々決勝で負けてしまって、ふがいないです」

それで少々落ちこんでいたら、ハディスが収穫《しゅうかく》した苺《いちご》でジル専用のジャムを作ると約束してくれた。今から楽しみでしかたない。

「そのナリで十位以内に入るだけでもおかしいと思ってくれ……そもそもベイルブルグじゃ俺は一度だって勝てたことがないんだ。悔《くや》しがるところか？」

「いくら魔力がないからって、新人同士の訓練で負ければショックですよ」

「向上心があるのは結構だが、新人といっても竜騎士団に入れるだけあって傭兵《ようへい》経験者とかこその騎士団にいたとか、手練《てだ》れも多い。もちろんひよっこもいるにはいるが、それでも全員が隊長より年上、しかも全員男。隊長は最年少で、紅一点だ」

びっと鼻先に人差し指を突《つ》きつけられた。

「いいか。自分の立場を自覚しろ。団長は女でも竜騎士団は男社会、しかも見習いだらけとなりゃガキも多い。そろそろ見習いのネジも緩《ゆる》んでくる頃《ころ》だ。俺も極力注意するが、女だってだけで馬鹿《ばか》な悪戯《いたずら》をしかけてくるやつがいるかもしれん」

「馬鹿な悪戯って？」

「……それは……。カミラに聞いてくれ」

口にするのがはばかられたのだろう。そっと目をそらして逃《に》げたジークに、ジルは笑う。

「大丈夫《だいじょうぶ》です、的確に急所を狙《ねら》います」

「わかった、俺が悪かった。この話はやめだ。皇帝《こうてい》に斬《き》られそうな気がしてきた」

「陛下に？　ジークはわたしを心配してくれただけでしょう。陛下が怒《おこ》る理由がないです」

「それでもだ。男はそういうもんなんだって覚えとけ」

話はおしまいとばかりに頭を乱雑に撫《な》でられた。ぐちゃぐちゃになってしまった髪《かみ》を手で整えながら、城門をふたりでくぐる。

賑《にぎ》わう朝市の光景にも慣れてきた。見知った顔もちらほらある。

「ジルちゃん、今日も頑張《がんば》りなよ。ほら、この間の礼だ。兄さんも」

果物屋の店長が、ジルとジークに向けて林檎《りんご》を投げてくれた。街の見回りを命じられたとき、馬車に接触《せっしょく》事故を起こされもめていたところを助け、店の片づけまで手伝ったのだ。おう、とジークがさっそく林檎をかじりながら応じる。

「帰りに買い物よるからまけろよ、親父《おやじ》」

「そりゃ、どれだけ立派な竜騎士様になるかによるなァ。今日だろ、竜の洗礼は」

きょとんとしたジルとジークに、店長が笑う。

「なんだ、知らなかったのかい。訓練場に行ってみな、エリンツィア様と竜がきてるよ。ありゃ竜騎士団新人恒例《こうれい》の、竜の洗礼。竜の適性試験だ」


急いで駆け込んだ訓練場は、興奮に包まれていた。竜騎士団の見習い騎士とはいえ、まだ竜が常駐《じょうちゅう》する駐屯《ちゅうとん》所や厩舎《きゅうしゃ》は立ち入り禁止だ。まずはひととおりの実力や適性を見極《みきわ》め、竜に関する座学を学びながら竜の世話を覚える、と説明を受けていた。

ゆえに竜と接触できるのはまだ先だと思っていたのだが、果物屋の店長がいったとおり、団長――エリンツィアとその騎乗竜《きじょうりゅう》がいたことで、ジルも目を輝《かがや》かせる。整列、という号令で並びはしたものの、皆《みな》の視線が集まるのは竜だ。

そんな新人達を苦笑い気味に見つめ、エリンツィアが正面で声を張り上げた。

「本日は私の竜と接触してもらう！　勘違《かんちが》いしないでほしいが、入団試験のように戦ってみせろというわけではない。ただ頭をさげて挨拶《あいさつ》してもらえるかどうかだけだ。それで相性《あいしょう》を見極める。ローザ……私の竜の名前だが、この子は最上級に近い竜だ。鱗《うろこ》の色を見て欲しい」

エリンツィアがかたわらの赤い鱗の竜をなでた。ぐるっとローザが喉《のど》を鳴らして紫色《むらさきいろ》の目を細める。

「竜は鱗の色で階級が決まる。上から白銀、黒、赤。よく昼、夜、黄昏《たそがれ》だと言われるな。同色内の階級は目の色で見分ける。金目が上位、紫目が下位だ。こう表現すると赤竜は単に三番目ということになるが、まず白竜――金目の白銀竜は竜神《りゅうじん》ラーヴェ様以外にいない」

ぼんやりとジルの頭に、威厳《いげん》のかけらもなくげらげら笑っているラーヴェの姿が浮《う》かぶ。白銀に輝く肢体《したい》に金目、言い伝えどおりの色合いだ。

(ラーヴェ様、竜神なんだなあ……天剣《てんけん》になれる時点でわかってたけど)

なんとなく安心したような、残念なような。

「白銀はラーヴェ様のみに許された色なので、白銀に紫目の竜は存在しない。となると次は黒竜の金目がくるが、これも伝説の存在だ。一説には竜帝《りゅうてい》だった頃のラーヴェ様の色と言われている。そのせいかラーヴェ皇族は髪か目に、黒、金、紫の色を持って生まれる者が多い。竜の階級にならった色なんだろう。私も目が黒だ」

ハディスは綺麗《きれい》な黒髪《くろかみ》に、輝く金色の瞳《ひとみ》をしている。伝説の竜帝そのままの色合い、そして天剣とくれば竜帝に決まったようなものだと思うが、ラーヴェ皇族の血を引いていれば髪と目の色は偶然《ぐうぜん》と言い張ることはできるのかもしれない。

「竜に話を戻《もど》そう。つまり、黒竜は金目はもちろん紫目もほとんど人前に姿を現さない。白銀の竜が神なら、黒竜は王、女王だ。人と変わらぬ知恵《ちえ》を持ち言葉で会話もできるらしい。何百年と生きた竜の鱗が何度も生え替《か》わり最後に辿《たど》り着く色だとも、初めから生まれつく色だとも言われているが、真偽《しんぎ》は不明。いずれにしても滅多《めった》にお目にかかれない存在だ。ここまで言えば、ローザが現実的に最上級の竜だという意味がわかってもらえると思う」

白銀の竜はラーヴェのみ。黒竜も伝説の生き物に近い。となると、人間が扱《あつか》える竜としての最上級は、階級三位の赤竜になる。

「赤がラーヴェ皇族の禁色なのも、竜の階級からきたと言われている。白と黒は竜の神と王だから敬意を表してさけ、赤を選んだそうだ。あとの鱗の色は上から橙《だいだい》、黄、緑、要は虹《にじ》にある色だ。加えてあまり速くは飛べない茶色や灰色、斑《まだら》模様を含むその他の分類《ふく》になる。竜騎士団の階級章にもそれが表れる。見習いは下っ端《ぱ》ということで腕章《わんしょう》が竜の鱗にはない水色だ」

見習いには制服は支給されないが、腕章が配られていた。ジルは自分の腕《うで》を見て色を確認《かくにん》する。確かに水色だ。そしてこちらをうかがっている先輩騎士《せんぱいきし》の腕章は緑色である。

「赤竜に乗ることのできた騎士の階級章は、鱗ではなく、瞳の色にあやかった紫になる。赤は皇族の禁色だからな。私は皇族だが、例外じゃない」

そう言ってエリンツィアが自分の階級章を見せる。瞳の色でいう上位の金ではないのは、やはり竜神の色を慮《おもんぱか》ってとのことなのだろう。

「ちなみに水色はもちろん、青の鱗を持つ竜は存在しない。空を欲しがる女神《めがみ》クレイトスが奪《うば》っていってしまったという神話があってね。女神は青色を空だと勘違いしたまま、クレイトス王族の禁色にしてしまったとか」

ふとジルはクレイトスの禁色の逸話《いつわ》を思い出す。

（確か空はラーヴェだけのものではない証《あかし》、という由来だったような。それがラーヴェでは空と間違《まちが》えた竜の色という表現になるわけか）

二国間の解釈《かいしゃく》の違いは面白《おもしろ》い。ラーヴェの禁色である赤も同じだ。今、竜の階級に敬意を表して赤を選んだと説明されたが、クレイトスでは竜の支配から人間を守るため血の色を女神が分け与《あた》えた説が主流である。

「個体数の多さと階級の高さは逆転するとか、そのあたりは座学で覚えてくれ。本題はここからだ。竜は階級がはっきりしていて、竜との相性の目安になる。わかりやすく言えば、上位の竜に認められた人間は自然と下位の竜に認められる。あとから橙竜《とうりゅう》や黄竜、緑竜から斑竜《まだらりゅう》までくる予定だから、ローザにそっぽを向かれたからといって心配しなくていい」

だが、とエリンツィアは笑った。

「ローザが挨拶を返せば、竜騎士《りゅうきし》団でもエース級の橙竜に乗れることは間違いない。触《ふ》れることを許されれば赤竜に乗るのも夢じゃない。出世コースまっしぐらだ。ま、ほとんどが無視されるだろうが、どうせなら大きな夢から挑戦《ちょうせん》したいだろう？」

歓声《かんせい》がエリンツィアの誘《さそ》いに応じた。ジルも両手を握《にぎ》りしめて目を輝かせる。

ローザに挨拶する順番はこの間の試合の上位からになった。つまりジークが一番のりだ。皆の注目をあびながら、ジークがものすごく嫌《いや》そうな顔でエリンツィアに言われたとおり、正面で顔を伏《ふ》せて跪《ひざまず》く。いわゆる、服従の姿勢から入ることが竜への挨拶になるそうだ。

皆が固唾《かたず》を呑《の》んで見守っている中で、ジークに目をやったローザが、じっとその姿を見たあと、頭をさげたと思ったら、ふんと鼻息を思い切り浴びせ、ジークに尻餅《しりもち》をつかせた。

そのあとは目をぱちくりさせているジークなど知らんぷりで、そっぽを向いている。

意味がわからず皆がぽかんとしている中で、エリンツィアが豪快《ごうかい》に笑う。

「いいじゃないか。今のは一昨日《おととい》きやがれという意味だ」

「は⁉　喧嘩《けんか》売ってんのか、どこがいい──ん、ですか？」

途中《とちゅう》でエリンツィアが団長だと思い出したらしく、ジークが尻《しり》すぼみに敬語になる。だがエリンツィアはそんなことは気にせず、笑って説明を続けた。

「まるきり無視はしなかっただろう、からかっただけいい傾向《けいこう》だ。緑竜は挨拶を返してくれるかもしれないぞ。それにここでいきなりローザが挨拶を返したら、竜騎士団の先輩騎士の面目《めんぼく》が丸つぶれじゃないか」

エリンツィアのひとことに、新人達の洗礼を見物しにきている竜騎士たちが笑う。

（いい雰囲気《ふんいき》だな。精鋭《せいえい》の竜騎士団をちゃんとまとめてる）

ジークが立ちあがりその場から去ると、エリンツィアが手を鳴らした。

「言っておくが緑竜も立派な竜騎士、エース級だ。竜騎士団の大半は茶、灰色か色のまざった斑竜がしめているからな。さあ、落ちこんでないで次だ次！」

勢い込んで新人が進み出るが、ばんと地面を足で踏《ふ》まれて脅《おど》かされたり、一瞥《いちべつ》しただけでそれきりだったりが続く。頭をさげる挨拶をかわしてもらえる者は出ないまま、ジルの順番がまわってきた。

どきどきしながら進み出たジルに、エリンツィアが意味深に笑う。

「ああ、君か。君はどうかな」

「頑張ります！」

宣言して、ジルは目を閉じ、頭《こうべ》を垂れてその場に片膝《かたひざ》をつく。

（仲良くなれますように！　自分の竜がほしい！　それで陛下みたいにかっこよく乗れたらいいな。そう、竜はできれば――）

ふわっと風が吹《ふ》いた。優《やさ》しいというには勢いのある――殺気。

咄嗟《とっさ》にジルは地面を蹴《け》って飛びのいた。鋭《するど》く大きな爪《つめ》がかすめ、肩《かた》から胸にかけて衣服を切り裂《さ》く。斬《き》り付けられたような、かすかな熱と痛みが走った。

「ローザ!?　何をしている！」

エリンツィアの制止も無視して、ローザが吼《ほ》えた。大きく翼《つばさ》を開き、ジルをねめつける。ぎらぎらとした紫色の目に宿っているのは敵意だ。

「ローザ、やめろと言っている！　君――ジルだったか、早くさがって、手当てを！」

竜《りゅう》の座学など受けていなくてもわかる。ローザが向けているのは、完全な威嚇《いかく》行動だ。

呆然《ぼうぜん》とそれを見ているジルを、ジークが抱《だ》きあげてその場から離《はな》れる。

「大丈夫《だいじょうぶ》か、隊長。傷は」

「だ、大丈夫……です。服が破れたくらいで、かすり傷です」

した。

「一応、救護室に行くぞ」

「どうして……わたし、竜妃《りゅうひ》なのに。竜帝の、妻なのに……」

思わずこぼしたつぶやきにジークは一瞬《いっしゅん》、足を止めたが、すぐさま大股《おおまた》で救護室へと歩き出した。

しょんぼりして帰ってきたジルを出迎《でむか》えたのは、甘酸《あまず》っぱいにおいだった。ハディスが苺《いちご》のジャムを鍋《なべ》で煮詰《につ》めているのだ。

「あれ、早かったね。おかえり——ジル？」

鍋をかける火を止め、エプロンをつけたハディスが首をかしげる。ジルがぶかぶかの軍服の上着だけを着ているからだろう。

戸口に立ったまま、ジルは唇《くちびる》を引き結んだ。今はハディスの顔が見られない。

「ただいま、帰りました……ちょっと騒《さわ》ぎがあって、怪我《けが》をして。部屋で休みます」

「怪我？　見習いの実戦投入はまだ先だろう。まさか、訓練で君が怪我を？」

「かすり傷ですから、心配しないでください。手当てもしてもらったので」

ハディスの横をすり抜《ぬ》け、奥の部屋に入る。少しひとりになりたかった。ハディスと共用の寝室《しんしつ》なので無理かもしれないが——そもそも鍵《かぎ》がない。

背負った鞄《かばん》を小さな木の丸テーブルに置き、ぼすんと硬《かた》い寝台《しんだい》に身を投げ出す。埃《ほこり》は立たず、お日様のにおいがした。毎日ハディスが掃除《そうじ》をしてくれているからだ。

（わたし、役立たずだ）

不意にそんな弱音がこみあげてきて、そばにあるハディスぐまを急いで抱《だ》きしめた。

魔力《まりょく》を封《ふう》じられただけでなく、ハディスにかばわれハディスの魔力まで奪った。竜騎士団に入って情報収集をはかろうとしたら、よりによって竜に敵意を向けられた。ローザはすぐにおとなしくなったが、敵意を向けたのはジルだけらしい。赤竜が敵視するのだ。他《ほか》の竜もそろって同じだろう。

まだ何も言われていないが、竜に敵意を向けられる人間が竜騎士にはなれないだろう。竜騎士団にいられなくなってしまうかもしれない。そうしたら情報収集の手段は現状、なくなってしまう。

（魔力を封じられてても竜にはわかるってことか。でもわたし、竜妃なのにな……）

ふとジルの目に、左手が映る。その薬指に金色の指輪は光っていない。ラーヴェが見えなくなったのと同時に、見えなくなった。

（……魔力がないと、本当に少しも、陛下の役に立てない……）

ハディスがジルに望んだ条件は、十四歳未満、魔力の高い女の子。──幼女趣味《しゅみ》疑惑《ぎわく》を抱《いだ》くだけだった条件が、今は別の意味で怖《こわ》い。

こういうときは眠《ねむ》ってしまおう。そうすればまた元気になる。

魔力のない自分なんてハディスの足手まといなのでは、なんて思わなくなる。

「ジル、あけるよ」

扉《とびら》が開く音が聞こえた。寝《ね》たふりをしてしまおうと、ジルはそのまま息を殺す。

「ジークから聞いた。……竜に、怪我をさせられたって」

静かに近づいてきたハディスはジルの狸寝入《たぬきねい》りなどそもそも気づいていないようで、寝台の脇《わき》に腰《こし》をおろす。

「今、ラーヴェと話し合って――うるさいな、話し合いだよ。ちゃんと僕は選択肢《せんたくし》を与えてるじゃないか」

竜神《りゅうじん》に相談するなんて、ずるみたいだ。そう思ってしまうから、寝たふりをするに限る。

「しかも僕が選ぶんじゃない、選ぶのはジルだ。そういうわけで、ジル。つらいかもしれないけど聞いてほしい」

寝たふりだ、寝たふり。そう言い聞かせてジルはだんまりを決め込む。

「焼くか煮込むか蒸《む》すか炙《あぶ》るかどれがいい？」

「なんの選択肢ですかそれ⁉」

飛び起きたジルに、ハディスが薄《うす》く笑った。

「何って。君を傷つけた身の程《ほど》知らずの赤竜の――うるさいラーヴェ、もう殺す絶対殺す必ず殺す、これは竜帝《りゅうてい》の決定だ。選べるのは調理方法と味付けだけだ」

「待ってください、竜って食べられるんですか⁉　いえ、食べていいんですか⁉」

「いいに決まってる――うるさいって言ってるだろうラーヴェ！　竜だって肉はついてる、だったら食べられるはずだ！　ジルに傷をつけたんだぞ、おいしい一品料理になる以外、今生に救いなどない！」

そんな救いがあるか、というラーヴェの叫《さけ》びが聞こえた気がして、ジルも慌《あわ》てる。

「陛下！　わ、わたし平気です！　かすり傷だし、ちょっとびっくりしただけで！」

「だってジークがお弁当も食べなかったって言ってた！　全部その竜のせいじゃないか、僕の愛情たっぷりのお弁当！　デザートまでついてるのに――黙《だま》れ僕は竜よりジルのほうが大事で可愛《かわい》い！　は？　竜帝に死ねって思われたら竜は死ぬかも？　どうせお前が僕から竜をかばうんだろう、だったら僕はジルをかばうぞ！」

「わたしは大丈夫ですから、落ち着いてください陛下。ラーヴェ様と喧嘩はしないで」

「ジルは僕が選んだお嫁《よめ》さんだ、文句は言わせない！　たとえお前でもだラーヴェ！」

どこで口を挟《はさ》んだものかうかがっていたジルの頭が、一瞬真っ白になった。そのあとで羞恥《しゅうち》がこみあげてくる。

（ああもう、自分が単純で嫌《いや》だ）

ハディス本人は自分が何を口走ったのかわかっていないらしく、ラーヴェとの言い争いに夢中になっている。

「竜妃の試練とかそんなもの知るか！　要は姑《しゅうとめ》か舅《しゅうと》じゃないか、僕のお嫁さんをいじめるなら食材だ！　不満なら僕以外の器《うつわ》をさがしてみたらどうだ、この太めの蛇《へび》もどき――」

抱きつくと、何やらラーヴェと罵倒《ばとう》し合っていたハディスが止まった。両腕《りょううで》を広げて体当たりする勢いだったのに、びくともしない。魔力がなくて力がないせいだ。でも今は力一杯《ちからいっぱい》抱《だ》きついても受け止めてくれる、この大きな体と力が頼《たの》もしかった。

「陛下」

「う、うん。何、ジル？」

「好き！」

顔をあげてまっすぐ目を見て訴《うった》える。しばしの沈黙《ちんもく》ののち、ぼんっとハディスの頭のてっぺんから湯気が出た。

「な、なに、なんで突然《とつぜん》⁉」

「大丈夫です、わたし！　仲良くはできなくても、殴《なぐ》ることはできます！」

何を弱気になっていたのだろうと、拳《こぶし》を振《ふ》り上げてから、寝台を飛び降りた。

（人生やり直してるからって、全部うまくいくわけじゃない。当然だ。驕《おご》るな、わたし）

やるべきことを見失ってはいけない。ジルの目的は竜妃になることではない。

ハディスをしあわせにすることだ。竜妃の地位なんてその手段でしかない。

「竜騎士団《りゅうきしだん》をクビにならないよう、もうちょっと粘《ねば》ってみますね。あ、おなかすいてきた。お弁当いただきます！　今日の晩ご飯はなんですか？」

「え……と、野菜とひき肉を詰《つ》めたパイ……」

「ほんとですか！　楽しみにしてますね」

「け、怪我は？」

「平気です。元気になりました！　陛下のおかげです」

両腕を持ちあげて握《にぎ》りこぶしを作ってみせると、ハディスが赤い顔のまま目線をうろうろ泳がせた。

「そ、そう？　ならいいけど……あの、でも、さっきの」

「竜に関してならもう大丈夫ですよ。ひとつ、目標を決めました」

寝台の上に座っているハディスをジルは見あげる。黒い髪《かみ》に、金色の綺麗《きれい》な目。ジルの夫はいつだって世界中に見せびらかしたいほど美しい。

「金目の、黒竜がほしいです」

ハディスは顎《あご》に指を当てて、生真面目《きまじめ》に考え出した。

「金目の黒竜か。僕もまだ見たことがないからな……どこにいる、ラーヴェ？　……教えないって……食材は勘弁《かんべん》してやるから教え――そもそもなんで欲しいんだって、ラーヴェが」

「だって陛下と同じ色ですよ！　乗りたい！」

身を乗り出したジルを見おろすハディスの目には、ジルしか映っていない。

いつだってジルはそれが嬉《うれ》しい。

「だから頑張《がんば》ります。応援《おうえん》してくださいね、陛下！」

そうと決まれば落ちこんでなどいられない。素振《すぶ》りでもしながら、今後のことを考えよう。

お弁当を持ち直して、ジルは軽い足取りで寝室を出て行く。

寝台にひとり取り残されたハディスは、ジルの背中を呆然《ぼうぜん》と見送った。

元気になったなら何よりだ、そう思うのだが。

「……僕と同じって。乗りたいって」

ばたんと寝台に倒《たお》れたハディスは真っ赤になった顔を両手で隠《かく》して悶《もだ》える。

「……わかってるラーヴェ、そういう意味じゃないってわかってる！　笑うな、想像もしてないほんとに竜を食材にするぞ！　ああもう、だめだ……竜って情緒《じょうちょ》がなさすぎる……」

頭の中でぎゃあぎゃあラーヴェが何か言っているが、心臓が落ち着くよう深呼吸しながらハディスは目を閉じる。

(だっておかしいだろう。竜妃《りゅうひ》だからそう簡単に竜が認めないとはいっても、あんな素敵《すてき》な竜妃にときめかずにいられるなんて――ああでもよかった)

いつだって彼女は自分を失望させない。喉《のど》の奥を鳴らして笑ったハディスは、金目の黒竜にのって空を翔《かけ》るジルを夢想し、その凜々《りり》しさに思わず咽《む》せた。

気分が持ち直せば、視野が広くなる。

ジークは竜騎士の適性があると判断されるだろう。竜と相性《あいしょう》がいいなら、竜の廏舎《きゅうしゃ》に出入りするとか、竜と接触《せっしょく》する機会が増えるはずだ。反対にジルは騎士団の補助的な雑務に回されるだろう。持ち場が離《はな》れることで、自然と二手に分かれられる。

よく考えると、情報収集にはちょうどいい展開ではないだろうか。

喜ぶジルにジークは仁王立《におうだ》ちで言った。

「だったら俺も補助に回る。当然だろう。俺はお前の騎士なんだ」

「わたしは陛下の妻です。そろそろ竜騎士見習いだって、陛下の捜索《そうさく》にも駆《か》り出されるかもしれません。竜騎士団の戦力や帝都《ていと》の情報も手に入れましょう」

「聞け。俺は、お前の、騎士だ」

「わたしは、陛下の、妻です。ということでお願いしますね。万が一正体がばれたとき、ジークのほうが危険な場所にいるんですよ。竜騎士団の内部に入っていくんですから」

両腕を組んだジークは長考した末に、諦《あきら》めたように後頭部をかいた。

「わかった。だが無理はするなよ。昨日の一件で、隊長をなめる馬鹿《ばか》が絶対出てくる。多少腕《うで》が立とうが、竜騎士になる適性がないってな。扱《あつか》いも変わるかもしれん」

そのジークの懸念《けねん》は、ある意味で当たった。

「本日は巡回《じゅんかい》でありますか」

「ああ、君には街の警邏《けいら》に当たってもらう」

「はい、教官。わたしは訓練に参加できないということでしょうか？」

「そうだ。街の中央、噴水《ふんすい》広場に別班が待機している。彼らの指示に従うように。見習いの腕章《わんしょう》を目印にするといい」

竜騎士の適性がないと判断されると、ここから先の訓練には参加できないようだ。

（竜騎士になれる人物から先に竜の扱いを教える。当然の判断だな）

全体行動を叩《たた》き込むために見習い期間中は平等にしごくのが軍だが、ここは竜騎士団だ。勝手が違《ちが》うのだろうと、ジルは唇《くちびる》を引き結ぶ。うしろで忍《しの》び笑いが聞こえたが、背筋をのばして、慣れた敬礼を返した。

「拝命致《いた》しました！　警邏に向かいます」

「午後の座学に間に合うよう、正午には戻《もど》るように。——次！」

名前を呼ばれた人間が、びくっと体を震《ふる》わせたあと、青ざめる。おそらくジルと同じで、竜からの反応が芳《かんば》しくなかった人間だろう。何か言いたげなジークに小さく首を横に振り、ジルは訓練場から出た。

座学を受けられるということはクビではない。だが何人かは今日、正午までにもう戻ってこないかもしれないと思った。

（竜騎士団の情報はジークにまかせよう。わたしは市井《しせい》の情報収集だ）

問題は噴水広場に何が待っているかだ。別班がいるということだが、おそらく竜騎士の適性が低いと判断された者達の集まりなのだろう。

まさか精鋭《せいえい》とうたわれる竜騎士団で、くだらないいじめや穀潰《ごくつぶ》し部署が横行しているとは思わないが、上から下まで清廉潔白《せいれんけっぱく》な組織など存在しない。窓際《まどぎわ》部署はどこにでもある。

見習いには制服は支給されない。腕章のみが目印だ。噴水広場にたどり着いたジルは、周囲を見回して、まばたいた。

この間の試験で竜に踏《ふ》み潰《つぶ》された噴水の縁《ふち》に座り、本を読んでいる人物がいる。左腕《ひだりうで》にはジルと同じ見習いを示す水色の腕章をつけていた。

「あの」

話しかけると、噴水に座っていた人物が顔をあげた。

白い肌《はだ》に、白金の髪。くわえて簡素な白のシャツを着ているせいで、青みがかった瞳《ひとみ》の色が冴《さ》えて見える。青年というには早く少年というには大人びている仕草でこちらを見た。向けられた柔和《にゅうわ》な笑《え》みに、騎士の豪胆《ごうたん》さはまったくない。だが物静かな眼差《まなざ》しは深く、鋭《するど》い。

「ああ、君がこの間入ったっていう女の子か。噂《うわさ》には聞いてるよ。その年でずいぶん腕が立つとか」

少し高めの声が優《やさ》しく響《ひび》く。

だが決して油断してはならない。ジルは、その理知的な目を、よく知っていた――今から六年後に、いやというほど知り尽《つ》くしていた。

「俺はロレンス。よろしく」

差し出された手を、握り返す。どうしてここに、とは問わない。

「ジルです。よろしく」

「ジルか。いい名前だね」

ジルの正体に気づいていてもおかしくないのに、彼はそれをみじんも感じさせず笑う。

そういう腹芸ができる人物だ。よく知っている。

なぜなら彼は、かつてジルの副官。そして今は、ジェラルド・デア・クレイトス王太子殿下《でんか》の部下のはずである。

ロレンス・マートンとジルが出会ったのは、ジェラルドが対ラーヴェ帝国《ていこく》戦のために作った士官学校に入る少し前だった。

ジェラルドの婚約者《こんやく》になったジルはまず花嫁《はなよめ》教育を受けたが、ジェラルドが半年ほどで「君は淑女《しゅくじょ》より軍人に向いている」と方針転換《てんかん》しジルの仕官を決めた。ジェラルドは正規の軍の他《ほか》に王太子直属の魔力《まりょく》の高い遊撃《ゆうげき》隊を欲しがっていて、その部隊長になってほしいと言われたのだ。そのとき副官候補として、ジェラルドの部下だったロレンスと引き合わされ、一緒《いっしょ》に士官学校へ入学し、一年ほど叩き上げられて従軍した。異例の早さでの従軍は、開戦を見込んだジェラルドの意向である。

今思えば、ロレンスはジルの監視《かんし》も兼任《けんにん》していたのだろう。どこか一線引いたところがあった。だがジェラルドの読みどおり、卒業後一年とたたずラーヴェ帝国と開戦し、初陣《ういじん》と幾度《いくど》かの死線をくぐりぬけて部隊を作りあげた頃《ころ》には、名実ともにジルの副官になっていた。

剣《けん》の腕はそれなりでも魔力量が平均値以下のロレンスは、クレイトスでは落ちこぼれだったが、魔力の少なさを補ってあまりある知恵《ちえ》と知識があった。いつも穏《おだ》やかで人当たりのいい柔和な笑みを浮《う》かべながら腹の内を見せないロレンスに、狸《たぬき》軍師とあだ名をつけたのはジークだったか、カミラだったか。それでもあの六年後の未来、ジェラルドよりジルを選んでいてくれたという確信がある。

だがそれはあくまでジルが彼と信頼《しんらい》関係を築いた未来の話であって、今は間違《まちが》いなくジェラルドの部下だ。その彼が今、ここにいるということは――。

（こいつ、間諜《かんちょう》まがいの仕事までしてたのか！　ジェラルド様と同い年だから、今はまだ十五歳くらいだろう⁉　ああもう、ジェラルド様の部下だったときの話、少しくらい聞いておけばよかった……わたしの部隊、身上過去を問わずだったから……）

ラーヴェ帝国出身のカミラとジークの過去も、最近やっと知ったところだ。ちょっと大雑把《おおざっぱ》すぎる人事をしすぎたかもしれない。

だが、後悔《こうかい》してもしかたない。そもそもこの秘密主義で、一癖《ひとくせ》も二癖もあるこの男が聞いて素直《すなお》に本当のことを教えたとも思えない。

むしろ、ジルがロレンスの正体を知っている分、有利に立ち回れることを考えるべきだ。

「ジル、か。確か、サーヴェル辺境伯のご令嬢《れいじょう》が一緒の名前なんだよ。知ってる？」

――いや、そうとは限らないかもしれない。

「へ、へー！　そうなんですね、知りませんでした！　ところで、他の方は？」

目線を泳がせながら答えたジルに、ロレンスは笑う。

「ああ。俺は一月ほど前の入団なんだけど、最近めっきり誰《だれ》もこなくなったな。そういう君はひとり？　他のひとは？」

「呼ばれてるひとはいましたが……やっぱりこれ、ふるい落としでしょうか？」

「小さいのに勘《かん》がいいね。でもちょっと違う。――時間だし、見回りに行こう」

本を持って立ちあがったロレンスは、先に歩き出した。追いかけるジルに歩調を合わせながら、話を続ける。

「竜《りゅう》と相性《あいしょう》がいいと思われた見習いは、竜の世話係から始める。適性が今ひとつと思われた見習いは、こうして街の警邏をさせて、土地に馴染《なじ》ませるんだ」

「土地に……馴染ませる？」

「これは座学もまじえた俺の持論だけど、竜の存在はラーヴェ帝国の領土問題だ。竜神ラーヴェの加護がある空の下でこそ竜は産まれ、育つ。魔力を嫌《きら》うって話だって、神話上は敵国のクレイトスに魔力の強い人間が多いから、防衛本能でそうなってるんだろう。だからこの帝国を守りたい、この街を守りたいという想《おも》いが強い人間に、竜はなつきやすい」

「はあ、なるほど、だから街の警邏なんですね」

ひとの顔を見て、街に愛着を持てば、竜との相性も変化する可能性があるということだ。

「持論だからあまり信頼はしないでくれ」

「いえ、わかりやすかったです。つまり愛国心の問題なんですね」

そうなると、ラーヴェ帝国の間諜にきたロレンスが、竜と相性が悪いのは当然だ。

(まさか、わたしが嫌われるのもそのせいか？　別にラーヴェ帝国を攻めようとか思ってないが……過去やったことも関係してるとしたら……あー心当たりありすぎる)

何頭も殴《なぐ》りまくって撃墜《げきつい》したし、ラーヴェ帝国内にも攻め入った。エリンツィアが死亡し後《こう》継者《けいしゃ》争いで混乱したこの城塞《じょうさい》都市を占拠《せんきょ》したことも、取り戻しにきたラーヴェ帝国軍と争ったこともある。すべて今はなかったことになっているが、ジルの記憶《きおく》には残っている。

「難しいですね……」

「君はやっぱり竜騎士《りゅうきし》になりたいんだ？」

「というより、金目の黒竜が欲しくて」

目を丸くしたあとで、ロレンスが弾《はじ》けるように笑った。

「それはすごいな。まずさがすのが大変だ。ラーヴェ皇族でも会えるのかどうか」

「そういえば今、帝都《ていと》のほうが騒《さわ》がしいみたいですが」

世間話の素振《そぶ》りでそれとなくさぐりを入れてみる。ロレンスはあっさり頷《うなず》き返した。

「ハディス・テオス・ラーヴェが偽帝《ぎてい》だっていう話だろう？　天剣が偽物《にせもの》だとかで。諸侯《しょこう》は真《しん》偽《ぎ》を問いただすためにハディス・テオス・ラーヴェを目下捜索《そうさく》中だそうだが、実際はどちらにつくか決めかねて日和見《ひよりみ》するだろうね」

「えっそうなんですか？」

ゲオルグの手に堕《お》ちたのかとばかり思っていたジルに、ロレンスは苦笑いを浮かべる。

「みんな気にしてるんだ。ハディス・テオス・ラーヴェの二十歳《はたち》の誕生日に、ゲオルグ前皇弟《こうてい》殿下《でんか》が死体になるか否《いな》か」

「あ……」

ハディスが皇太子になるまで続いた、誕生日に皇太子が死んでいく呪《のろ》いだ。実際はハディスを孤立《こりつ》させるための女神《めがみ》の嫌《いや》がらせなのだが、周囲はハディスが引き起こした呪いだと思っている。

「詳細《しょうさい》は知らないが、そう簡単に忘れられる恐怖《きょうふ》じゃないんだろう。だから夏が終わる頃までは、どこもどちらの味方にもならず、のらりくらりかわすんじゃないのかな」

ハディスは夏生まれなのか。こんな基本的なことを知ったとき、まだまだつきあいが浅いのだと思い出す。

（なるほどな。呪いが怖《こわ》くて、夏までは判断保留にするわけか。ここは助かったというべきなんだろうが……）

まるで女神がハディスを守っているようではないか。腹が立つを通りこして殺意がわく。

苛立《いらだ》ちが顔に漏《も》れ出たのだろう。少し先を歩くロレンスがまばたいた。

「どうしたんだい？　そんな顔して」

「お気になさらず。事情はわかりました。だから手配書が回っているわりには、積極的に捜索隊も出さないのですね。わたし、そろそろ捜索に駆《か》り出されると思っていたので」

「ここは政治的な争いは中立をとることが多いから、捜索には消極的だと思うよ。だからこそ安全を確保するために、精鋭《せいえい》の竜騎士団が必要になる」

では、ハディスの捜索のためというよりは、中立という立場を確保するために竜騎士団の見習いを臨時で募集《ぼしゅう》し、戦力の増強をはかっているわけか。

（その竜騎士団を叩《たた》き潰《つぶ》して追い込んだのはわたしとお前だけどな！　今思えば、こいつが竜の生態に詳《くわ》しかったのはここで間諜をしてたからか）

竜の活動限界時間や習性につけこむ策を立て、エリンツィアの竜騎士団を半壊《はんかい》させたのはロレンスだ。ロレンス曰《いわ》く、竜を殴って倒《たお》すジルのほうがおかしいということだったが。

「だが竜騎士団は優秀《ゆうしゅう》な裏方が必須《ひっす》だ。補給部隊なんかが特にそうだ」

「ああ、だから竜との相性が今ひとつだからといって、即《そく》クビにはしないんですね」

「そう。今は竜に見向きされずとも、座学を学び、うまく世話ができるようになった見習いが真っ先に竜騎士に叙任《じょにん》なんて珍《めずら》しくない。誰にも扱《あつか》えない気難しい竜を乗りこなす騎士が元補給部隊なんて話もざらだ。だからクビにはならないが、ここに回され、自分の適性を見極《みきわ》める聡明《そうめい》さもなく愚直《ぐちょく》にもなれない人間は、諦《あきら》めがちだ」

「だからふるい落としではあるけど、少し違《ちが》うと。――その話、他の人にしてあげたらどうなんですか？」

「所詮《しょせん》、俺の持論だよ。それに実際問題、竜の世話に早々と向かう同期を見送って街の警邏《けいら》に回されるのは、屈辱《くつじょく》の連続なんだろう。正規ルートで竜騎士に邁進《まいしん》する連中からは、街の便利屋さんだって笑い者にされることも少なくない」

「どっちも必要な仕事でしょうに、優劣《ゆうれつ》をつけるなんて馬鹿《ばか》馬鹿しい」

だが、見習いなんてそんなものだろう。士官学校でもくだらないいじめはあった。そこから驕《おご》りや無力を悟《さと》って一人前になっていくのだ。

ジルの横で、ロレンスが足を止めた。

「ロレンス……さん？」

「ロレンスでかまわないよ。ほとんど同期だろう、ジル。――実はね、噂《うわさ》があるんだよ」

意味ありげなロレンスの優《やさ》しい笑《え》みに、ジルは思わず一歩さがった。

(知ってる、こいつがこういう顔をするときは、獲物《えもの》を引っかけるときだ!)

「噂は正確な情報収集を阻害《そがい》するので結構です!」

叫《さけ》んで両耳をふさいだジルに、ロレンスがぽかんとした。が、すぐさま口元だけで笑って、両手を引きはがしにかかる。

「何するんですか!?」

「まあそう言わず、聞いてくれ。ノイトラール公爵家《こうしゃくけ》――エリンツィア団長が捜索隊を出さない理由について、もうひとつ噂があるんだ」

「聞きませんし、聞こえませんから!」

「そう言い張るならどうぞ? 実は今クレイトスから、さる御方《おかた》が――」

いきなり日陰《ひかげ》になったと思ったら、大きな羽ばたきと一緒《いっしょ》に風と影《かげ》が旋回《せんかい》した。

竜だ。助かったとばかりにジルは上空を見あげて話題を変える。目の色は見えないが、鱗《うろこ》の色はなんとか見えた。

「赤竜ですね。エリンツィア様でしょうか?」

「いや。見習いに竜の廐舎《きゅうしゃ》を案内している時間のはずだ」

なぜ知っていると思ったが、つっこんだら藪から蛇《へび》を突《つつ》き出すようなものだ。そのまま会話の流れに乗った。

「じゃあ他《ほか》の竜騎士《りゅうきし》の方ですね。意外といるんですね、赤竜」

「まさか。今、赤竜を持っているのは、ラーヴェ皇族か三公だけだよ」

「おい、そこのふたり！」

　上空から声がしたと思ったら、人影が落ちてきた。あっと思ったが、竜から飛び降りたその人物は綺麗《きれい》に地面に着地する。

（いい体幹だな。魔力《まりょく》も……クレイトスでも高いほうだな、これ）

　ラーヴェ帝国《ていこく》では珍しいのではないだろうか。埃《ほこり》をはらいながら何でもない顔で立ちあがった人物を、ジルはまじまじと観察する。

「君達はノイトラール竜騎士団の見習いだな？」

　ジルとロレンスの腕章《わんしょう》を見て、青年が尋《たず》ねる。ジルたちが答える前に、上空で竜が非難するような鳴き声をあげた。

　端麗《たんれい》な眉《まゆ》をよせた青年が、上空に向けて声をはりあげる。

「ブリュンヒルデ。すまないが先に厩舎へ行っていてくれ。僕もあとから顔を出す」

　竜が不満そうに一声鳴いたが、旋回をやめて飛んでいく。それを見送って、やっと青年がこちらに向き直った。

　切りそろえられた深紫《ふかむらさき》の髪《かみ》が風に流れ、銀の瞳《ひとみ》がロレンスとジルを見て細くなる。品物を検分するような高圧的な眼差《まなざ》しだが、不思議と不快にさせない気品があった。

「取り次ぎを頼《たの》みたい。エリンツィア皇女殿下《でんか》に大至急だ。今は竜騎士団の団長をしているんだろう?」

「失礼ですが、あなた様は?」

慇懃《いんぎん》無礼とも取れるロレンスの誰何《すいか》に青年は一瞬《いっしゅん》顔をしかめたが、すぐしかたないといったふうに首を振《ふ》って、自分の胸元《むなもと》に手を当てた。

「これは失礼した。僕はリステアード。リステアード・テオス・ラーヴェ」

ロレンスが眉尻《まゆじり》を動かした。知らない相手のようだ。

ジルも知らない顔だった。エリンツィアと違い、戦場でも会わなかった。

「ラーヴェ帝国第二皇子、と言い替《か》えてもいい。異母とはいえ、弟が姉に会いにきたんだ。まさか、会わせないなどとは言わないだろう?」

なぜなら彼は、開戦前に死ぬ。

異母兄弟であるハディスのやり方に異を唱え反乱を起こし、処刑《しょけい》されるのだ。

リステアードをエリンツィアの執務《しつむ》室に案内したジルだが、退室しようとするなりエリンツィアに引き止められた。

「ああ、君はここにいてくれないか」

「はい? いいんですか」

問い返してしまったジルに、エリンツィアがいささか青い顔で頷《うなず》く。

「給仕《きゅうじ》をお願いしたい。あとで話もある。——何よりうるさいんだ、こいつ」

「お言葉ですね、エリンツィア異母姉上《あねうえ》。まさか僕が厄介者《やっかい》だとでも？　まさか何度書簡を送っても返事がなかったのは、わざとだったと？　まさかラーヴェ帝国第一皇女でもあらせられるエリンツィア皇女殿下が、そのような卑劣《ひれつ》な真似《まね》をなさったと僕は思いたくないのだが」

「ほら見ろ、うるさいだろう。ひとりで耐《た》えきれない」

同意を求められても、ジルは頬《ほお》を引きつらせることしかできない。ではと一礼して出て行くロレンスが恨《うら》めしいくらいだ。

（でも、ロレンスの奴《やつ》あっさり引き下がったな。まさか盗聴器《とうちょうき》をしかけてるとか……いや、それならエリンツィア殿下かリステアード殿下が気づくか）

できればロレンスを野放しにはしたくない。カミラやジークと違い、ロレンスはクレイトス王国出身、立派な貴族だ。ジェラルドの部下に取り立てられるだけの能力も事情もある。つきあいが長かった分、敵に回したら厄介だということもよくわかっていた。

とはいえ、今はこちらが優先だろう。周囲をよく検分しながら、とりあえず給仕をしようと思ったら、リステアードは勝手知ったる顔で棚《たな》を物色し、紅茶を淹《い》れていた。

そして応接ソファに腰《こし》かけてひとくち飲んで、言った。

「相変わらず姉上のところの茶葉はまずい」

「勝手に淹れて飲んでその言い草か。飲めればいいだろう。ここは宮廷《きゅうてい》じゃない、騎士団だ」

「僕の竜騎士団《りゅうきしだん》ではいつも最高級の茶葉を用意してますがね」

気安い軽口をたたけるのは、それなりに交流と信頼《しんらい》がある証《あかし》だ。

(仲が良いんだな、陛下の姉兄《きょうだい》って。……まさか、陛下だけが仲間外れ……)

遠い目になりつつ、ジルは護衛らしく出入り口の扉《とびら》の前に警備代わりとして立つ。

「率直《そっちょく》に聞きます、姉上。どちらにつく気ですか」

「お前な。竜騎士見習いとはいえ、ジルがいるんだぞ。少しは周囲を気にしろ」

「守秘義務も理解できないような見習いなら、即座《そくざ》に首を飛ばすことをおすすめしますよ」

ちらと一瞥《いちべつ》されて、ジルは慌《あわ》てて了承《りょうしょう》を示すために何度も頷き返した。この場合飛ぶ首は間《ま》違《ちが》いなく職ではなく身体的なほうだ。

「それに、聞かれて困ることなど僕は聞いていません。叔父上《おじうえ》が新皇帝《こうてい》を名乗り、あの馬鹿《ばか》が偽帝《ぎてい》だと帝都を追放されたことを知らぬ人間など、今のラーヴェ帝国にはいない。新聞は偽帝騒乱《そうらん》だとか勝手に名づけて連日騒《さわ》ぎ立て、三公、各諸侯《しょこう》とも、叔父上につくのかあの馬鹿につくのか、どこもかしこも固唾《かたず》を呑《の》んで見守っている」

(あの馬鹿って、陛下のことか?)

だが、ハディスを敵視していると判断するには、リステアードの口調に叱《しか》りつけるような含《ふく》みがあった。

「では聞くが、お前はどちらにつくんだ?」

「それを判断したくても、あの馬鹿が雲隠《くもがく》れしてるんだろうが!」

だん、とリステアードが拳《こぶし》でテーブルを叩《たた》いた。

「叔父上は捜索《そうさく》を命じているが、どこもまともに動かない！　捜索隊を出せば叔父上の支持を表明したことになるとか、そんなことを気にしてばかりだ。そういう問題じゃないだろう、あの馬鹿を叔父上と対等な表舞台《おもてぶたい》に立たせてから議論すべきことだ！」

「無茶を言う。そういうお前はどうだ、叔父上とハディス、どちらの天剣《てんけん》が本物だ？」

「はっ。三百年も消えていた天剣を、辺境にいたあの馬鹿が帝都に持ち帰った。今になってそれが偽物《にせもの》で、叔父上が見つけた天剣が本物だと？　そう都合よくラーヴェ皇族の宝剣《ほうけん》が偽物になったり本物が見つかったりするものか、馬鹿らしい」

「その言い方だと、お前の中ではどちらが本物かの結論は出ているようだが」

苦笑いまじりのエリンツィアに、むっとしたらしいリステアードが勢いをなくす。

「……僕の感性には合わない田舎者《いなか》だが、あれは竜帝《りゅうてい》だ。間違いなく」

ひそかに目を見開くジルの前で、エリンツィアが頷き返す。

「そうだな。同感だよ。あの子は竜帝だ」

「言っておくが、だからって皇帝だと僕は認めたわけじゃない。帝都が占拠《せんきょ》されても素知らぬ顔で雲隠れする馬鹿など認めてたまるか。やる気がないなら今すぐ僕にでも譲位《じょうい》しろ！」

「お前はハディスと同い年じゃないか。年齢《ねんれい》順で言えばヴィッセルだろう」

「二ヶ月僕が年上です。それに、身分的に考えても僕が順当ですよ。……そうすれば、いきなり辺境から連れ戻《もど》されてなんの後ろ盾《だて》もないのに皇太子だ皇帝だと振り回されることもなかったんだ、あの馬鹿弟め」

ぶすっとした顔でそうつぶやくリステアードをまじまじ見つめながら、ジルはなんだか感動した。

(言い方があれだけど、いいひとじゃないか⁉　味方、いるじゃないか陛下……！)

エリンツィアの言い方も、敵意は感じない。ちゃんと事情をあかせば、このふたりは味方になってくれるんじゃないだろうか。そうすればハディスもいつまでもあそこで野菜作りにいそしまなくてすむ。本人は楽しそうだということからは目をそらして、いっそこの場でさぐりを入れてみようか。

「しかもあの馬鹿、結婚《けっこん》したとか聞いたぞ⁉　ろくな後ろ盾もないくせに、どこの馬の骨ともわからん、しかも子どもだという話じゃないか！　本当にあの馬鹿は、どこまでッ……幼女趣《しゅ》味《み》まであったのかと思うと、僕はもう情けなくて、情けなくて……！」

「ああ……それはさすがに、私もどうかと思ったが……まあ、何かの間違いだと願おう」

言い出すのがはばかられる空気になって、ジルはひたすら口をつぐむことにした。

「いずれにせよ、ハディスの味方にはなってやれないだろう。私も、お前もだ」

きっぱり言い切ったエリンツィアにリステアードが眉を動かす。

「あの馬鹿が竜帝だとわかっていてもですか？」

「言わせるな、リステアード。私の母はノイトラール公爵《こうしゃく》家の姫《ひめ》で、お前の母はレールザッツ公爵家の姫。叔父上が私達に安易に手を出せないのは、ノイトラール公、レールザッツ公の後ろ盾あってこそだ」

「そうです。僕達はあの馬鹿とは違《ちが》う、三公の血を引く由緒正《ゆいしょただ》しきラーヴェ皇族だ。だからこそ叔父上の暴挙をこのまま放《ほう》っておけない」

「だが、ノイトラール公もレールザッツ公もハディスを認めない。どちらも皇太子を——孫を亡《な》くしてるんだ。私とお前の、兄だ」

ハディスから聞いてはいたが、浮上《ふじょう》しかけた希望が一気に潰《つい》えた気分になった。

(あの女神《めがみ》、もう一回くらい追加で折っとけばよかった！)

今もどこかで笑っているのかと思うと腹が立つ。

「……ハディスが見つからないことに叔父上が焦《あせ》り始めている。うちにも圧力めいた通達が届きましたよ。叔父上はあの馬鹿のように甘くない、厳格な方だ。正統性のために、犠牲《ぎせい》を厭《いと》わないでしょう。あの馬鹿の誕生日——夏をこえたら泥沼化《どろぬまか》しかねない。もちろん夏前に叔父上が呪《のろ》いとやらで死ぬ可能性もあるが」

「あの天剣のおかげか、とにかく夏を生きてすごす算段があるのだろうな、叔父上は。だから今、名乗りをあげたんだと私は考えているが」

「ならあの馬鹿が即位《そくい》する前になぜ、自分こそ真の竜帝だと皇太子として名乗りをあげなかったんだ、呪いだと次々皇太子が死んでいく中で！　叔父上のやり方は卑劣だ」

強く言い切ったリステアードを、エリンツィアは目を細めて眺《なが》め、頬杖《ほおづえ》をついた。

「……気持ちはわかる。だが、現実をみろ。ハディスにはつけないだろう。帝城《ていじょう》にはお前の母親も妹もいるんだ」

周辺事情はともかく帝都はゲオルグの手中にある。もしリステアードが表立ってゲオルグに刃向《はむ》かえば、帝城に残っている彼の妹と母親は無事ではすまなくなるだろう。

奥歯を噛《か》みしめるリステアードをなだめるように、エリンツィアは続けた。

「お前の話はわかっているつもりだ。せめてハディスが表舞台に出られるよう、助けてやれというんだろう。うちの家は基本中立だし、私自身も身軽だ。お前と違って、帝城に誰《だれ》も残っていない。兄上だけでなく、母上はとうの昔に死んだし、他《ほか》に同母の兄弟もいない」

エリンツィアの自虐《じぎゃく》めいた分析《ぶんせき》に、リステアードが眉尻《まゆじり》をさげて情けない顔をした。

「──そういう意味では。ただもし姉上がハディスの味方をするなら、僕は」

「敵にはならない。約束できるのは、それだけだ」

聞き覚えのある言葉が、ジルの胸をついた。──このひとは似たようなことを言って、最期《さいご》、自死を選んだのだ。

「ジル」

「……え、はいっ⁉」

「長々と話を聞かせるだけになってすまない。昨日のローザについて、話があったんだ。まずは謝罪させてくれ。ローザがすまなかった。怪我《けが》がなくて本当によかった」

いきなり話を向けられたジルは戸惑《とまど》いつつも、首を横に振《ふ》る。

「いえ、わたしこそ……その……相性《あいしょう》が悪くて、お手数をおかけしました」

「気にしなくていい。私だって驚《おどろ》いたんだ。まさかローザが君を威嚇《いかく》するなんて」

「……威嚇？　ローザが？」

唇《くちびる》を引き結んでうなだれていたリステアードが、ふっとジルに目を向けた。

「それは本当ですか、姉上。赤竜《せきりゅう》がこんな子どもを威嚇した？　警告ではなく？」

なんだか妙《みょう》な驚かれ方をしていることに気づいて、ジルはまばたく。

「どうも、わたしは竜に嫌《きら》われてしまうようで……あ、わたしは大好きなんですが！」

「赤竜にぞ、無視するのが普通《ふつう》だ。それとも君は、道ばたの石が気に入らないといって蹴《け》っ飛ばすことはあっても、威嚇するのか？」

「いえ、しませんが……」

「それと同じだ」

赤竜にとって、人間は道ばたの石みたいなものなのか。

「つまり……どういうことですか？」

「見習いの中で勘違《かんちが》いしている者も多いが、ローザが君を威嚇したのは、君を同格の相手、あるいは脅威《きょうい》と見なしたからだ」

ぽかんとしたあとで、ジルは自分を指さした。エリンツィアが頷《うなず》いて、肯定《こうてい》する。

「赤竜が人間相手に非常に珍《めずら》しい行動に出た。後方支援《しえん》で研究を主としている部隊が検証したがっている。ローザが襲《おそ》いかかる危険性があるので無理にとは言わないが、もし話がきたら協力してやってくれ」

「姉上、まさか」

何か言いかけたリステアードを片手で制して、エリンツィアが続けた。

「もちろん、何かあった際には止めに入れるよう私も立ち会う。どうだろう？」

「……はい。それで、何かお役に立てるなら」

「ありがとう。では、お願いするときは私から呼び出すので――」

「そんなまだるっこしいことをしなくても僕がいる。僕が彼女を預かろうではないか、姉上」

先ほどまでしょぼくれていたのに、颯爽《さっそう》とリステアードが立ちあがった。

エリンツィアが顔つきを険しくして、中腰《ちゅうごし》になる。

「彼女はうちの竜騎士団《りゅうきしだん》の見習いだ」

「だから？　言っておきますが僕は説得を諦《あきら》めませんよ、姉上。となれば、姉上は滞在《たいざい》中、僕に護衛か従者かつけねばなりません。僕はもちろん護衛も従者もつれてきてないので」

「堂々と言うことか。どうせ部下の制止も振り切って、お前がひとりで飛び出してきたんだろうが。引き取りの連絡《れんらく》をしに今すぐ竜を飛ばす」

「だが、どんなに急いでも二日はかかる。その間、彼女に僕の世話係を頼《たの》みますよ」

え、と顔を向けたジルを一瞥《いちべつ》もしないまま、リステアードが続ける。

「さっきの竜の検証も、僕が立ち会えば一石二鳥だ。ブリュンヒルデは赤竜の金目、姉上のローザより上位の竜だ。不足はないでしょう」

「リステアード、話を勝手に進めるな。何を企《たくら》んでいるんだ」

「企む？　何かとお忙《いそが》しい姉上を手伝いたいという弟の気遣《きづか》いですよ。それとも、僕に手伝われては困るような企みが、姉上にはあると？」

エリンツィアが初めて苛立《いらだ》ちを隠《かく》さずリステアードを睨《ね》めつけた。顎《あご》をあげて上から見おろすリステアードは涼《すず》しい顔、むしろ得意げだ。

先に目をそらしたのはエリンツィアだった。執務《しつむ》椅子《いす》に座り直し、舌打ちする。

「……勝手にしろ」

「お優《やさ》しい姉上に感謝を。では君、よろしく頼むよ」

「えっあ、はいっ！」

背筋《の》を伸ばして敬礼すると、リステアードが満足そうに頷いた。ジルがあけた扉《とびら》から、当然のように出て行く。仕えられることになれている人間の動作だ。

「では失礼します、エリンツィア団長」

「ああ。ジル。――すまないが、弟を頼んだ」

ふと意味深な気がして顔をあげたが、エリンツィアは穏《おだ》やかに微笑《ほほえ》んでいるだけだ。じっとその顔を見て頭をさげたジルは、急いでリステアードを追いかけた。

「君はまだ見習いだろう。ということは、竜騎士団の基地内についてまだ詳《くわ》しくないな。僕についてきたまえ」

そう言うなり、リステアードはジルを先導して歩き出した。

（い、いいんだろうか。わたしが案内されてるみたいになってるが）

しかも、歩幅《ほはば》が違うジルに合わせてゆっくり歩いてくれている。紳士《しんし》だ。

「リステアード殿下《でんか》は、ここの内部にお詳しいのですか」

「僕は一度、ここに入団しているからね。一年ほどだったかな」

「皇子殿下がですか？」

「直属の竜騎士団を作るためにどうしても見ておきたかった。ノイトラール竜騎士団といえばラーヴェ帝国《ていこく》でも精鋭《せいえい》中の精鋭だ。そこから学ばない手はない。おかげで友と呼べる仲間も大勢できた。今の僕の副官もそのときの同期だ」

「……それってここからごっそり引き抜《ぬ》いたっていうことでは……」

ジルのつぶやきに、リステアードが振り向き、にやりと笑い返す。

「ノイトラール竜騎士団もいい勉強になっただろうよ。はっはっは」

そんなことをしてここに顔を出せる度胸もすごい。だがここまで堂々とされると、憎《にく》めないのだろう。廊下《ろうか》ですれ違《ちが》う顔見知りらしき竜騎士の面々は、苦笑《くしょう》気味にリステアードを見ている。だが中にはあからさまに不審《ふしん》や敵意を隠さない眼差《まなざ》しもあった。

「なんであいつ、リステアード殿下と一緒《いっしょ》にいるんだ？　ドサ回りのはずだろ」

竜の廐舎《きゅうしゃ》に向かう外へと出た途端《とたん》、耳に届いた言葉で、ジルは勘違いに気づいた。敵意や不審を向けられているのは自分らしい。

藁《わら》を運ぶ作業をしているらしい見習いたちの幾人《いくにん》かが、ジルに気づいてとげとげしい視線を投げている。ジークが作業をする手を止めて、声をあげた。

「どうだっていいだろ。仕事しろよ」

　だがひそひそ話も忍《しの》び笑いも止まらない。

「まさか引き抜かれるのか、レールザッツ竜騎士団に？」

「んなわけないだろ。殿下のメイドさんに立候補したんじゃね？」

「ああ、女の子だもんなー。色仕《いろじ》掛《か》けすりゃお仕事はいくらでもあるってわけだ」

「そこの見習い諸君、言いたいことがあるならここまできて、はっきり僕に言いたまえ」

　突然《とつぜん》声を張り上げたリステアードに、周囲が静まり返った。

　くるりと振り返ったリステアードが、静かに作業中の見習いたちを見据《みす》える。

「彼女に案内を頼んだのは僕だ。なら僕にその不満をぶつけるべきだろう。違うか？」

「……」

「どうした？　こないのか。僕がこの国の第二皇子だからなどと遠慮《えんりょ》することはない」

「あのー、じゃ、いっすか」

　呑気《のんき》に手を挙げたのはジークだった。ジルはぶんぶん首を横に振って自分は平気だと訴《うった》えるが、ジークは堂々とリステアードの前まで進み出る。

（何を言う気だ、ジーク！）

　固唾《かたず》を呑《の》んで皆《みな》が見守る中で、ジークはリステアードの目を見て言った。

「給仕《きゅうじ》させたらこの世のものとは思えないまずい茶が出るんで、気をつけてください」

しんと別種の沈黙《ちんもく》が広がった。身構えていたリステアードも目をぱちくりさせている。

「……そうか。……君は、彼女の？」

「ただの同期です。持ってる弁当にだまされないでください。本人はほんっとーに裁縫《さいほう》も家事もだめなの、確認《かくにん》してます。世話係とか一番向いてないんで、お知らせしとこうと」

「な、なるほど。……わかった、気をつけよう。忠告、感謝する」

うつむいたままでジルは薄《うす》く笑った。

(今晩はわたしが作った料理を食べさせてやる)

もちろん、ジルはハディスが作ったおいしい料理を食べる。

「でも剣《けん》の腕《うで》はピカイチです。なめた真似《まね》はしないほうが身のためだ」

フォローのつもりなのか、最後に低くそう告げたジークは作業に戻《もど》っていった。

(何がしたかったんだ、あいつ。まあ空気は変わったが)

見習いたちは何事もなかったかのように作業を再開している。リステアードが顎に手を当て、ちらとジルを見おろした。

「牽制《けんせい》と警告か。……君と彼は、本当にただの同期か？」

「えっ？　はい。わたしがこの見た目ですので、よく気にかけてくれてます」

リステアードは鼻を鳴らし、踵《きびす》を返した。

「まあいい、行くぞ」

「あの、リステアード殿下！　さっきは有り難《がと》うございました。かばってくださって」

「僕は当然のことを言っただけだ。礼を言われるようなことは何もしていない」

まっすぐ前を歩いて進んでいるのに、やはり歩調をジルに合わせてくれている。

いいひとだ。ジルの顔がほころぶ。

──この先の未来、ジルがかつてたどった歴史で、リステアードはハディスを止めようとして処刑《しょけい》されたと聞いている。エリンツィアに至っては、ハディスの足を引っ張るまいとして自死を選んだ。

(ふたりとも、陛下のいいお姉さんとお兄さんになってくれそうなのに)

でも、届かなかったのだ。

まだ何も起こっていないのに、そのことが悲しい──なんとか、できないだろうか。いやなんとかすべきだ。

「ブリュンヒルデ」

考えこんでいる間に、竜《りゅう》の厩舎に辿《たど》り着いていた。ちょうど胴《どう》につけられた鞍《くら》をはずしてもらったところらしい。

厩舎前の広場にいた赤竜が、ゆっくり振《ふ》り返ってジルを見る。金色の目だった。

「挨拶《あいさつ》の方法は知っているな？　やってみるといい」

「あ、はい。では……失礼します」

せかすリステアードに戸惑《とまど》いながら、ジルは前に進み出る。

竜に攻撃《こうげき》されるのはかまわない。リステアードが止めるだろうし、いくら魔力《まりょく》がないと言ってもよけることくらいはできる。

（だが、威嚇《いかく》は普通《ふつう》じゃない反応……もしかしてあやしまれてるのか、わたし？）

足を止めて、ブリュンヒルデを見あげた。金色の目が、ジルを見おろしている。賢《かしこ》そうな目だと思った。

どうするのが正解だ。威嚇させないためにはどうしたらいい。

竜妃《りゅうひ》なら、竜にどう命じるのが正解だ。とにかく誤魔化《ごまか》さねばならない。ハディスを守るために。

「……おい、どうし――ヒルデ⁉」

リステアードが声をあげたそのときには、ブリュンヒルデが翼《つばさ》を広げて宙に浮《う》いていた。ふいっと視線をそらし、大空に舞《ま》い上がってしまう。

「……無視、されましたね……」

つぶやきながら、ほっとした。これでこの間の威嚇の件は、ローザの機嫌《きげん》が悪かったとかそういう話になるのではという希望的観測をこめてリステアードを見て、返ってきたものすごい眼差しに硬直《こうちょく》する。

「なん、なんですか⁉」

「いや。……逃《に》げたな」

「あ、はい。逃げられちゃいました」

「そうだ、逃げた。赤竜金目のブリュンヒルデが、人間ごときを見て逃げ出した」

——上位の赤竜にとって人間など道ばたの石ころと同じ。わざわざ逃げるはずがない。

（あ、これ威嚇よりまずいんじゃ？）

「……ブリュンヒルデが、さっきと同じ反応をしたことが一度だけある」

眉間《みけん》にしわをよせてすごい顔をしたリステアードが、じりと距離《きょり》を詰《つ》める。引きつった愛想《あいそ》笑いを浮かべつつ、背中には冷や汗《あせ》を流しながら、ジルは一歩引いた。

「あ、あのそろそろお昼ですし、座学があるので今日はこのあたりで……」

「ハディス・テオス・ラーヴェ。僕の不出来な異母弟《いぼてい》と初めて会ったときだ」

「では失礼致《いた》します！」

聞こえない素振《そぶ》りで脱兎《だっと》のごとく駆《か》け出した。だがすぐさまうしろから、土埃《つちぼこり》をあげてリステアードが追いかけてくる。

「逃がすかあぁぁぁぁぁ！　君は何者だ、何を隠《かく》している、吐《は》け！」

「ギャ————！」

思わず悲鳴をあげたジルは全速力に切り替《か》える。だが魔力の少ない子どもの体で、相手は大人だ。引き離《はな》せない。

そのまま竜騎士《りゅうきし》団の兵舎を舞台《ぶたい》にした鬼《おに》ごっこは、エリンツィアが止めるまで続いた。

ぐったりした顔のジルを出迎《でむか》えたのは、傾《かたむ》きかけた日を背に畑で収穫《しゅうかく》をしている夫だった。

ふらふらした足取りのジルに、ソテーまで気遣《きづか》って道をよけてくれる。

「ただいま戻りました、陛下……」

「う、うん、おかえり。……ジークは？」

「持ち場が離れたので、別行動です」

畑に足を踏《ふ》み入れたジルはそのまま倒《たお》れこむ勢いでハディスに抱《だ》きつく。ハディスは目をぱちぱちさせて受け止めてくれた。

お日様と土の、いいにおいがする。癒《い》やされる香《かお》りを吸い込んで、吐き出した。

「へいか、すき……」

「……疲《つか》れてるんだな、わかった。おいしい夕飯を作るから」

ひょいっと抱きあげられたジルは、ぎゅうっとハディスの首に抱きつく。

エリンツィアに「見習いとはいえ小さな女の子を追いかけ回すな」と注意され、リステアードは渋々《しぶしぶ》引き下がったが、座学の時間も常に一定の距離を保ったまま監視《かんし》され続けた。ただ見られているだけだが、一挙一動から何か暴《あば》こうとするあの視線にひたすら疲れた。周囲からはひそひそ噂《うわさ》をされるし当然のようにさけられるし、もう散々だ。帰りもつけられた。なんとかまいたが、明日からのことなど考えたくない。助けを求めてもジークは目をそらすし。

「そうだ。今日のジークのご飯、陛下は作らなくていいですからね。わたしがもぎとったキャベツをそのまま出してやりますから」

「？　それならそれでいいけど。ほら、ジル」

唇《くちびる》に甘酸《あまず》っぱい苺《いちご》を押し当てられた。おいしい。

「へいか、もういっこ……」

「なんだ、今日は甘えただな？」

ぐったりハディスの首元に頭をあずけながら、畑から収穫される苺をもぐもぐ食べ続けて、ようやく気力が回復してきた。ゆっくり目を開いて、嘆息《たんそく》する。

「ほんと、今日は早く陛下のところに帰りたかったです」

「……そ、そういう不意打ちは、もう簡単にはきかないぞ？　さすがに僕だって、慣れてきてるんだ。……そ、それに？　ぼ、僕だってその、君に、あ、あい、会いた……」

「疲れると好きな人に会いたくなるってほんとなんですね」

しみじみ言っただけなのに、ハディスが心臓を押さえてよろめいた。

「大丈夫《だいじょうぶ》……慣れてきた、慣れて……きたっ……」

「……。いつもの魔力があれば倒れてそうですよ、陛下」

「そんなことは……ある、かもしれないが」

視線をさまよわせるハディスの腕《うで》から、ジルは地面に飛び下りる。そして畑の畝《うね》の間に置かれたままの籠《かご》を取った。

「手伝います、わたし。そういえばカミラは？」

「はーい、いるわよここに。いちゃいちゃする前に気づいて、ジルちゃん」

家の軒先《のきさき》、畑を見渡《みわた》せる位置にある木箱の上に座ったカミラが、胡乱《うろん》に声をあげた。ジルがまばたく。

「ごめんなさい、気づきませんでした。陛下のことしか見えてなくて」

「ぅぐっ……！」

「陛下、頑張《がんば》って踏みとどまって。ジルちゃんは陛下に突然《とつぜん》襲《おそ》いかかるのやめたげて」

「見つけたぞ、ハディス!!」

突如《とつじょ》として響《ひび》き渡《わた》った声に、ソテーが鳴き声をあげて逃げていく。カミラが矢をつがえ、ジルはハディスの前に躍《おど》り出て、低くつぶやいた。

「陛下、逃げる準備を」

「……いや。この声……」

ハディスの言葉を、がさっと動いた茂《しげ》みの音が遮《さえぎ》る。矢を放とうとしたカミラを、ハディスが片手で制した。

「陛下？」

「どこに隠れているかと思えば、こんな場所にいた、とは――……」

勢いよく足を踏み出して出てきた人物に、ジルは思わず声をあげてしまう。

「リステアード殿下《でんか》!?」

まいたつもりだったが、諦《あきら》めずに追いかけてきたらしい。だが、勢い込んできたわりにはリステアードはぽかんと口をあけて、その場から動かなかった。

「……何をしてるんだ、お前」

間の抜《ぬ》けた問いに、ハディスが真顔でさらに間の抜けた返しをする。

「野菜の収穫」

「……」

リステアードがハディスの格好を上から下まで何度もなめ回すように見る。やがて信じたくないと雄弁《ゆうべん》に語り出した表情に、ジルは気の毒になってきた。

(わたしはもう見慣れちゃったけどな、陛下のエプロン姿……)

だが、忘れてはいけなかったのかもしれない。

彼はこのラーヴェ帝国《ていこく》の皇帝《こうてい》である、ということを。

顔面蒼白《そうはく》になったリステアードが顔を覆《おお》って、あえぐように呼吸を繰《く》り返す。

「やさっ……やさ、いの……我が国の、皇帝、が……このっ……非常時、に……」

「えっと。……君もどう?」

おずおずと問いかけたハディスに、ぶちんとリステアードの血管が切れる音が響く。

「大概《たいがい》にしろこの馬鹿《ばか》!! 反旗を翻《ひるがえ》す準備をしているとばかり思っていたのに、こんな」

「こんなって。ひとは食べ物がないと生きていけないのに」

「それ以前の問題だ! いいからこい、姉上のところに行くぞ!」

「え、嫌《いや》だ」

「嫌だ!? そんなことが許されるわけがないだろう!」

「ただいまーって……なんだなんだ。なんの騒《さわ》ぎだ? っておい、あれ……」

とりあえず並んでハディスとリステアードの諍《いさか》いを眺《なが》めていたジルとカミラのもとへ、ジークが目をぱちぱちさせながらやってくる。ジルはほんの少し目を細めて答えた。

「陛下のお迎《むか》えです。わたしがつけられちゃったみたいで……油断しました」

「……。ジルちゃん、あなたまさかわざとまかなかったの？」

「わざとじゃないです。でも、いずれ誰《だれ》かに見つかるなら、あのひとがいいんじゃないかとは思ってました」

だから足が鈍《にぶ》ったのだろうと、ジルは苦笑《くしょう》する。

「皇子様なのに、兵も連れず、たったひとりで陛下をさがしてたんです。陛下の敵ではないと思います」

ジークは難しい顔で、嘆息する。

「……まあ、いつまでもこのままってわけにもいかんだろうしな」

「でも、ちょっとさみしいですね。わたし、仕事に行ってる間、陛下がおうちで待っててくれるの、嬉《うれ》しかったので」

「ジルちゃん……」

「嫌だ――――――！」

近くの木にしがみついたハディスの絶叫《ぜっきょう》がジルの感傷を切り裂《さ》いていった。

「僕は絶対、行かない！　ここで毎日ご飯作ってお嫁《よめ》さんの帰りを待つんだ！　普通《ふつう》の男の子になるんだ！」

「なぁにが普通の男の子だ、そんなものになれるわけがないだろう、この馬鹿が！」

「なんと言われても嫌だ、大体、帝都《ていと》追い出したのはそっちじゃないか！　まあ、どうしてもって言うなら戻《もど》ってもいいけど」

「追放された分際でえらそうに言えた立場か⁉　お前のそういうところが心底、僕は気に食わない！」

「なら帰れ。どうしてもって言うなら、ここを帝都にする。僕が皇帝なんだから問題ない」

「ふざけるな‼」

「……お別れできるのか、この生活から？」

「まずは陛下を説得しなきゃねぇ」

ジークとカミラのしみじみとした感想に、ジルはがっくりと肩《かた》を落とす。そして夫を説得するために、足を踏み出した。

第三章 ⚜ 姉兄の補給線

「……私は放置しろと忠告したつもりだったんだが、リステアード？」

深夜、ハディスを人目につかないよう竜騎士団《りゅうきしだん》の執務室《しつむしつ》に連れてきたジルたちを見るなり、エリンツィアはそう言った。答えたのはリステアードだ。

「見つけてしまったんだから、しかたないでしょう」

「見つけたんだろうが。よく言う」

「姉上だって、この少女を疑っていたんでしょう。竜帝《りゅうてい》が結婚《けっこん》したというなら、子どもだろうがなんだろうが竜妃《りゅうひ》だ。赤竜がこんな少女を対等に見るとしたら、それくらいしか理由が思い当たらない」

ハディスの横に立っていたジルと一瞬《いっしゅん》だけ目を合わせて、エリンツィアは頬杖《ほおづえ》をつく。

「私は素知らぬふりをしようとしたんだがな。それに、肝心《かんじん》のハディスが不本意そうだが？」

リステアードにがみがみ怒鳴《どな》り続けられたせいで、ジルはハディスとここにくるまでほとんど会話できなかった。見つかってしまった以上、とりあえず話をしてみようとジルたちに説得されて渋々《しぶしぶ》ついてきたハディスは、子どものようにそっぽを向いたままだ。

「陛下」

ジルが服の裾《すそ》を引っ張ると、ハディスがやっと口を動かした。

「……だって、何ができるわけでもないだろう。エリンツィア異母姉上《あねうえ》は竜騎士団を指揮できるが、後ろ盾《だて》であるノイトラール公が僕を支持してない。リステアードも同じ状況《じょうきょう》だ。味方だと言って、うしろから刺《さ》されてはたまらない」

リステアードが苦虫を噛《か》み潰《つぶ》したような顔をする。エリンツィアは苦笑いだ。

「どうせ、夏までどこも大して動きはしない。なら僕の魔力《まりょく》の回復を待ったほうがいい」

「魔力が封《ふう》じられたというのは本当なのか」

「ああ。……僕を始末するなら今かもしれないぞ？」

ハディスは唇《くちびる》の端《はし》をもちあげて、リステアードとエリンツィアを見据《みす》える。

「その前に叔父上《おじうえ》が自滅《じめつ》する可能性だって十分あるけどね」

「どういう意味だ」

今までずっと聞いているだけだったエリンツィアが聞き返す。ハディスはつまらなそうに視線を斜《なな》め上にあげた。

「この国で天剣《てんけん》を騙《かた》って、竜神《りゅうじん》に許されるわけがない。それだけだよ」

「具体的に言え」

「僕はそんなに親切じゃない。どうせ放《ほう》っておけば全部解決するんだ。――帰る」

「陛下、だめです」

声をあげたジルに、ハディスが目を細めた。時折見せる、無感情で冷たい目だ。

「僕は妻にはひざまずく男だが、今回の件に関しては譲《ゆず》る気はない。ベイルブルグのときのように僕を祭り上げようとしても無駄《むだ》だ」

それで終わりとばかりにハディスが踵《きびす》を返したので、ジルはすかさず足払《あしばら》いをかけて体勢を崩《くず》した背中を踏《ふ》んづけてやった。

「陛下はたまに頭にくる言い方しますよね。なんなんです？」

「君こそ僕に対する扱《あつか》いがたまにおかしくないか!? 僕は君にひざまずくとは言ったけど、蹴《け》ったり踏んづけたりしていいとは言ってない！」

「じゃあわたし以外に他《ほか》の誰が陛下を蹴ったり踏んづけてくれるって言うんですか」

「僕が蹴られたり踏んづけられて喜ぶのが前提の言い方、どうかと思うな!?」

「蹴られたり踏んづけられたりするようなことばっかりしてるくせに、文句を言わないでください。わたしは別に、陛下に兵を挙げろとか言う気はありませんよ。ただお兄さんとお姉さんと、話をしたほうがいいと思ったんです」

床《ゆか》に伏《ふ》せたまま、ハディスがまばたく。背中から足をどけて、ジルは両腕《りょううで》を組んだ。

「リステアード様は、兵も使わず自分の足で陛下をさがしてくれたんですよ。心配してくれたんです」

「……心配……僕を……？」

ハディスがおずおずと問い返す。期待と不安のまじった眼差《まなざ》しを向けられて、リステアードが眉間《みけん》にものすごいしわを作った。

「おい、気持ちの悪いことを言うな。僕はただ、このままでは争いになると――」

「リステアード殿下《でんか》も、わたしをつけ回すくらい陛下を熱心にさがしてたくせに、ぐだぐだ言い訳しないでください！　話がややこしくなります」

ぐるりと振《ふ》り向いたジルに、リステアードが口を閉《と》ざした。

「あと、陛下にはもっと優《やさ》しく言ってください」

「なんだと」

「陛下は警戒心《けいかいしん》が強いんです！　人慣れしてない大型犬と同じです！」

「犬⁉　うちの皇帝《こうてい》に対してせめてもう少しまともなたとえはないのか⁉」

「可愛《かわい》いじゃないですか！　いいから、わたしと同じくらいの年代の子どもに話しかけるつもりで！　まずちゃんと心配したって言ってあげてください！」

ジルとハディスを交互《こうご》に見たリステアードは、ものすごい数のしわを眉間に作りながら、ハディスに手を差し出した。

「……とりあえず、立て」

ハディスは差し出された手をじっと見たまま動かない。迷うというよりは、観察している。

頬《ほお》をぴくぴくひきつらせながら、リステアードが続けた。

「――その、あれだ。無事だとは思っていたが……元気そうで、何よりだ」

「……」

「……なんとか言え」

「君が僕に普通に話しかけてくるなんて信じられない」

「おまっ……」

「──帝城《ていじょう》に、妹がいるんだろう。叔父上に刃向《はむ》かうような行動は控《ひか》えたほうがいい。ありがとう」

結局リステアードからの手は取らずに、ハディスは立ちあがった。リステアードは虚《きょ》をつかれたようにまばたいて、取られなかった自分の手を見ている。

「エリンツィア姉上も、ジルを見逃《みのが》してくれてありがとう」

「なんのことだかわからないな。ジルは有望なうちの竜騎士見習い。私は今、お前と会ったこともなかったことにする」

「姉上！」

「お前もそうするんだ、リステアード。ハディスは正しい。──でもまあ、元気にしている姿を見られて嬉《うれ》しかった。なんでエプロンなのかはわからないが」

勢い込んで何か言おうとしたリステアードが、変な顔になって止まる。嫌《いや》がるハディスを連れてくるのが精一杯《せいいっぱい》で、着替《きが》えさせられなかったのだ。

「君のおかげかな、ジル。ありがとう」

「そうだ思い出したぞお前！　そこの子どもと結婚したというのは本当なのか⁉」

怒鳴ったリステアードにハディスが面倒《めんどう》そうな顔を返す。

「さっき自分で、ジルが竜妃だと言ってたじゃないか」

「認めるかどうかはまた別だ！　お前、こんな子ども相手に何を考えている、何か変な取り引きや脅《おど》しをかけたんじゃあるまいな⁉」

「ご心配ありがとうございます、リステアード殿下。ですが、わたしは自分の意思で陛下との結婚を決めたので大丈夫《だいじょうぶ》です。エリンツィア殿下も、ご心配なく。陛下を守るのもしあわせにするのも妻であるわたしの役目です」

背筋を伸《の》ばして言い張ると、リステアードがなんとも言えない顔で黙《だま》り、エリンツィアがまばたきを繰《く》り返してぎこちなく頷《うなず》き返す。

「そ、そうか。……ハディス、顔色が悪いが大丈夫か？」

「だい……大丈夫……慣れ……僕は、もう、慣れっ……！」

「おら水飲め、水」

「はいはいこっちきて、陛下。看病したげるから」

「……そういえばあのふたりはなんだ？」

ハディスをソファに座らせているジークとカミラを見てリステアードが尋《たず》ねる。

「あのふたりは、わたしの部下です。竜妃の騎士《きし》というものがあると聞きましたので」

「……なるほどな。どうりで僕を牽制《けんせい》してくるわけだ」

「さて、話は終わりだ。夜も遅《おそ》い。全員、どこへなりとも行くがいい」

やはり、エリンツィアはのらりくらりかわしていくつもりらしい。状況分析《じょうきょうぶんせき》も方針も間違《まちが》っていないだけに、説得が難しい。リステアードも何か言いたげにはしているが、言葉が見つからないようだ。

だが、それぞれの立場を考慮《こうりょ》して辿《たど》り着いたのが、ジルの見たあの未来ではないのか。

顔色が戻《もど》ったハディスが立ちあがって、ジルに手を差し伸べる。

「姉上もこう言ってる。帰ろう、ジル……ジル？」

荒療治《あらりょうじ》が必要だ。ハディスの手を取らずに、ジルは一歩前に出た。

ジルの視線に気づいたエリンツィアが、首をかしげる。

「まだ何か？」

「率直《そっちょく》に申し上げます。エリンツィア殿下、リステアード殿下。陛下におふたりの力を貸してください」

「ジル」

顔をしかめたハディスが反対しようとしているのはわかったが、ジルはあえて無視した。

「あなた方は陛下のご兄弟であると同時に、この国の臣下のはずです。このまま偽帝《ぎてい》をのさばらせるのは本意ではないでしょう」

「それはもちろん」

「リステアード、不用意な発言をするな」

答えかけたリステアードをエリンツィアが制する。

「子どものほうが正しいことを言う、というのは世の常だ。だが、さっきハディスも言ったとおりだ。それぞれ、立場と抱《かか》えている事情がある。現実は甘くない」

「甘いのはあなたです、エリンツィア殿下。もし、わたしがここに陛下がいると公表したらどうなると思いますか？　ここは本当に中立でいられるんでしょうか」

エリンツィアの顔色がはっきり変わった。その手がゆっくりとうしろに回り武器を取る、その前にジルは今使えるありったけの魔力《まりょく》を使って床を蹴る。

「ジーク、カミラ！」

そのひとことで伝わると信じたのは甘えかもしれない。だが心得たようにカミラは出入り口をふさいで矢をつがえ、ジークはリステアードに剣先《けんさき》を向ける。

「なんの真似《まね》だ⁉」

仰天《ぎょうてん》したエリンツィアの頭をつかみ、腕《うで》をひねりあげて執務《しつむ》机に押さえつけるまで数秒とからなかった。ジルに蹴り飛ばされたエリンツィアの短剣が床をすべって壁《かべ》にぶつかる。

今は制御《せいぎょ》がきかないので、乱暴になってしまったことだけは申し訳なく思った。

「本当に平穏《へいおん》にすごしたいなら、あなたはわたしを拘束《こうそく》し、陛下への人質《ひとじち》に使うべきでした」

「姉上！　おい、どういうつもりだハディス！」

「あらぁ、動かないで皇子様。手がすべっちゃうかも」

弓矢で狙《ねら》うカミラの一声に、リステアードが舌打ちした。ジークが首元に剣を突《つ》きつけたまま告げる。

「魔力も騒《さわ》ぐのもなしだ。助けがくる前に首と胴《どう》を切り離《はな》す」

「選んでください、エリンツィア殿下。リステアード殿下、あなたもです」

ジルに視線を向けられたリステアードが、気圧《けお》されたのか息を呑《の》む。

「陛下につくか、偽帝につくか」

必要な答えはそれだけだ。エリンツィアが額に汗《あせ》を浮《う》かべながら、口を動かす。

「──断ったらどうする？」

「わたしは陛下ほど甘くありません。あなたたちを見逃すなんてことはしませんよ」

「だが、ハディス本人はどうかな？　うしろから刺《さ》されたくないんだろう。あいにく、私もリステアードも同じことを思っている。ハディスにうしろから刺されたくない、とね」

「わたしの陛下はそんなに弱くない」

そう信じているから、ハディスの顔は見なかった。静寂《せいじゃく》を許さず、ジルはエリンツィアを拘束する手に力をこめる。

「さあ、返事を──」

「起きておられますか団長、緊急《きんきゅう》事態です！」

扉《とびら》の向こうで乱暴な叩扉《こうひ》と一緒《いっしょ》に声が響《ひび》いた。皆《みな》が気を取られた瞬間《しゅんかん》、エリンツィアが身をひねってジルの手から逃《に》げ出し、机の上のペーパーナイフを取り、ジルに突きつける。

「部下を引かせろ。──入れ」

エリンツィアが出した入室許可にジルは慌《あわ》てて叫《さけ》ぶ。

「カミラ、ジーク、陛下を隠《かく》して！」

「陛下ごめんね！」

カミラが天井《てんじょう》から吊《つ》り下がった長いカーテンの向こうにハディスを突っこみ、ジークと並んで人の壁を作ったところで、兵が入ってきた。ほっとして、ジルは息を吐《は》く。

いきなり解放された格好になったリステアードは、複雑そうにしているが、騒ぎ立てたりはせずに静観している。

エリンツィアは少々乱れた襟首《えりくび》を正してから、部下に目をやった。

「どうした、何があった」

「ゲオルグ様が――いえ、帝国《ていこく》軍が近郊《きんこう》の村を焼き討《う》ちしたとの、報告が入りました！」

震《ふる》える声を押し殺して報告した兵に、エリンツィアが両眼を開く。

「ここはノイトラール公爵《こうしゃく》領だ、なぜそんなことになる！」

「偽帝を隠しているという情報があったとのことで……それ以上は、今は」

ばあんと派手な音を立てて突然《とつぜん》開いたテラスの窓が、報告を遮《さえぎ》った。

部屋の中に強風が吹《ふ》きこみ、竜《りゅう》の翼《つばさ》の音と鳴き声が聞こえてくる。リステアードが外を見て目を剝《む》いた。

「ブリュンヒルデ!? お前、なぜ……ローザも、他《ほか》の竜まで」

「いってくる」

カーテンの中から出てきたハディスが短くそう告げた。竜を呼んだのはハディスだ。ジルは慌てる。

「陛下、わたしも一緒に行きます！」

「待て、ハディス」

呼び止めたのはエリンツィアだった。その名前に報告にきた兵がまばたく。

ハディスが目を眇《すが》めて振《ふ》り向く。ハディスからかすかに漏《も》れ出る敵意に、思わずジルも手に汗を握《にぎ》った。

「僕を拘束するつもりか？」

「違《ちが》う、私も行く。うちの領地の話だ」

「僕も行くぞ、ひとりで行かせられるか！」

顔色が悪い異母姉兄《いぼきょうだい》の言葉にハディスは一瞬《いっしゅん》、不可解そうな顔をする。

だがすぐに目をそらして、好きにしろとひとことだけ告げた。


各自、乗り慣れた竜に乗るということで、エリンツィアとリステアードは自分達の持ち竜に乗ってあとをついてくる。

ハディスとジルはというと、赤竜のうしろからおずおず顔を出した緑竜に乗っていた。だが竜帝《りゅうてい》を乗せた緑竜は、他の竜を差し置いて、誇《ほこ》らしげに颯爽《さっそう》と先頭を飛んでいる。緑竜より上位竜であるローザもブリュンヒルデも、追い越《こ》そうとしない。

きっとエリンツィアやリステアードがハディスを竜帝だと確信しているのは、こういう光景を幾度《いくど》となく見てきたからなのだろう。

「焼き討ちは陛下のせいじゃないですからね」

竜に乗って数分、黙《だま》ったままのハディスにそう言うと、じっと前を見ているだけだったハディスがまばたきを返した。それからすぐに、首を横に振る。

「わかってる。僕を隠すならこうするぞという、周囲への脅《おど》しだ。僕に味方を与《あた》えず、積極的に居場所を割り出すための常套手段《じょうとうしゅだん》だろう。……いずれはやるだろうと思っていた」

「それでも陛下のせいじゃないですよ。こういうのはやった奴《やつ》が悪いんです」

「違うんだ。考えていた。君がさっき、姉上に言ってくれたこと」

さっきと考えて、エリンツィアを脅しつけたことを思い出す。

「す、すみません……勝手なことをしました。しかも、陛下のお姉さんを脅して……」

後悔《こうかい》はしていないが、ちょっと不安になった。今更《いまさら》だが——本当に今更だが、なんでも力に訴《うった》える乱暴な女の子だとハディスに呆《あき》れられていたらどうしよう。

「あの、でも、わたし、陛下が止めたら止まるつもりでしたから！」

「知ってるよ。君にあんな真似をさせたのは僕だ」

なだめるように、ハディスが手綱《たづな》を放してジルの頭をなでる。それでも竜はまっすぐに飛んでいく。

「だからそうじゃなくて……君の僕はそんなに弱くないって、言ってただろう」

「？　はい」

それがどうかしたかと、ジルは首を持ちあげてハディスの顔を見る。

「姉上たちには姉上たちの事情がある。それは個人同士の感情だけですむ問題じゃない。しがらみが多すぎる。そりゃ、仲良くはしたいけど……うしろから刺されるっていうのは、嫌《いや》みや比喩《ひゆ》じゃなくて、本当にただの現実だ」

思考を整理するようにゆっくりハディスが話すので、ジルはじっと耳を傾《かたむ》けた。

「でも、他でもない君が言うなら、僕はそれでも仲良くできるんじゃないかと思って。……どう思う？」

意見を求められて、なんだか恥《は》ずかしくなった。でも無責任なことは言えない。

「みんなと仲良くなれるかどうかは、わかりません。陛下のおっしゃるとおり、自分のことだけではなく、相手のこともありますので」

「うん。……そうだな。僕、なんかこう、常に遠巻きにされがちだし……」

「でも、頑張《がんば》ってみてもしだめだったら、わたしが陛下の頭をなでてあげます」

少しつらい体勢になるが、手をのばして、ハディスの頭のてっぺんをなでた。頭をさげたハディスが、小さく笑う。

「慰《なぐさ》めるのが早くないか？」

「これは激励《げきれい》です。簡単に負けないでくださいね、わたしの陛下なんだから」

期待と信頼《しんらい》をこめて告げると、ハディスは少し沈黙《ちんもく》したあとで、笑ったようだった。

「……ひとに好かれたり必要とされるって、怖《こわ》いことなんだな」

「散々わたしに、好きになってくれって言ってたじゃないですか。なのに今更《いまさら》怖《お》じ気づくのはなしですよ」

「──うん、そうだな。……あそこだ」

ハディスが目を向けた先は、まだ炎《ほのお》があがり、赤く燃えていた。斜《なな》めうしろについていたリステアードが叫ぶ。

「僕は北側の救助にあたる、姉上は消火の指示を！」

「消火は僕がする。──ラーヴェ、力を貸せ」

今も内側にいるだろう竜神《りゅうじん》を呼んだハディスが、ぽんと乗っている緑竜の首を叩《たた》いた。

「竜神の代打だ。頼《たの》んだよ」

がっと緑竜が口をあけた。まさかと思った瞬間に、上空から村を燃やす炎目がけて青い火を吐き出す。リステアードが真っ青になった。

「お前、何を！」

「違います、これ──水の、炎……⁉」

声をあげたジルの言葉を証明するように、竜の口から吐き出された青の炎が村に残った火を消していく。雨のように降り注ぐ水の炎が、赤い魔物《まもの》のような炎を鎮《しず》めていく。

呆然《ぼうぜん》と眼下の光景を眺《なが》めながら、リステアードがつぶやく。

「竜が……水の炎を吐くなんて……」

「……これが竜帝の力か」

エリンツィアの言葉を否定も肯定《こうてい》もせず、ハディスは村から火が消えるまで、上空を旋回《せんかい》して回った。

二巡《じゅん》もすると火はすっかり消えた。そこからはエリンツィアとリステアードの出番だ。連れてきた竜騎士《りゅうきし》団に指示を出し、村人の救助と状況把握《じょうきょうはあく》にあたる。

ハディスとジルは目立たないよう、作業の邪魔《じゃま》にならない場所で手をつないで、じっとそれを見ていた。

ようやく落ち着いたのは夜が白み始めた頃《ころ》だった。

真っ先にやってきたのは、やはりというか、リステアードである。

「――事情を聞いて回った。村にやってきた軍は、深紅《しんく》の生地《きじ》に黒の竜の紋様《もんよう》が入った軍旗を掲《かか》げていたそうだ」

ラーヴェ帝国軍だ。しかも黒竜の紋様といえば、皇帝《こうてい》直属を示すものである。

本来なら、ハディスの命令しかきかないはずの軍だ。経緯《けいい》はともかく、帝国軍はゲオルグの手に落ちたということだろう。

無表情で続きを待つハディスに、リステアードが言いにくそうに追加する。

「……お前を出せと、火をつけて回ったそうだ」

「死者は？」

ハディスの短い問いにリステアードは少し目を瞠《みは》ったあと、首を横に振った。

「けが人は多いが、お前を出せと騒《さわ》ぎ立てたせいで、逃《に》げ遅《おく》れがなく死者は出ずにすんだ。事の発端《ほったん》になったお前を恨《うら》むか、行動した叔父上《おじうえ》を恨むか。微妙《びみょう》な按配《あんばい》にしたんだろう」

「みんな助かったなら、まだよかった。……いや、よくないな。畑も燃えたか」

空が白み始めたせいで村の様子がはっきり見えてくる。焼け落ちた家、野ざらしのまま手当てを受けている村人――死ななければいい、という話ではない。

畑が燃えれば食糧《しょくりょう》が確保できない。食糧がなければ餓《う》えて死ぬか、住み慣れた土地を離《はな》れて生きていくしかなくなる。

「ひとまずノイトラール城塞《じょうさい》都市に保護できるよう、姉上が動いているはずだが……」

「それこそが叔父上の狙《ねら》いかもしれない」

ハディスを隠《かく》した疑惑《ぎわく》のある村の住人を受け入れる。そこをゲオルグはついてくる、とハディスは暗に言っていた。リステアードが難しい顔つきになる。

「そこまで……いや、そもそもが難癖《なんくせ》でしかけてきているからな。それも想定してしかるべきか。――ひとまず戻《もど》って、姉上を説得するぞ」

ハディスがつないでいたジルの手を放して、リステアードを追いかけるように前に出た。

頑張るのだとわかったので、ジルはその場で見守る。

「リステアード」

「兄上をつけろ。僕のほうが二ヶ月年上だと何度言わせる」

「竜帝は僕だ」

リステアードが振《ふ》り向いた。その表情は、ただ静かだ。

「知っている。わざわざ言うな。――僕が動かせるのは、僕が作った私設竜騎士団だけだ。それでもよければ、お前につく」

ハディスが出鼻をくじかれたような顔をしているのを見て、リステアードが笑う。

「なんだ、その顔は。こんなものを見て黙っていられるほど、僕は落ちぶれていない」

「……君の祖父――レールザッツ公は反対するぞ」

「馬鹿《ばか》なことを。帝国《ていこく》を守ってこそのレールザッツ公爵《こうしゃく》家だ。それもできないのであれば、滅《ほろ》びたほうがよかろうよ。それに……僕の兄上のことは、お前のせいじゃない」

ハディスは、今度こそ何を言えばいいのかわからなくなったようだった。だが、リステアードも背を向けてしまって、顔が見えない。見られないようにしているのかもしれない。

「……兄上は、お前が辺境から戻ってくる前、呪《のろ》いとやらで死んだ最後の皇太子だ。他《ほか》の皇子が皇位継承《けいしょう》権を捨てて逃げ出す中で、逃げずに立ち向かった。それがラーヴェ皇族として生まれた自分の役割だと。……僕はそんな兄を誇《ほこ》りに思っている」

それでもリステアードの声が震《ふる》えるのは、悲しいからだろう。

「だから僕は、お前が僕の兄上よりも立派な皇帝にならなければ、許さないし許せない。僕個人の感情はそれだけだ。覚えておくといい」

「……。うん」

迷って、それしか答えが見つからなかったように、ハディスが頷《うなず》き返した。出来の悪い弟を見るような目でほんの少し笑ったリステアードこそ、亡《な》くなった実兄《じっけい》に似ているのではないだろうか。ぼんやりとジルは、過去でも未来でも知らないひとを想像する。

「それより、問題は姉上だ。あくまで噂《うわさ》だが……妙《みょう》な情報が入っていて」

「――ハディス、リステアード」

昇《のぼ》り始めた日を背にして、エリンツィアがやってきた。

疲労《ひろう》の濃《こ》い顔をしているが、しっかりとした足取りだ。

「あとはまかせて、いったん戻ろう。話がある」

「僕なら――いや僕だけでもハディスにつきますよ、姉上。もう決めた」

宣言したリステアードに、エリンツィアが難しい顔で嘆息《たんそく》する。

「お前はそう言うだろうと思った。私も続きたいところだが、ハディス。条件がある」

ハディスが黙《だま》って目線でエリンツィアに先をうながす。

並んで立つ異母弟《いぼてい》のもとへ近づいたエリンツィアは、周囲を気にするように声をひそめた。

「会ってほしい人物がいる。叔父上が偽帝《ぎてい》だなんだと騒ぐ少し前に、うちを頼《たよ》ってきてそのまま滞在《たいざい》しているんだが……」

エリンツィアは言いよどんで、一瞬《いっしゅん》だけ心苦しそうにジルを見た。まばたいたジルは、あとに続く言葉でその視線の意味を知る。

「滞在しているのはフェイリス・デア・クレイトス」

「姉上！　それは――」

「そう、クレイトス第一王女だ、ハディス。彼女が和平の手段として――その、君に婚約《こんやく》を申し込みたいと言っている」

もし、心的外傷なんてものが残っているとしたら、それ以外ないという人物の名に、ジルは固まった。

（こん、やくって……陛下と？）

ハディスは顎《あご》を少し持ちあげて、唇《くちびる》に弧《こ》を描《えが》いた。

「それはまた、面白《おもしろ》い冗談《じょうだん》だ」

決して歓迎《かんげい》していないハディスの答えに、エリンツィアが眉《まゆ》をひそめる。リステアードもどう反応していいかわからないようだった。

ジルは動けなかった。ハディスが歓迎していないとわかっていても、離れてしまった手をもう一度取ることができなかった。

フェイリス・デア・クレイトス。ジェラルドの婚約者であったとき、ジルが会ったのはほんの数度だけだ。年の大半、ベッドから起き上がれない、病弱な少女だったからである。

それでも一目見れば皆《みな》が魅了《みりょう》される天使のような少女は、城中から——いや、国中から愛されていた。ジルも初めて会ったときはその可憐《かれん》さに胸をうたれたし「ジルお義姉《ねえ》さま」と呼ばれて庇護欲《ひごよく》をかき立てられたものだった。妹最優先のジェラルドにさみしさは覚えても、妹を守りたいという方針は当然だろうな、と思っていた。

結果は禁断の兄妹愛だったが。

（それがどうして陛下に、婚約なんて……わたしのときと同じ、カモフラージュか？）

ぎゅっと拳《こぶし》をにぎった。ジェラルドが許したと思えないが、それ以上にジルだってそんなことと許さない。

ノイトラールの城塞都市に戻ったジルたちは、仮眠《かみん》をとり身支度《みじたく》をととのえて、日が一番高くなる時間に竜騎士団の兵舎にあるエリンツィアの執務室《しつむ》に集まった。

横長の応接ソファに座ったハディスは、湯浴みをすませて正装してもらった。テーブルの向こうにあるソファに座る人物を相手に、さすがにエプロンはない。

その相手を、今、エリンツィアが呼びにいっている。

「どうする気だ」

ジルの横に腰《こし》をおろしたリステアードが尋《たず》ねた。対するハディスは素っ気ない。

「どうもこうもない。僕のお嫁《よめ》さんはジルだ。ジル以上にふさわしい竜妃《りゅうひ》はいない」

「後宮はあいているだろう。クレイトスの王女が嫁《とつ》いでくれれば、皇后以上の地位である竜妃の称号《しょうごう》をこの少女に持たせるのは無理がある。だがクレイトスの王女が我が帝国の竜妃というのもあり得ん。クレイトスの魔女《まじょ》というだけならまだしも、大魔女ではないか」

そこまで言ってリステアードはちらとジルを見た。ふたりの間に挟《はさ》まれる形になっているジルは、まばたきを返す。

「この少女もクレイトス出身と聞いているが……今いくつだ、君は？」

「十歳です。フェイリス王女殿下《でんか》はわたしよりふたつ下です」

両腕《りょううで》を組んで、リステアードがソファの背もたれに背中を預けた。

「政略結婚《けっこん》では珍《めずら》しくもない年齢《ねんれい》差だが……そもそもハディス、お前、本気でこの少女と結婚するつもりなのか」

「つもりじゃない。結婚してる。ラーヴェの祝福だって受けてる」

「……待て、初耳だぞ。そんなものあるのか」

「今までろくに僕の話なんて聞かなかったじゃないか」

反論できないらしいリステアードが唸《うな》っていると、こんと扉《とびら》を叩《たた》く音がした。

部屋の出入り口をかためているジークとカミラが、ジルに目配せする。ジルが頷くと、扉が開かれた。

「待たせてすまない」

エリンツィアが車椅子《くるまいす》を押して入ってくる。車椅子に乗っているのは、ジルよりも幼い少女だ。リステアードが息を呑《の》むのがわかった。

ちらりと、ジルもその姿を見てみる。

まっすぐ切りそろえられた柔《やわ》らかそうな髪《かみ》は、上品な亜麻色《あまいろ》。長い睫《まつげ》がまばたくたびに、蝶《ちょう》の羽ばたきを思わせた。透明感《とうめいかん》のある白い肌《はだ》が、美しさを際立《きわだ》たせている。

スペースの関係上、自然と車椅子が上座に鎮座《ちんざ》することになる。気負った様子もなく、両手を膝掛《ひざか》けの上に置いた少女は、可憐に微笑《ほほえ》んだ。

「無理はしないほうがいいというお言葉に甘えて、車椅子を貸して頂きました。体調が悪いわけではないので、心配はなさらないでください。みなさま、はじめまして。わたくし、フェイリス・デア・クレイトスと申します」

幼いが鈴《すず》のように可憐な声が、桃色《ももいろ》のふっくらした唇から紡《つむ》がれた。ぱっちりとした蒼天《そうてん》の瞳《ひとみ》が、皆を順に見ていく。

「エリンツィアさま、リステアードさま、ハディスさま。──そしてジルさまですね」

最後に呼ばれたジルは、ついフェイリスの顔を見てしまう。フェイリスはにこっと無邪気《むじゃき》な笑《え》みを返して、ジルの疑問を先取りした。

「存じております。兄が、あなたと婚約すると言っておりました。逃《に》げられてしまったようですが」

くすくすとフェイリスが笑う。おとなびた仕草だが、小鳥のような笑い声が愛らしい。それなのにジルは顔をしかめてしまった。

「……お怒《いか》りではないんですか？」

「兄にはいい薬です。お兄さまったら、自分はなんでもできると思っておられるところがあるんだもの」

「フェイリスさまは、わたしとジェラルド王子の婚約に反対ではなかったのですか」

ついついさぐりを入れてしまう。フェイリスはあでやかに微笑み返した。

「反対だなんて。年齢も近いと聞いて、わたくしは楽しみにしてました。お義姉さまができると思っていたのに、残念です」

確かに、ジェラルドの婚約者だったジルに、フェイリスがつらく当たったことは一度としてない。むしろなついてくれていたと思っている。可愛《かわい》くて優《やさ》しい、賢《かしこ》い子だった。

今だってジルに対する悪意などみじんも感じない。とても八歳の少女とは思えないたたずまいと理解力、振《ふ》る舞《ま》い。できた王女だと持ちあげる人間が出るのは致《いた》し方ないだろう。

だからこそ、女神《めがみ》が実在すると知った今のジルにはわかる。

(女神の器《うつわ》の適合者。いちばん可能性が高いのは、クレイトスの王女に決まってる)

ハディスは体が弱い。竜神《りゅうじん》の膨大《ぼうだい》な魔力《まりょく》が人間の体に負担をかけるせいだ。同じように、フェイリスも体が弱い。この符合《ふごう》が、偶然《ぐうぜん》のわけがない。

「わたくしがハディス様に嫁いだら、お義姉さまとお呼びしてもいい？」

のまれてなるものかと、ジルはぎゅっと膝《ひざ》の上で拳を握《にぎ》る。

「わたしは」

「君が僕に嫁ぐことは絶対にあり得ない」

横でハディスが吐《は》き捨てるように言った。嫌悪《けんお》を隠《かく》さないその顔に、フェイリスよりエリンツィアが焦《あせ》る。

「ハディス、ひとまず話を聞いてからでも」

「なぜかなんて、その子がいちばんわかってるはずだ。女神クレイトスの末裔《まつえい》、女神の器になる可能性がもっとも高い女と竜帝《りゅうてい》が結婚？　なんの冗談だ。それこそ女神クレイトスの思うつぼじゃないか」

「──やはり、そうなのですね」

目を伏《ふ》せたフェイリスに、ハディスが口をつぐむ。リステアードが顔をしかめた。

「なんの話だ？」

「わたくしが女神クレイトスの器である、ということです。竜神ラーヴェさまが見えるというハディスさまと同じように」

淡々《たんたん》と告げるフェイリスの話を、理解できないながらも遮《さえぎ》ってはいけないとリステアードは考えたようだった。難しい顔で口を閉《と》ざす。黙《だま》っているエリンツィアは、知っているのかもしれない。

「わたくしの周囲は何も教えてくれないので、確信が持てなかったのです。ですが、今、わかりました。わたくしは女神の器として、十四歳になったときに操《あやつ》られるか、自我を喰《く》われる運命にあるのでしょう。代々の王女がそうであったように」

ひたすら警戒《けいかい》していたジルは、拍子抜《ひょうしぬ》けのような衝撃《しょうげき》を味わっていた。だがじわじわと納得《なっとく》が内側から溢《あふ》れてくる。

（そうか、ラーヴェ様と陛下が別人格なように、女神と器は別人格だから……フェイリス様が女神の器だったとしても、女神と同一の考えでなかったら、そうなるのか）

十四歳になれば女神になる。共存しているラーヴェとハディスを先に見ていたせいで、器の自我が喰われるという発想に思い至らなかった。そうでなくても女神は十四歳以上の女性を操れるのだ。

ジェラルドのあの過保護ぶりも、周囲に蝶よ花よと大事に育てられてきたのも、体が弱いからというだけではなく、女神の器になる少女だったからだとしたら、どうだろう。だが、フェイリスの言い方だと、ジェラルドは妹が女神の器であることを知っていて隠しているということになる。

だとしたら、あの禁断の兄弟愛も意味が違《ちが》ってくるのではないだろうか。

(わたしが知ったのは、フェイリス様が十四歳の誕生日を迎《むか》えたあとだった)

妹と女神、どちらが相手だったのか。

まさかと喉《のど》を鳴らしたジルの目に、儚《はかな》げなフェイリスの顔が映る。

「ですので、わたくしに残された時間はあと六年。——その間に、長きにわたるクレイトスとラーヴェの因縁《いんねん》に決着をつけたいのです」

「そのために、クレイトスの王女たるあなたがハディスに嫁ぐと？」

ひとまず話を軌道《きどう》修正したリステアードに、フェイリスが頷《うなず》く。

「それが最善と考えました。でなければまた争いが繰《く》り返されるでしょう」

「だが、さっきから話を聞いていると、あなたの独断のように聞こえる」

まだ女神の器だのなんだのという話に理解が追いついていないだろうに、リステアードは会話の流れをきちんとつかみ情報を引き出してくれる。

「おっしゃるとおりです。わたくしは、兄がいない隙《すき》を狙《ねら》って国から出てきました。兄が、ジルさまを追いかけてベイルブルグに向かった数日後に。おそらく兄は今頃《いまごろ》、わたくしをさがしているでしょう」

「あなたは病弱で、まだ幼い。よくひとりで決断なされたものだ」

リステアードは感心する素振《そぶ》りで、さぐりを入れている。だが、フェイリスはやましさがないのか、動じない。

「はい。お察しのとおり、手引きしてくださった方がおります。エリンツィアさまもご存じなので、近いうちにご紹介致《しょうかいいた》しますね」

ジルの脳裏《のうり》に、元部下の顔が思い浮《う》かんだ。

（……ちょっと待て。ロレンスは今、ジェラルド殿下の部下のはず……）

正直、どこまでフェイリスの話を信じていいのかわからなくなってきた。

果たして目の前の少女は、女神の器になってしまう悲しい運命を背負った少女なのか、それとも女神と共謀《きょうぼう》して竜帝を手に入れようとするしたたかな少女なのか。

「このお話を受けていただけるなら必ず兄は説得致します。——というか、そうせざるを得ない状況《じょうきょう》にしてしまえばよろしいのです。たとえば、わたくしがハディス様と婚約《こんやく》することを先に公表してしまう」

そう言ってフェイリスはゆっくり手を前に出した。

「少なくとも、クレイトスと手を組んだのかとゲオルグさまは必ず動揺《どうよう》します。その隙を突《つ》けば無駄《むだ》な血を流すことなく、無血開城も可能なのではないですか？」

「そうなるとハディスは自国を敵国に売った皇帝《こうてい》という誹《そし》りを免《まぬが》れない」

「よき隣人《りんじん》。隣国ですわ、リステアードさま」

「あなたはしっかりなさっているからはっきり言わせていただこう。僕は叔父上《おじうえ》の一件、クレイトスが――あなたの兄上が噛《か》んでいるのではと疑っている」

ただの勘《かん》だがね、というリステアードにジルも内心で同意する。だがその懸念《けねん》も、フェイリスはあっさり受け流した。

「そうだとわたくしも思います」

「なら、ますます話がわからなくなるな。あなたは、兄上と対立なさるつもりなのか」

「止めにきたとおっしゃってください。兄がどこまで今回の件に関与《かんよ》しているかわたくしにはわかりません。ですが、ゲオルグさまを焚《た》きつけたのが兄ならば、わたくしが出向けば必ず止まってくれます。兄はわたくしが敗残者の婚約者になるなど、決して許しません。それはすなわち、ハディスさまを敗北者にしないということです」

苦々しい気持ちになるが、ジルは言っている意味を理解できた。

ジルの処刑《しょけい》を決めたとき――それ以前からジェラルドの行動基準は常にフェイリスだ。ジェラルドはフェイリスの名誉《めいよ》を穢《けが》さないことを最優先に動く。ハディスとフェイリスが婚約すれば、ジェラルドはフェイリスを敗北した男の婚約者にしないために動く、ということだ。

「リステアードさまのおっしゃるとおり、兄がゲオルグさまの背後にいるならば、兄は即座《そくざ》にゲオルグさまから手を引くでしょう」

「……ではもし、クレイトス王国やジェラルド皇子が叔父上の背後にいなかったら？」

「それこそ兄がゲオルグさまを潰《つぶ》しにかかるでしょう。他《ほか》でもない、わたくしのために」

にこやかに伝えるフェイリスの話を、リステアードが不可解なものを見る表情になる。エリンツィアが口を挟《はさ》んだ。

「何より、叔父上は今のように強気でこれなくなるはずだ。兵力の差という、ハディスに対する圧倒《あっとう》的優位がなくなるのだから」

「それは……わかるが……」

「私は、フェイリス王女の申し出を引き受けるなら、喜んでハディスに味方をしたいと考えている。いちばん犠牲《ぎせい》が出ずにすむからだ」

「返事は今すぐでなくてかまいません。わたくしも時間があるわけではありませんが、今、切《せっ》迫《ぱく》しているのはみなさまのほうだと思いますので」

ですがと大人びた一呼吸を置き、王女の顔でフェイリスは皆《みな》を見回した。

「今のみなさまの状況と、わたくしの状況、そして未来を解決する最善の手段だとわたくしは考えます。女神の器であるわたくしが竜帝であるハディスさまと結婚《けっこん》すれば、うまくことをおさめられるのではないでしょうか。おわかりでしょう、ハディスさま。女神の狙いは代々の竜帝──今この時点においては、他でもないあなたなのです」

ハディスは唇《くちびる》を引き結び、視線を斜《なな》めに向けて答えない。

気にした様子はなく、フェイリスは続けた。

「わたくしが信じられないという気持ちはわかります。わたくしたちはあまりにも互《たが》いに血を流しすぎました。――ですが、だからこそ、ここで止めねばなりません。そうでなければ、いつまでも終わらない」

「だが……その、あなたはまだ幼い。なのに政略結婚など……それでいいのか」

困惑《こんわく》から出ただけであろうリステアードの質問に、フェイリスはよどみなく答えた。

「愛などなくてもよいのです。わたくしのしあわせはそこにはないのですから」

愛の女神《めがみ》クレイトスの加護を受ける王女とは思えない言い草だ。それとも、愛の女神だからこそ語れる愛か。

「そうだろうな、馬鹿馬鹿《ばか》しい。帰る」

「おい、ハディス」

エリンツィアの引き止めなど歯牙《しが》にもかけず、ハディスが立ちあがる。ついでにひょいっとジルも抱《だ》きあげられた。フェイリスは静かに問い返す。

「ではハディスさまは、これからどうなさるおつもりですか？」

ハディスはフェイリスを無視して、さっさと執務室《しつむ》を出ようとする。カミラとジークがどうするのかと目線で問いかけてくるが、ジルもすぐさま判断がつかない。

（フェイリス様を信頼《しんらい》できるかどうかはともかく、悪い話じゃない）

十四歳になれば女神に喰われるというのが本当ならば、同情はできる。女神ではなく一個人の話だ。フェイリスを女神と同一視して目にも入れないハディスは少し、過剰《かじょう》反応ではないだろうか。きちんと判断できていない気がする。

（それとも、フェイリスさまを目に入れたら何か変わるから、怖《こわ》いのか）

ひっそりとこびりつく影《かげ》のような考えを、ぶるぶる首を振《ふ》って追い払《はら》う。

出て行こうとするハディスの腕《うで》から背後を見ると、腰《こし》をあげかけたエリンツィアをフェイリスは目で制していた。愛の女神の加護を受ける王女は、ただ花のように微笑《ほほえ》んでいるだけだ。

逃《に》げるハディスすら許すと言わんばかりに——それがひどく、癇《かん》に障《さわ》った。

「陛下」

引き止めようとジルが声をあげた直後、ハディスが開く前に扉《とびら》があいた。

カミラとジークが反射で武器をかまえたが、扉をあけた相手は目を丸くして両手をあげる。

「申し訳ありません、ノックすべきでした。時間なのでお迎えにあがりましたよ、フェイリス王女」

「……ロレンス」

つぶやいたジルを見て、ロレンスが目を細めて笑う。

「やあ。やっぱり俺の勘は当たっていたみたいだね、ジル・サーヴェル」

「何者だ」

ソファから立ちあがったリステアードに、フェイリスが声をかけた。

「先ほど話に出た、わたくしをここまで連れてきてくれた従者です、リステアードさま。もうそんな時間なの、ロレンス」

ロレンスは穏《おだ》やかに頷き返すが、リステアードは厳しい顔を崩《くず》さない。

「彼は竜騎士団《りゅうきしだん》の見習いだろう。それが、クレイトスの王女の従者とはどういうことだ？」

「エリンツィア殿下《でんか》のご厚意《こうい》で、こういう形で竜について学ばせてもらってます」

ロレンスがしらっと笑顔《えがお》で答え、フェイリスの車椅子《くるまいす》のうしろに回る。リステアードはあからさまに顔をしかめたが、間諜《かんちょう》という言葉を使うべきではないとわかっているのだろう。ただエリンツィアを横目でにらんで批難する。

「僕でこりたと思っていましたよ、姉上」

「そう言うな。クレイトスも当然、フェイリス王女の居場所をさぐりにくるだろう。彼が見習いという形で自由に街中や兵舎を見て回ることで、あやしい者を察知できるじゃないか」

「王女様との話はもうすみましたか？」

ロレンスの確認《かくにん》に、エリンツィアが頷《うなず》く。

「十分だと思う。時間をかけて申し訳なかった」

「では部屋にお連れします。――ああそうそう、帝国軍《ていこくぐん》からの問い合わせがこちらに届いたみたいですよ。偽帝《ぎてい》をかばっているか否《いな》か。そして、今後の焼《や》き討ち予定場所と日付についても声明が出たそうです」

エリンツィアが立ちあがり、リステアードもはっきり顔色を変えた。フェイリスが顔をくもらせて尋《たず》ねる。

「それは確かなの、ロレンス。焼き討ちを続ければゲオルグさまも批判されるでしょう」

「面白《おもしろ》いものでなぜかこういうとき、出てこない竜帝陛下《りゅうていへいか》のほうに批判が向くんです。我が身可愛《かわい》さに、というやつですね。しかも自分の領土が対象になっている諸侯《しょこう》は必死になって捜索《そうさく》を始める。なかなか悪くない案ですよ。時間がたてばたつほど向こうが有利になる」

ロレンスはフェイリスの質問に答える体《てい》で、あきらかにこちらを煽《あお》っている。

(だが、言っていることは当たっている。ただでさえ後手に回っているのに、これ以上手をこまねいていれば、陛下が勝ってもそのあとにひびく)

婚約者《こんやく》を奪《うば》われた。それがなんだ、そんなもの過去の話だ。

全身で嫌悪《けんお》と拒絶《きょぜつ》を示しているハディスを説得できるとしたら、自分しかいない。それだけでも十分じゃないか。

「そう言えば僕が頷くとでも――」

「陛下、フェイリス王女のお話、お引き受けしましょう」

ハディスが愕然《がくぜん》とした顔でジルを見た。

ジルはその腕から飛び降りて、エリンツィアを見つめる。

「そうすればエリンツィア殿下は竜騎士団を動かしてくださるのですよね?」

「あ、ああ……それは、もちろんだ」

「では決まりです。犠牲を最小限にしてこの事態を打破するにはそれしかありません」

エリンツィアとリステアードが意味ありげに視線を投げているのは、おそらく沈黙《ちんもく》しているハディスに向けてだろう。

だがジルはフェイリスのほうを向いたまま、言い切った。

「宜《よろ》しくお願い致《いた》します、フェイリス王女殿下」

「こちらこそ、英断に感謝致しますわ、ジルさま。では、ロレンス。わたくしたちも本国に連《れん》絡《らく》し、至急婚約についての契約《けいやく》書を整え――」

「――ジル？」

優《やさ》しげな呼びかけだった。だが、ずっと穏やかだったフェイリスが口をつぐむほど、ハディスの声は怒《ど》気《き》と嘲笑《ちょうしょう》に満ちている。

「君は僕をこの女に売る気か。こんな程度の劣勢《れっせい》に怖《お》じ気づいて？」

びりびりと背中に伝わる威圧《いあつ》を受けたままジルは前を向き続けた。ひるんではいけない。

ひるんだ瞬間《しゅんかん》に、ハディスは自分の首を折るだろう。確信があった。

「竜帝を女神に譲《ゆず》る竜妃《りゅうひ》など、いらない。そう思わないか」

「何をそんなに怒《おこ》ってらっしゃるんですか。婚約を了承《りょうしょう》したと陛下が言わなければすむだけの話なのに」

恐《おそ》ろしいほどだった圧が、戸惑《とまど》うように鎮《しず》まった。

「陛下を口説くくらい、フェイリス王女の自由にさせてあげてはいかがですか」

フェイリスはぱちぱちと大きな目をまばたく。周囲が整えた椅子《いす》に座るのが当然の王女様には、ぴんとこない単語らしい。

唯一《ゆいいつ》、ジルの考えを見抜《みぬ》いたらしいロレンスが唇に薄《うす》い笑みを浮《う》かべた。

「フェイリス王女の名前だけを使って終わらせる気か」

「現状をそのまま説明するだけです。フェイリス王女は両国の関係改善を求め、エリンツィア殿下を頼《たよ》った。そこでこの偽帝騒《ぎていさわ》ぎが勃発《ぼっぱつ》。たまたまノイトラール地方に潜伏《せんぷく》していた陛下と出会い、争いを憂《うれ》えて協力を申し出てくださったのです。婚約話のひとつやふたつ、噂話《うわさばなし》が持ちあがるのは当然のことです」

フェイリスは、冷静にジルを見ていた。八歳の天使のような可憐《かれん》な少女。庇護《ひご》されるのが、愛されるのが当然の、女神の末裔《まつえい》。

だが、ロレンスはジェラルドの部下だ。それはすなわち彼女の行動がジェラルドに伝わることを意味している。そして彼女は一度もはっきりとジェラルドと敵対するような発言はしていない。彼女自身、ジェラルドが敵に回るとも思っていない様子だ。

何より、ジルは知っている。六年後、ジルのあの処刑《しょけい》の早さは長年の手回しがあってこそだった。きっと彼女が十四歳になる前からのだ。

「物語の定番だと、陛下とフェイリス王女が惹《ひ》かれ合って婚約に至るんでしょうね」

今度こそ好きなようにさせてなるものかと、ジルはハディスの前に立って、笑った。

「でもわたしはあなたに陛下を渡《わた》しませんよ、フェイリス王女殿下」

一瞬《いっしゅん》だけ、フェイリスが唇《くちびる》の端《はし》を持ちあげた。

「わかりました。――それでこそ竜妃」

天使と呼ばれる少女らしからぬ、その笑み。けれど薄く目を細めて微笑するその仕草は、決して気品を損《そこ》なわず、美しくすら見えた。

「ジルさまは、ハディスさまがお好きなのね」

「ええ。ですから、まっとうに、正面からどうぞ。受けて立ちます」

「素敵《すてき》だわ。まるで物語みたい」

ぽんと両手を叩《たた》いて、フェイリスが理解を示す。

「運悪く戦禍《せんか》に巻きこまれたわたくしを、ハディス様は守ってくださっている。確かに、それだけでもクレイトスを味方に引き込むことはできるでしょう。唯一の難点は、わたくしが人質《ひとじち》にされているのだとお兄さまが怒らないかですが――」

「もちろん、説得してくださるんでしょう。本当に両国の平和を願っていらっしゃって、陛下との婚約をお考えなら」

ジルの念押しに、フェイリスはにこっと可愛らしく笑い返した。

「ええ、もちろんです。ではロレンス、そのように手配を」

「――わかりました」

「ではわたくし、そろそろ失礼致しますわね。ジルさまもハディスさまを休ませてあげてください。さっきからずっと床《ゆか》に倒《たお》れてらっしゃいますので」

「え、いつから!?」

振り返ると、確かにハディスが床で悶絶《もんぜつ》していた。すっかり手慣れた様子で、ジークがその背中をさすっている。

「慣れたんじゃなかったのかよ。息しろ、息を」

「だ、だって不意打ちで、きたから……僕をわたさないとか、そんな……受けて立つとか、そんな、ひ、人前で恥《は》ずかしいじゃないか⁉」

「そうねぇ。あ、ジルちゃんはそのままね。近づかないで。陛下、心臓止めちゃうから」

「あ、はい。いつもの発作《ほっさ》ですね」

カミラとジークにまかせておこうとジルはその場に踏《ふ》みとどまった。その横を、ロレンスが押す車椅子に乗ったフェイリスが横切っていく。一瞬ロレンスと視線が交差したが、会話はなかった。

ふたりの退室にやっと肩《かた》の荷がおりる。カミラが気遣《きづか》って優しく肩を叩いてくれた。

「お疲《つか》れ様、ジルちゃん。かっこよかったわよ」

「確かにかっこよかった！　でもジル、僕は納得《なっとく》したわけじゃないぞ……！」

ふと見ると、呼吸を整えたらしいハディスが、なぜかソファを壁《かべ》にして隠《かく》れながらジルを見ていた。

「フェイリス王女と婚約なんて、僕は噂でも嫌《いや》だ」

「何言ってるんですか陛下、それはこっちの台詞《せりふ》です」

つかつかハディスの前まで歩いていき、仁王《におう》立ちした。

「陛下の条件に当てはまってますよね。十四歳未満、ラーヴェ様が見える女性」

今はジルの感知能力が鈍《にぶ》っているせいもあって断言できないが、フェイリスはラーヴェが見えてもおかしくない。ハディスがびっくりしたようにジルを見あげる。

「フェイリス王女はわたしのかわりになれるはずです」

「いや、そもそも彼女は──」

「十四歳になると女神《めがみ》に体を乗っ取られるという話でも、同じです。むしろわたしのほうが不利です。わたしが絶対に女神に操《あやつ》られずにすむ時間は、あとたった四年です」

思いもよらなかったという顔でハディスがまばたいている。それをジルはにらみ返した。

「フェイリス王女にむやみに近づいたり話したりするの、禁止ですよ」

「……」

「浮気《うわき》したら寝室《しんしつ》の窓から布団《ふとん》で簀巻《すま》きにして吊《つ》り下げてやりますから」

拳《こぶし》をバキバキ鳴らして威圧すると、ハディスは急いで何度も頷《うなず》いた。複雑な乙女心《おとめごころ》も知らずに、子どもみたいなわがままばかりを言う夫にさすがに苛立《いらだ》って、ジルはふんと踵《きびす》を返す。

「竜騎士《りゅうきし》団の仕事行ってきます。ジーク、行きますよ」

「こんなときにまでか」

「こんなときだからこそです。わたしが竜妃だってことは伏《ふ》せたまま仕事しましょう、そのほうが動きやすいので──」

「ジル」

じろりとにらむと、ハディスは気まずいのかそっと目をそらし、でも言った。

「僕は、君が十四歳以上になっても、一緒《いっしょ》にいるって決めてる」

「だから？」

「えっ!? ……え、ええと、浮気も、絶対しない」

「それで?」

「そっ……それで——その……い、いって、らっしゃい……待ってる」

「当然のことしか言えてませんよ、陛下」

容赦《ようしゃ》なく駄目出《だめだ》しするジルに、ハディスがぐっと唇を噛《か》んでから言った。

「こ……っ今夜の晩ご飯は、バターで焦《こ》げ目をつけた鶏肉《とりにく》のガーリックステーキ、ふかしたジャガイモとニンジンのグラッセ、デザートは生クリームをそえた焼きプリン!」

「陛下大好き! わたし、お仕事頑張《がんば》ってきます!」

「それでいいのかよ……」

「それでいいのよ……」

るんるんで歩き出したジルは、部下の声を聞きながら少しだけ内心で舌を出す。

(わたしが十四歳になっても、一緒にいるって)

あれだけ女神を嫌っているハディスがそう決めるのは、ものすごい進歩ではなかろうか。

でも甘やかさないと決めたので、ちょっと赤くなってしまった頬《ほお》は隠しておくのだ。


竜騎士団の兵舎にある厨房《ちゅうぼう》に入ってくるなり、いきなり異母兄《いぼけい》が言った。

「反対するのをやめた」

意図がわからず、ハディスは首をかしげる。リステアードはハディスの格好を見て苦々しい顔をしたが、それには言及《げんきゅう》せず続けた。

「あのジルとかいう少女との結婚《けっこん》をだ。僕は了承《りょうしょう》した覚えは一度もない」

「君は無駄《むだ》が好きなんだな。了承しようがしまいが何も変わらないのに」

素直《すなお》な感想を述べると、リステアードが眉間《みけん》のしわに指を当てて、しばし沈黙《ちんもく》する。

「……言い方を間違《まちが》えた。賛成することにする」

作業する手を止めて、ハディスはリステアードを見る。正直、驚《おどろ》いた。

「本当に？　どうして？」

「あの子はお前の面倒《めんどう》をよくみている。――正直、色々どうかとはまだ思っている、皇帝《こうてい》が十歳の子どもに面倒をみられてどうするんだとか！　だが、この間の王女とのやり取りがそもそも僕の理解の範疇《はんちゅう》をこえている……子どもと大人の定義とは……？」

「なんだか大変そうだな？」

「誰《だれ》のせいだ！　……まあとにかく、賛成してやる。有り難《がた》く思えよ」

「どうして？」

「このッ……本当にわかってないのか!?　あの子はクレイトス出身だ、後ろ盾《だて》がまったくないんだろう。お前の寵愛《ちょうあい》だけで生き抜《ぬ》けるほど帝室は生ぬるいところではない」

「ジルは勝ち抜くぞ、きっと」

反論せず、ぐぬぬなどと唸《うな》っているのは、ジルの強靭《きょうじん》さに対する評価だろう。

だが、不安になるのはわかる。

ハディスだって女神まがいの少女と婚約《こんやく》しろなどと言われたときは、どうしてくれようかと思った。正直、ここまで期待させておいてそんなふうに投げ出すなら、その細首を折ってしまおうかとさえ思った。

でも早計だった。ジルはハディスの予想をこえる答えを出してくれた。

（さすが、僕のお嫁《よめ》さん！）

浮《う》かれてんなー、などと失礼な声が内側から聞こえた。

『結果的にはよかったけどな……ほんと嬢《じょう》ちゃんは俺の寿命《じゅみょう》縮めることばっかりする……』

「寿命なんてあるのか、神のくせに」

「おい、今、お前と話しているのは僕だ」

軽く頭を小突《こづ》かれて、意識を戻《もど》した。眉《まゆ》をひそめると、リステアードが真顔で言う。

「竜神《りゅうじん》ラーヴェ様としゃべれるというのが本当だろうが嘘《うそ》だろうが、僕はかまわないが」

「別にどう思われようが僕はかまわない」

「最後まで話を聞け。人と話しているときにそういうのはやめろと僕は言いたいんだ。相手に失礼だろうが」

そういう気遣いなど考えたことがなかった。

目を丸くするハディスを叱《しか》るように、リステアードは両腕《りょううで》を組んで続ける。

「どうしても会話に加わらせたいなら、話が通じるようにきちんとお前が翻訳《ほんやく》すべきだ」

「……ああ、うん。なるほど」

ラーヴェも反論はないらしく静かになる。なぜか喜んでいるような気配すらあった。

そうとは知らないリステアードは、顔をしかめてハディスを上から下まで眺《なが》める。

「あとはもう少し皇帝らしくする気があればいいんだがな。見てくれだけでも」

「今は僕が皇帝だとわからないほうがいいだろう」

「だからといって竜騎士団で料理長をやる皇帝がどこにいる！　しかも竜妃《りゅうひ》は相変わらず竜騎士見習いとして働き回って……くっ我が国はここまで堕《お》ちたか……！」

ひとりで嘆《なげ》くリステアードに、ハディスはきょとんとした。

とりあえず形だけとはいえ協力態勢が整ったわけだが、挙兵するにしても時間がいる。エリンツィアはゲオルグからの問い合わせを調査中と返して時間を稼《かせ》ぐと同時に、焼き討ちに関《う》して強く批判する声明を出した。そして、焼き討ちの対象になっている領地を持つ諸侯《しょこう》に警告と称《しょう》して連絡《れんらく》をとりながら、物資と兵力を集める方向に舵《かじ》を切っていた。

この間にハディスがここにいることが知られたらまずい。だが、ハディスをあの隠れ家に帰すことにリステアードが大反対し、かといって姿を見られたら――ということで折衷《せっちゅう》案が出された。

竜騎士団の兵舎に住み処《か》を移し、身分を隠して働くことになったのである。

ちょうど竜騎士団の人数が増えたこと、焼き討ちされた村人を受け入れて炊《た》き出しが必要だったことが幸いした。ここでもまたリステアードが大反対したが「陛下なら料理の腕《うで》で顔を誤《ご》魔化《まか》せるかもしれません！」というジルの謎《なぞ》の主張により、ハディスは瞬《また》く間に顔並みにいい料理を作る料理人として周知された。炊き出しの手伝いから始まり、竜騎士団の厨房を長年預かってきた料理長に「お前にあとをまかせて俺は引退する」などと言わしめ、あっという間に竜騎士団の食堂を仕切る料理長に昇進《しょうしん》したのである。

大きな鍋《なべ》に入った本日のスープをかき混ぜながら、ハディスは厨房に来ては苦い顔をするリステアードに味見用の皿をわたした。

「おいしいと思う」

「知っている、絶望的なまでに思い知った！　今日の昼食はなんだと食堂があくのをわくわく皆《みな》待っているぞ、よかったな！」

「なら何が不満なんだ」

「……。別に。お前がそんなに料理好きだとは知らなかったというだけだ」

「そういうわけじゃない。ああ、料理するのは確かに好きなほうだけど」

ちらとこちらを見るリステアードが話の先を促《うなが》しているのはわかったので、味見をしたハディスは鍋に蓋《ふた》をして続ける。

「部屋でじっとしているだけだと、ジルが疑うかもしれない」

「……は？　何を」

「浮気」

ハディスはまっすぐにリステアードを見る。

「ここで僕がちゃんとこうして働いてる、人目もあるってことがわかってれば、ジルは浮気《うわき》を疑ったりしないだろう？　体の弱いクレイトスの王女様がここまでくるわけがないし」

「……それは、そう、だが」

「ジルを不安がらせたくない。……だって、ほら、その、この間のあれ。あれって……つまりや、やき、やきもち、ジルが」

「水だ飲め」

心拍数《しんぱくすう》があやしくなってきたところへ、半眼のリステアードがコップを差し出してくれた。ひとくち飲んで深呼吸をすると、リステアードは大袈裟《おおげさ》に肩《かた》をすくめた。

「よくわかった。……いや、わかってきた、というべきだな。そろそろ僕は仕事に戻る」

リステアードは自分の竜騎士《りゅうきし》団を合同訓練の名目で呼びつけ、忙《いそが》しくなってきた騎士団全体の統括《とうかつ》をとっている。

もし本格的に争いが始まれば、リステアードは先鋒《せんぽう》になって竜騎士団を率いるだろう。ふとそれに気づいて、ハディスは手を止め、下の戸棚《とだな》をまさぐった。

「これ」

ジルにあげるつもりだったクッキーだ。チョコチップにナッツ、ジャムをはさんだものなどが何種類か入っている。差し出されたリステアードはまばたいて、受け取った。

「いただいておこう。妹がいれば喜ぶんだが」

「……そ、そうか。甘い物、好きなのか。でも……」

こちらを見る脅《おび》えた目を思い出して、ハディスは口をつぐむ。早々に袋《ふくろ》をあけたリステアードは、クッキーをひとつ目の前でかじった。

「怖《こわ》がりなんだ、フリーダは」

フリーダというのは、帝都《ていと》にいるリステアードの実妹《じつまい》の名前だ。確かまだ七歳くらいである。

「別にお前じゃなくても、初対面の人間には大概《たいがい》脅えて隠《かく》れる」

「そ……そう、なのか」

「しかもお前との初見が父上との謁見《えっけん》だ。フリーダだけではなく僕達より年下の弟妹《ていまい》に、あれを見て怖がるなというのは無理な話だ」

ふっと脳裏《のうり》に、玉座から転がり落ちて命乞《いのちご》いをした父親の姿が浮かんだ。あのとき自分はなんと答えたのだったか。笑っていたことしか覚えていない。

「兄なんだから、しかたがないと流してやれ」

しかたがないというなら、ずっとそう思ってきた。けれどリステアードの言う「しかたがない」は、意味が違《ちが》う気がする。

(ああそうか。僕が化け物だからじゃなくて、兄だからか)

だから、しかたがない。すとんと胸に落ちた言葉が、そのまま口に出た。

「そうか。それなら――しかたないな」

「ああ、ここにいたのか。朗報だ、ハディスにリステアード！」

仕込み中の厨房《ちゅうぼう》に今度はエリンツィアまで顔を出した。リステアードが嘆息《たんそく》する。

「ラーヴェ皇族がそろって騎士団の厨房で会合か。どんな状況《じょうきょう》だ」

「お前、それはハディスの手作りか。いいものを持っているじゃないか。私にもよこせ」

「言う前から取っているじゃないですか、姉上」

「こういうのは皆で食べるものだ。ほら、ハディスも」

自分で作ったクッキーを一枚渡《わた》されたハディスは、不思議になる。今、じゃれ合う姉兄《きょうだい》の中に自分がいるのだ。

「それで、何が朗報なんです？」

「ヴィッセルと連絡がついた」

実兄《じっけい》の名前にハディスが顔を向けると、エリンツィアが力強く頷《うなず》く。

「お前を心配してる。今も叔父上《おじうえ》を説得する方向で動いてくれてるそうだ。もしそれが不可能なら、せめて情報を流してくれると。リステアード、フリーダは無事だぞ」

両眼を開いたリステアードも、やはり心配だったのだろう。いつも気難しくすました顔が、柔《やわ》らかくなる。

「そうですか。怖がっていないといいが……他《ほか》の弟妹や、母上――皇妃殿下《こうひでんか》たちは」

「皇族は全員、無事だ。外部との接触《せっしょく》や外出は禁じられているが、ヴィッセルが叔父上から監《かん》視《し》をまかされている。連絡もとれるかもしれない。とはいえ、無理にとる理由はないが」

「もしこちらと接触していることが知られて、何かあっても助けにいけない」

ハディスの言葉に、エリンツィアは頷いた。

「そうだ。あとは水面下で準備をし、一気に決着をつける。ヴィッセルもそういう方向で動いてくれる。それでいいな、ふたりとも」

「僕はヴィッセルを頼《たよ》るのには反対だ」

ハディスが頷く前に、リステアードがはっきり言い切った。見ると、いらだたしげにぼりぼりクッキーを食べている。

「あいつは叔父上の娘《むすめ》と婚約《こんやく》している。叔父上の後ろ盾《だて》であるフェアラート公の手先だぞ」

「それはヴィッセルが皇太子としてやっていくには後ろ盾が必要だったからだ。お前だってそれくらい、わかるだろう」

「ふん、どうだか。僕はハディスと同じくらい、いや、ハディス以上にヴィッセルは気に食わない」

「お前、まさか自分が皇太子になるべきだとここで主張する気か？」

「身分的にいえばそれが順当だ！　それに……いや」

なぜかリステアードはハディスを見てから、そっぽを向いた。

「まあ、非常事態だ。使えるものはなんでも使うべきだが」

「素直《すなお》に協力すると言えばいいものを。ハディスも、いいな」

こくりと頷くと、エリンツィアはそうかと笑ってばんばん背中を叩《たた》いてきた。痛かったけれど少しも不快ではない。なんだかほわほわするくらいだ。

（このままでいられたらいいな）

うん、とラーヴェが頷き返す。女神と同じ色の自分が腹の底でそう簡単にいくわけがないだろうと嘲っているけれど、今だけは何も否定したくなかった。

「やあ、訓練じゃなく洗濯？」

金属の盥にもらってきたばかりのお湯を入れていたジルは、石畳の洗濯場に現れた人物を一瞥してからすぐ視線を戻した。

「さっき、ロレンスも訓練場にいたでしょう？　見てたんじゃないんですか」

「ばれてたか。ジークさんはこないのかな？　あのひと、君の部下だろう」

特に明言したわけでもないのに、よく見ている。そう思いながら、ジルは肩をすくめる。

「ジークは訓練中です。竜騎士団の見習いなんだから当然でしょう」

「それは君だって同じじゃないか。女は洗濯でもしてろ、なんてよくある話だけどね。でもこんな女の子相手に、よくやるよ」

「わたしが女の子じゃなくて男だったとしてもありますよ、ああいうのは」

お前がかつてわたしと一緒に士官学校でやられたように、という言葉を胸にしまう。

ロレンスは木陰の洗濯場にやってきて、新品の石鹸をジルに見せた。

「使うといい。さっき、君に洗濯を押しつけた奴がこそこそ隠しているのを見た」

「ああ、どうりで見当たらないと。有り難《がと》うございます。助かります」

「淡々《たんたん》としてるね。ひどいとは思わないのかい？」

「訓練できないのはつらいです、体がなまるので。でも、洗濯だって大事な仕事です」

「君は竜妃《りゅうひ》なのに」

「それは竜帝《りゅうてい》の妻だっていうだけでしょう」

ロレンスが瞠目《どうもく》したあと、苦笑いを浮《う》かべ、ポケットから出した小物のナイフで石鹸の端《はし》をいくつか盥に切り落とした。

「とかして使えば手間が省ける。洗濯物はあの籠《かご》の中のものだけ？」

「手伝ってくれるんですか？　ロレンスの訓練は？」

「俺は後方支援《しえん》志望だから、これも訓練だよ」

屁理屈《へりくつ》に呆《あき》れながら、ジルは盥の中を指先でかき混ぜてみる。最近暖かいせいかなかなか温度がさがらない。この温度のまま洗濯するのは生地《きじ》を傷《いた》めてしまうだろう。待っている間は屈伸《くっしん》運動でもしているかと伸《の》びをしたとき、洗濯場に枝がかかる大きな木の幹に背を預けて、ロレンスが話しかけてきた。

「俺の姉はね、クレイトス国王陛下――クレイトスの南国王の後宮にいるんだ」

それは、かつての士官学校時代にもロレンス本人から聞いた話だった。

クレイトス国王は現在、執務《しつむ》の大半を王太子ジェラルドに丸投げし、一年の大半をクレイトス南方ですごしている。国王陛下ではなくクレイトスの南国王と揶揄《やゆ》されるほど傍若無人《ぼうじゃくぶじん》な振る舞《ま》いには、ジェラルドも手を焼いていた。その南国王が自ら建設した南の街に、金と色欲にまみれた非公式の後宮がある。ロレンスの母親代わりだった美しい姉は、生家からその南国王の後宮へと売り飛ばされた。

一度入れば、もう二度と生きては出られないという噂《うわさ》だ。ロレンスはそこから姉を救い出すために、ジェラルドの部下になった。ジェラルドが現国王の失政で腐《くさ》った王宮を立て直し、一刻も早く実父を国王の座から引きずり下ろそうとしているからである。

（クレイトスの人間だってばれたからって、なんでそんな話を今、わたしに……）

警戒《けいかい》が眉《まゆ》をひそめる形で現れる。それを見て、ロレンスが笑った。

「やっぱり君は何か知ってるね」

「──えっ？」

「この話を聞いた人間の反応は二種類なんだ。意味がわからないままとりあえず感心するか、気の毒がるか。君はどちらでもなかった。何をさぐりたいのかと、俺の反応を待ち構えた」

ロレンスが木陰の下で、何かをさぐるように斜《なな》めに首をかたむける。

「君、やっぱり俺のことを知ってるんじゃないかな？」

「そ、そんなことは──そ、そう。ジェラルド王子の誕生パーティーで」

「俺はあの誕生パーティーには不参加だよ。そして、ジェラルド王子は婚約者でもない君に手《て》駒《ごま》をあかすほど無能じゃない。つまり、君がクレイトスで俺を知る機会はほぼない」

たたみかけられる言葉にだらだら汗《あせ》が流れてくる。

（ほぼっていうなら可能性は……いや不用意に発言するのやめよう、うん）

言質《げんち》を取られるだけだ。勝てない相手には挑《いど》むな、というのは彼の教えだが。

「なのに、なぜ俺がフェイリス王女の部下ではなく、ジェラルド王子の部下だと、君は知ってるのかな？」

顔をあげてしまってから、ロレンスの目線ではめられたことに気づく。

「だめじゃないか、そんな顔でこっちを見たら」

「お前、相変わらず性格悪いな！」

「へえ、相変わらず。どういう意味か聞いても？」

「あーもう、言いたいことがあるなら率直《そっちょく》に言え！」

「君に興味があるんだ。ジェラルド王子の求婚《きゅうこん》を蹴《け》り、今はラーヴェ皇帝《こうてい》の心をつかんでいる君に」

率直に返されたあと、つい疑惑《ぎわく》が顔のゆがみになった。

「……まさか、お前も幼女趣味《しゅみ》」

「失礼なこと言わないでくれるかな、ジェラルド王子や皇帝陛下じゃあるまいし」

遠回しにふたりを非難しながら、にこやかにロレンスは続けた。

「どう説明すればいいかな……そう、諸侯《しょこう》に続いて、ヴィッセル皇太子とも連絡《れんらく》がとれた。ある程度兵の数が集まり次第《しだい》、皇帝の所在とフェイリス王女の所在をあかし、ゲオルグ様に投降をうながす予定だそうだ。これを君はどう思う？」

「……ヴィッセル皇太子が裏切ればすべてが水の泡《あわ》です」

「義兄《ぎけい》を疑うのかい？　皇帝は実兄とは仲がいいというふうに聞いていたけど」

「わたしはヴィッセル皇太子に会ったことはありませんし、何より陛下の味方なので」

味方ならそうあってくれと願っている。だが願いどおりにいくとは思っていない。

「皇帝の味方だから、君はヴィッセル皇太子——いや、皇太子だけじゃなく、エリンツィア殿《でん》下《か》もリステアード殿下も裏切るかもしれない可能性を常に頭に入れているのかい？」

「なんでも疑ってるわけじゃないですよ。ただ、そうならないように、わたしは陛下についてるんです」

「そう、それだ。俺は君がそうなると知ってるように見えるんだよ。そこに興味があるんだ」

ぎくりと身をこわばらせると、ロレンスはにっこり笑った。いい加減、やられっぱなしで頭にきたので、ジルもにっこり笑い返してやる。

「わたしの部下になってくれるなら、話してあげますよ」

きょとんとしたロレンスは、口元に手を当てる。

「……その返しは想定してなかったな」

「できないでしょう？　ならお互《たが》い詮索《せんさく》はなしです。あなたはちゃんとお姉さんのためにクレイトスに帰らないといけないですからね。だからわたし、あなたのことは知りません」

瞠目したあとで、ロレンスが口元で手を動かす。

「……ひょっとして、俺を見逃《みのが》してくれるってことなのかな？　そういうつもりはなかったんだけど……なんか、くすぐったい気分だね。君みたいな子どもに気遣《きづか》われたと思うと」

「でも陛下に手を出したら別ですから」

牽制《けんせい》だけはしておくと、妙《みょう》に忙《せわ》しない様子だったロレンスの目がちょっと細くなった。

「……。君がもしジェラルド王子の求婚を受けてくれれば、俺は君の部下になれるよ？」

「お断りします！」

牙《きば》を剝《む》く勢いで否定すると、ロレンスがおかしそうに声を立てて笑った。

「そこまで嫌《きら》われるなんて、あの王子様がとんだ失態だな。でも、君がクレイトスに戻ってくれれば検討の余地がまだあるか……そうだ、君が俺の恋人《こいびと》になるのはどう？」

「はあ？　わたしはあなたを部下にしたいわけで、恋人とか冗談《じょうだん》でも嫌《いや》です」

「……冗談なのに全力で否定されると傷つくな。あの皇帝のどこがそんなに？」

「料理がうまいです！」

力強く断言すると、ロレンスが頰《ほお》を引きつらせた。

「……え、それだけ？」

「十分じゃないですか。はい、もうおしゃべりは終わり。洗濯始めるんで、籠持ってきてください。大した量じゃないのでさっさとすませましょう」

ちょんと水面を指先でつつくと、ぬるま湯になってきた。靴《くつ》を脱《ぬ》いで裸足《はだし》になったジルが待っていると、釈然《しゃくぜん》としない顔でロレンスが洗濯物が詰《つ》められた籠を取り——真顔になった。

「……これ、下着じゃないか。男性物の」

「そうですよ？」

今までで一番真剣《しんけん》な顔をして、ロレンスがわかりきったことを尋《たず》ねる。

「これを、君に、洗えって？」

「はい」

「……君、意味わかってるよね。これ――」

「変態なんかどこにだっていますよ、いいから早くこの中に入れてください。いちいち相手にしたくないので」

「いやしよう！　相手にしよう！　これは嫌がらせじゃすまない！」

再会して初めてロレンスが顔色を変えて怒鳴《どな》った。何が衝撃《しょうげき》だったのか、両手を見て真剣に考えこんでいる。

「こんなことどいつがやったんだ、こんな女の子に？」

「調べたいですか？　複数いるみたいですけど」

「調べたくない……」

ロレンスがこれ以上ないしかめっ面《つら》で唸《うな》った。籠を奪《うば》い取ったジルは、盥《たらい》の中に洗濯物を放《ほう》りこむ。

「大丈夫《だいじょうぶ》ですよ、ちゃんと洗うときに力をこめて全部穴をあけてやります」

「その前に、君、さすがにこれは皇帝に進言するべきだよ。言いにくいなら、エリンツィア殿下にでもいいから――なんなら俺が根回ししてもいい」

「馬鹿《ばか》言わないでください。陛下に知られたら大事になります」

「確かに皇帝の怒《いか》りを買えば、そいつらはクビになるだろう。でもそれは当然のことだ。君のことだ、心配させたくないとか言うんだろう？　でもこういう隠《かく》し事はよくない」

「違《ちが》います。いいですか」

ジルはロレンスに向き直って、胸をはった。

「わたしが嫌がらせされてるなんて陛下が知ったら、陛下が悲しんで泣くかもしれないじゃないですか！　もしくは恐怖《きょうふ》政治とか変な方向に走るかもしれません。どっちにしても、なだめるのがどれだけ大変か……！」

「……。君、そんな役立たずのどこがいいんだい」

「料理がうまいところです！」

二度目の宣言に、ロレンスは空をあおいだ。

「ひょっとして煙《けむ》に巻かれてるのかな、俺は。……わかった。なら、俺がやるよ、洗濯《せんたく》」

「え？」

「クレイトスに戻《もど》ってこいと勧誘《かんゆう》するなら、株をあげておかないとね」

冗談か本気かわからないことを言ってロレンスはしゃがみこみ、服の袖《そで》をまくりあげて、洗濯板を持って洗い始めてしまった。結局、ジルは水の入れ替《か》えをするくらいで、指一本触《ふ》れさせてもらえなかった。

（こういうところ紳士《しんし》だったなあ、こいつ）

しかもそのあと、ロレンスはジークに声をかけ、洗濯物の持ち主をひとりひとり特定し物陰《ものかげ》に呼び出して対処していってくれた。物陰でジークが何をしたのかはお察しである。

何はともあれ、いざとなれば蹴っ飛ばしてやればいいと思っていたものの、後処理が苦手なジルとしては助かった。ハディスに知られるのがいちばん大変だと思っていたからだ。

だが、その夜、隠れ家からエリンツィアやリステアードが寝泊《ねと》まりする上官用の兵舎にあるハディスの自室にこっそり報告と挨拶《あいさつ》にきたジルは、部屋の隅《すみ》で三角座りをしていじけている夫を見つけた。

「……どうしたんですか、陛下は」

ハディスのそばにいたカミラが、肩《かた》をすくめる。

「あーよかった、ジルちゃん。ほら陛下、ジルちゃんきたわよ。ね？　大丈夫だって言ったじゃない。あんなのただの噂《うわさ》だって」

「噂？」

首をかしげたジルに、ハディスが三角座りのままでこちらを向くという器用な動きをした。

だがその視線は、じっとりと不信で満ちている。

「……君に、つきあってる男がいるって。竜騎士《りゅうきし》見習いの少年と……」

「は⁉」

「しょ、食堂で聞いたんだ……恋人だから手を出すなって脅《おど》されたって……ジ、ジークに聞いたらそういうことにしたって言うし……！」

「ど、どういうことですか⁉」

仰天《ぎょうてん》したジルに、ジークはおうと悪気なく応答した。

「隊長にちょっかいかける奴《やつ》を牽制するには、それがいちばん手っ取り早いって言われてそりゃそうだと思ってなー」

「いや待ってください、その恋人ってまさかロレンスのことですか⁉」

「そうそう、そういう名前の奴。俺だと無理があるが、あいつはまだ十五だっていうし、ありかもなと」

「ないですよ！　わたしまだ十歳ですよ⁉　そもそもなんでそんな話に――まさかあの馬鹿、嫌がらせのつもりか！」

「やっぱり知り合いなんだ……」

ねっとりと地を這《は》うようなハディスの声に、ジルは固まった。

カミラが嘆息《たんそく》し、ジークは素知らぬ顔で口笛を吹《ふ》いている。

「ぼ、僕は……君を、不安にさせてはいけないと思って、料理長になって……な、なのに、ひどいじゃないか。か、肝心《かんじん》の君が、う、うわ、浮気《うわき》」

「ち、違います陛下！　落ち着いて」

「どうせ料理がうまい男だったら誰《だれ》でもいいんだろう⁉　そう聞いた！」

「どこから⁉」

「あージルちゃんそういうとこあるわよねえ」

「ロレンスってやつも料理が得意だって言ってたぞ」

部下が無責任に横やりを入れてくる。面白《おもしろ》がるなと怒鳴ろうとしたら、ぶあっとハディスの目いっぱいに涙《なみだ》がもりあがった。

「ぼ、僕以外の男の料理を、食べたのか……っ!?」

「そりゃ食べたことはあるに決まって……って違います陛下、そうじゃなくて……そうだ、わたしは陛下の料理がいちばん好きです！」

「やっぱり僕とは料理だけの関係なんだ！」

「めんどくさいな！」

「つい本音が出ましたすみません！　今、めんどくさいって言った!?」

「嫌だ、言い訳なんて聞きたくない……っ！」

やたらきらきらする涙を残して、ハディスが続きの寝室《しんしつ》に逃《に》げ出してしまう。傷ついた乙女《おとめ》の退場にぽかんとしていたジルは、遅《おく》れて我に返った。ばんばん寝室の扉《とびら》を叩《たた》く。

「ちょっと陛下、閉じこもってどうするんですか!?　意味ないでしょう!?」

「やだ、修羅《しゅら》場《ば》だわ……」

「十歳と十九歳の修羅場っていうのもすごいな」

「お前ら傍観《ぼうかん》してないで陛下を説得——あ、鍵《かぎ》あいてる……」

これはあれか。ひょっとしてごっこ遊びか。神妙《しんみょう》な顔になったジルに、カミラが指先で髪《かみ》をくるくるからめながら言い聞かせる。

「本気で遊んでる相手に手を抜《ぬ》いちゃだめよ、ジルちゃん」

「余計に話がややこしくなって最終的に苦労するのは隊長だからな。そもそも、俺達に相談がなかったのが悪い」

なるほど、部下がハディスにそもそもの原因を説明せず面白がっているのは、相談がなかった意趣返《いしゅがえ》しでもあるらしい。

確かに隠し事などするものではない。

反省したジルは、そうっと寝室の扉をあける。ハディスはシーツを頭からかぶり寝台《しんだい》の上で丸くなっていた。寝台脇《わき》のランプの灯《あか》りだけがついている。

「陛下」

呼びかけたら丸いシーツの塊《かたまり》がもぞりと動いた。

「本当にロレンスとはなんでもありません。元はといえば、わたしがくだらない嫌《いや》がらせをされていたのが原因で……」

「嫌がらせ？」

シーツからハディスが顔だけ出してこちらを向いた。心配そうな眼差《まなざ》しを向けられ、ジルははたと気づく。

――もし、ハディスがくだらないとはいえ嫌がらせをされていて、ジルの知らない間に他《ほか》の女性が解決してしまったことをあとから知ったら、どんな気持ちになっただろう。

ハディスを助けてくれたことに、感謝はするだろう。でもそれだけでは終わらない。自分が助けたかった。せめて先に相談してほしかった。そんな身勝手な気持ちが溢《あふ》れるに決まっている。あげくその嫌がらせをふせぐために、その女性とつきあっているなんて噂を聞いたら。

「……陛下。わたしを今すぐ簀《す》巻《ま》きにして窓から吊《つる》してください」

「なんでいきなりそうなるの!?」

「わたしが同じことをされたら陛下を吊すからです！　ぶんぶん振《ふ》り回します！」

「い、意外と楽しそうな気が……違う、嫌がらせの話はどこにいったの!?」

「そ、そうでした嫌がらせ。考えたんです。もしも陛下が、わたしと同じ……」

他の女性の下着を洗うような嫌がらせを受けていたら。

「……殺すしかないな……？」

「待ってジル、顔が怖《こわ》い！　話の流れがさっぱりわからない分、余計怖い！　き、君が反省したのはよく伝わったから。その、僕も大人げなく騒《さわ》いでごめん」

居住まいを正したハディスに驚《おどろ》いて、ジルは首を振る。

「陛下は悪くないです！　わたしが報連相を怠《おこた》ったせいで！」

「違うよ。僕がちょっと意地悪だった。――別になんとでもなる、他の男なんて」

「は……？」

なんとでもなるってどうするつもりだろう。首をひねっている間に、ひょいと抱《だ》きあげられてしまった。

「君にすぐ甘えたくなっちゃうの、よくないな」

膝《ひざ》の上にのせられ、薄明《うすあ》かりの中で、金色の瞳《ひとみ》に微笑《ほほえ》みかけられる。見る者すべてを惑《まど》わせる、幻想《げんそう》的な色だ。綺麗《きれい》なのに、搦《から》め捕《と》られた気持ちになる。

「ごめん。話して。ちゃんと聞くよ」

思いがけず大人びた優《やさ》しい声で言われて、自省や仮想敵への怒《いか》りが飛んでいってしまった。

そうなると残るのは妙《みょう》な気恥《きは》ずかしさで、ジルはハディスの肩辺りに額を押しつけて顔を隠《かく》すしかない。

「……ほ、本当に、なんでもない話ですよ？」

「なんでもなくなんかない。僕以外と噂になるなんて」

「そ、れは……はい。反省しました、けど……あの、やり直しませんか？　陛下が浮気だって疑って泣いて怒《おこ》るあたりから」

「どうして？　君を困らせないよう、僕はちゃんとお行儀《ぎょうぎ》よくしてるのに」

無邪気《むじゃき》な笑《え》みを浮《う》かべるこの男は、きっとジルの動揺《どうよう》をわかっている。わかっているのにわかっていないふりをしているのだ。

内心で歯嚙《はが》みしながら、ジルはせめてもの抵抗《ていこう》を試みる。

「その……節度を保っていれば、陛下はずっとわたしに甘えてても、いいんですよ？」

「僕を甘やかさないんじゃなかったの？」

「さ、作戦変更《へんこう》しました」

「柔軟《じゅうなん》な思考は優秀《ゆうしゅう》さの証《あかし》だ。でもジル。敵がそれにのってくれるとは限らないよ？　君の作戦変更の理由は『このままじゃ負ける』なんだから」

そのとおりだ。ぐうの音もでない。

「だから、僕はこのまま君の話を聞きたいな」

「うう……す、素直《すなお》に言ったら、お行儀いいままの陛下でいてくれますか」

「もちろん。──何があった？」

作戦変更にのらないお行儀のいい敵にいたぶられながら、こちらの事情をあかす。これって尋問《じんもん》、いや拷問《ごうもん》ではないだろうか。

救いは、嫌がらせの一件を聞いたハディスが「殺すしかないな……？」なジルと同じ結論に達したことだ。夫婦《ふうふ》の方向性が同じなのは喜ばしい。

だが、ハディスから包丁を取りあげたリステアードには黙《だま》っていたことを怒られ、エリンツィアにはすまなそうに「一応規則だから……」と苦手な報告書の提出を求められ、理不尽《りふじん》の連鎖《れんさ》を味わうことになる。

──ひそかに派遣《はけん》された援軍《えんぐん》の引き渡《わた》し場所と日時をヴィッセル皇太子から指定されたのは、この直後だった。

第四章 ⚜ 裏切りの包囲網

ノイトラール北西にある森を抜けた竜《りゅう》の巣近くの川上が、ヴィッセルが指定した兵の引き渡し場所だ。ハディスを捜索《そうさく》するための兵という名目で用意したらしく、頭数が厳しく管理されている竜やそれに騎乗《きじょう》する竜騎士は用意できなかったという話だった。

そして引き渡しを受けるジルたちもその兵に紛《まぎ》れて戻《もど》ってくるのが安全だということで、こちらの移動も竜を使わないでほしい、と要請《ようせい》が付け加えられた。

この場合の最大の問題は、機動力の弱さである。兵の派遣をゲオルグに察知され、伝令に竜を使われたらひとたまりもないという会議での懸《け》念《ねん》に、あっさりハディスが言った。

「じゃあ僕が行けばいい」

真っ先に反対したのは、ハディスに関して打てば響《ひび》くリステアードだ。

「皇帝《こうてい》の自覚を持てと何度も言っている！　まだ魔力《まりょく》もろくに使えないくせに」

「でも、僕ならこの状態でも竜を押さえこめる。適任だと思うけど」

「それならラーヴェ皇族である僕が行けばいい！　お前ほどではないが、それなりに竜の扱《あつか》いは心得ている。決まりだ」

傲慢《ごうまん》にリステアードが決めてしまう。だがハディスは首を横に振った。

「だめだ、あてにならな――」

「聞き間違《まちが》いだな、そうに違いない」

「陛下。リステアード殿下《でんか》は陛下が心配なんですよ」

会議室でハディスの隣《となり》に座ったジルが袖《そで》を引くと、ハディスがびっくりした顔のあとでもじもじし出した。

「そ、そうか――なら、ええと、僕の補佐《ほさ》はどうかな⁉」

「どうかなってなんだその言い方は！　命じるか頼《たの》むかにしろ！」

「会議中だ、兄弟喧嘩《きょうだいげんか》はあとにしろふたりとも。いいか、私はここを離《はな》れられない。叔父上《おじうえ》はこちらを疑っているとヴィッセルにも警告されたから、なおさらだ。だが、リステアードがここにいる表向きの理由は合同演習だ。部下をつれてどこぞで見つかっても、言い訳はたつ。いざとなればハディスより顔もきくだろう。一緒《いっしょ》に行くのはいい案だ」

ハディスがリステアードを怒らせて、その間をエリンツィアが苦笑い気味に取り持ち、折衷《せっちゅう》案を出す。だんだん見慣れてきたやり取りで会議は進み、合流地点に向かう少人数の隊が編制された。

馬での移動を主眼とした、両手で足りるほどの数だ。

「合流地点まで馬で二日程度の距離《きょり》だ、焦《あせ》って無理はしないこと。各自最低限の食糧《しょくりょう》と路銀は常に持ち歩く。わかったな、特にハディスにリステアード」

「ハディスだけならともかくなぜ僕まで名指しするんです、姉上」

「お前達が一番世慣れてなさそうだからだ。いいか、ハディス。リステアードを怒らせるような行動はできるだけさけるように」

渋《しぶ》い顔をするハディスの頭を、手を伸《の》ばしてエリンツィアはなでる。そして、そのままリステアードの頭を軽く小突《こづ》いた。

「お前はハディスをいじめない。わかったな」

「僕がいつどこでこいつをいじめたんだ、失敬な」

「二ヶ月兄だと主張するならそう行動しろ、と言ってる。いいかふたりとも、何があったとしても仲良くやるんだ、わかったな！　――ちゃんと帰ってこい」

細腕《ほそうで》を目《め》一杯《いっぱい》ひろげてハディスとリステアードを抱いたエリンツィアは、弟を送り出す姉の顔をしていた。それをわかっているのかハディスもリステアードも、黙ってされるがままになっている。その光景に、なんだかジルは笑ってしまった。

「陛下もお姉さんの言うことにはさからえないんですね」

「そういうわけじゃないけど」

「ジル」

ちょっとすねた顔のハディスの背を叩《たた》いて、最後にエリンツィアはジルに向き直った。

「まだ子どもの君にこういうのもあれだが……頼んだよ、弟達を」

「わかりました」

最後に握手《あくしゅ》をかわして、こっそり夜明け前にノイトラールの城塞《じょうさい》都市から出立した。

決して贅沢《ぜいたく》も楽もできないが、旅は順調だった――たったひとつの問題をのぞいて。

「ねえねえロレンス君、こっちみぎー？　ひだりー？」

「左です」

馬上で道案内をまかされたロレンスが、地図を見ながら端的《たんてき》に答える。

「少し遠回りになりますが、古い街道《かいどう》があります。人目につかず安全に、というのならばこちらを使うのが最適なので。念のためにジークさんに今、先行してもらって……」

「おい、こっちには全然ひとがいなかったぞ」

「――って言ってるそばからなんで右から戻ってくるんです、ジークさん。俺は左の道の先を様子見するよう頼んだはずですが？」

「あぁ悪い、途中《とちゅう》でどっちかよくわかんなくなって」

あっけらかんとするジークに、ロレンスが笑顔のまま黙りこむ。あれはたぶん、言っても無《む》駄《だ》だということを呑《の》みこむための時間だ。カミラが悩《なや》ましげに嘆息《たんそく》した。

「ごめんねえ、ロレンス君。言われたとおりの偵察《ていさつ》すらできない馬鹿《ばか》で」

「うるさいな。だが、左のほうがごったがえしてたのは本当だぞ。珍《めずら》しい見世物がきてるんだそうだ。ってことで右行くぞ、右。とりあえず方角だけあってれば辿《たど》り着くだろ」

「そんな大雑把《おおざっぱ》な……野営の場所もあるんですよ」

「でも大勢の人間にまぎれるのも手じゃなぁい？　元の道でもいいんじゃないの。その珍しい見世物、気になるし」

「ははは、いいですね楽しそうで。……そんな理由で決めませんからね？」

「大丈夫《だいじょうぶ》なのか、先頭の三人は。特にあの、フェイリス王女の従者」

リステアードの呆《あき》れた声に、ハディスと一緒に馬に乗っているジルは振《ふ》り返る。

「大丈夫ですよ。あれでも仲良くやってると思います」

ジルにとっては少しだけ懐《なつ》かしい光景だ。道筋を立てるロレンスと、それを意に介《かい》さないジークと、引っかき回すカミラだ。

「道も大事だが、今夜休む場所ってどこだ？」

「……野営する場所、俺、何度も何度も説明しましたよね？」

「そうだったか？　でもそれって地図上の話だろう。あてになるか」

「そうねぇ。先行して見に行きなさいよジーク」

「はあ？　お前が行けよ」

「待ってください。ジークさんにまかせるとさっきと同じ展開になりますよね。ここは——」

「アタシ嫌《いや》よ？」

「ったく役に立たねぇな。しょうがない、おい行くぞ」

「え。は？　まさか俺もですか、って待ってください、ちょっと！」

ばしんとジークに尻《しり》を叩かれたロレンスの馬が駆《か》け出す。それに続いたジークが言った。

「なんだお前、体幹いいな。意外と腕《うで》も立つんだろ、手ぇ抜《ぬ》いてんじゃねえぞこの狸《たぬき》」

「は、はは……狸、ですか……狸……」

「いってらっしゃーい、狸坊《たぬきぼう》やと熊男《くまおとこ》」

ひらひら手を振ってカミラがふたりを見送る。ぎゅっとジルは格好だけで持っている馬の手綱《たづな》をにぎった。

(狸か。なんだか不思議だな。昔に戻った……いや、未来に戻ったみたいな)

「あっという間に仲よくなったよね、あの三人」

ハディスの声に、ジルははっとした。見あげると、いっぺんの曇《くも》りもない笑顔《えがお》でハディスが続ける。

「楽しそうだ。遠慮《えんりょ》せず言っていいんだよ、ジル。僕よりあっちのほうがいいなら」

「へ、陛下……ロレンスのこと、まだ気にしてるんですか」

「気にしてないよ。ぜんっぜん気にしてない。君がわざわざ彼を案内役に指名したってことなんか、ぜんっぜん、これっぽっちも、まったく気にしてない。挨拶《あいさつ》のときに、ご無礼を陛下なんてぬけぬけ言われたことも、ぜんっぜん気にしてないから」

笑顔なのに少しも目が笑っていない。やや焦点《しょうてん》がずれている気すらする。というか背中から感じる圧がすごい。

今回の旅路にあたって、当面の問題はこれだ。

ハディスと一緒に兵の受け渡《わた》し地点に向かうのは、ジル、ジーク、カミラ。そこにジルはわざわざロレンスを指名して加えた。

いくら知らないふりをするとはいえ、ジェラルドの間諜《かんちょう》であろうロレンスを野放しにはできない。フェイリス王女はノイトラールに残るに決まっているので、引き離すのも狙《ねら》いだった。

（フェイリス王女が単独で何ができるかわからない以上、ロレンスを引き離したところで意味はないかもしれないが……）

だが、ロレンスが立てた恋人《こいびと》の噂《うわさ》をハディスはずっと気にしている。

「陛下、何度も言ってるじゃないですか。あの噂は牽制《けんせい》のための嘘《うそ》だって」

「うん、知ってる。ロレンス君にも言われたよ。笑顔で、意味ありげに、まさか気にするわけありませんよね竜帝《りゅうてい》がこんな若造相手にって。彼はとっても度胸があるなあ！」

完全にロレンスが煽《あお》りにきている。歯ぎしりしたい気持ちでジルは黙《だま》った。

「君のことを疑ってるわけじゃないよ。彼を指名したのも、何か考えがあるんだろう」

「……な、なら、そんなに怒《おこ》らなくても……」

「怒ってもいないよ、僕は──ただただ、気に入らないだけだ」

低くなったハディスの声と圧に、ひっと喉《のど》が鳴る。背筋を伸ばしていると、馬を横につけたリステアードがぱんと軽くハディスの頭をはたいた。

「やめないか、大人げない。しゃんとしていろ、自信をもって、皇帝《こうてい》らしくだ」

「皇帝だからっていうなら説得力がない。今の僕はただの料理人だ！」

「もうその設定は終わっただろうが。まあいい。お前みたいな奴《やつ》は、いざというときだけしゃんとするんだろう」

軽く言われてハディスはまばたいていた。ジルは感心する。

（リステアード殿下《でんか》、陛下の扱《あつか》いがうまくなってきたなあ……こんなふうに陛下をあしらえるのはちょっと前まで、ラーヴェ様とわたしくらいだったのに……ん？）

ふと胸にちくりと刺《さ》さったものがある気がして、ジルはハディスを見た。先ほどまでジルだけを見ていたハディスは、何やらリステアードに言い返して逆に言い込められている。

いいことだ。素晴《すば》らしい兄弟の構図だ。

なのに、むかむかしてくるのはどういうことだろう。

「少人数とはいえ僕の部下も見ている。あまりみっともない姿は見せるな」

最後にもう一度ハディスの頭をはたいて、リステアードは先に進み、先頭のカミラに交替《こうたい》を申し出ていた。

「あんなにばしばし殴《なぐ》らなくってもいいのに……ジル？」

目ざといハディスは、ジルの変化に気づいたようだった。

「――リステアード殿下と仲良くなれてよかったですね、陛下」

「あ、うん……？　え？　何、今のどこで怒ったんだ？」

隠《かく》し事はよくない。それを思い出して、ジルは頰《ほお》をふくらませ、ハディスの胸にぼすんと背中を預ける。

「嫌な言い方してすみません。わたし、意外にやきもちやきみたいです、陛下」

「……」

沈黙《ちんもく》ののち、ぼんっと頭から音を立ててふらりと馬上からよろめいたハディスを、いつの間にか横にきていたカミラが素早《すばや》く受け止めた。

「もうそろそろだと思ったわ……」

「なんですか、そろそろって」

「ジルちゃんがやらかす頃合《ころあ》いよ。ほら陛下、しっかり。ジルちゃんを乗せてるんだから」

「カ、カミラっ……僕のお嫁《よめ》さんが可愛《かわい》い！　僕はどうしたらいい!?」

「それは野営地についてからよ、その手のことはお姉さんにまかせなさーい」

「ちょっと待ってくださいカミラ、また陛下にろくでもないこと教えるつもりでしょう!?」

「だってジルちゃんも悪いのよ？」

びしっといきなりカミラに人差し指を鼻先に突《つ》きつけられて、ジルはひるむ。

「あの、狸坊や。何者なの。クレイトスでのお知り合い？」

「そ、そういうわけでは……ないですが」

「あの子、隙《すき》あらばジルちゃんを見てる。興味津々《きょうみしんしん》って感じよ」

カミラは馬上で体勢を戻《もど》し、ジルたちの横に並ぶ。

「ジルちゃん目当てに王女サマから離《はな》れてこっちについてきたってあからさまじゃない。しかもジルちゃん、それをわかってて彼を指名したでしょ。ほんとはどういう関係？　こんな大事な局面で隠し事なんて、陛下のご機嫌《きげん》ナナメも当然よ」

カミラが味方してくれたのが嬉《うれ》しかったのか、ちらと見あげると、ハディスはにこにこやり取りを聞いている。ちょっとだけ悔《くや》しくなった。

「なんだ、陛下。ロレンスをあやしんでただけで、妬《や》いてくれたんじゃないんですね」

「ぐっ……そ、そこでそうくるのは卑怯《ひきょう》……！」

「ジルちゃん、陛下への追撃《ついげき》やめて。あと誤魔化《ごまか》されないわよ。ジークは隊長が決めたことってなんにも口出さない気みたいだけど、アタシは違《ちが》うわよ。きっと、あの殿下もよ」

びしっとカミラは人差し指で先頭を行くリステアードの背中を突きつけた。

「クレイトスの情報源ってことで今は様子見みたいだけど、そのへん、ジルちゃんはどう考えてるの。兵の引き渡しが罠《わな》の可能性もあるのに、あやしい人間を同行させるなんて。言えないのは、アタシたちを信用できないから？」

隠し事はよくない。――ひょっとしてロレンスはこれを見越《みこ》して忠告したのだろうか。

（あり得るな。あいつ無駄《むだ》に頭の回転速いから）

それはすなわち、言ってもかまわない、ということだろう。

「……あのひと、わたしの記憶《きおく》が確かならフェイリス王女の部下じゃなく、ジェラルド王子の部下なんです」

クレイトスで見たということで勝手に誤解してくれるだろうと、ジルは結論だけを言う。

カミラは天をあおいだ。お説教に入る前のカミラの仕草だ。

「あのね、ジルちゃん。どうしてそういう大事なこと黙って――」

「でも、手は出さないでください。彼、お姉さんがいるんです。クレイトス国王陛下の南の後宮に連れて行かれたお姉さんが」

意味がわかったらしいカミラは気の毒そうに眉《まゆ》をひそめた。ロレンスの指摘《してき》どおりだ。

「それって……クレイトスの南国王ってやつ？」

「こっちでも有名なんですね。そうです。放置する分には安全ですが、刺激《しげき》すると何をするかわからない南国王。ロレンスは出世してお姉さんをなんとかその後宮から出すために、ジェラルド殿下の部下になったんです」

「……同情はするけど、それはそれ。これはこれよ。フェイリス王女はジェラルド王子に黙って和平にきたって話のはずでしょ。それが嘘か、そうでなくてもジェラルド王子の掌《てのひら》の上だってことじゃないの」

「でも、だからこそ彼はクレイトスに生きて帰ろうとします」

険しい顔をしていたカミラが、まばたいた。

「ジェラルド王子の手の内を知っている可能性が高い、有能な人物です。しがみついて巻きこんでください。そうすれば彼は自分が生き残るために動きます」

「……はあ……なるほどね。そういう使い方をしろってこと」

「そしてクレイトスに帰してあげてください」

「そっちが本音？」

カミラの問いにジルは答えられなかった。だってジルは知っている。

結局ロレンスは間に合わなかった未来を。

(だからって今、必死でやってるあいつを止めていい理由にはならない)

まだ数年ある。そして自分がここにいる以上、ロレンスはジルの副官にならず、以前と同じ道は歩まないだろう。つまり、間に合うかもしれないのだ。

唇《くちびる》を引き結んだところで、いきなり頰にぐいっとカミラの人差し指が沈《しず》められた。

「方向性はわかったわ。でもねジルちゃん」

そのままぐりぐりとまわされる。

「そういうことは、早く、言いなさい？　お姉さん怒るわよ？」

「す、すみません、言わなくてもカミラもジークもわかってくれるだろうと思って……！」

実際、カミラたちはロレンスから目を離さないでいてくれる。そう伝えると、元部下の中で気配りにかけては一級だったカミラは、指の腹で頰を押すのをやめてくれた。

「それなら許してあげるけど。報連相は大事よ。ま、いいわ、方針は了解《りょうかい》」

「あっカミラ。ソテーたちは？」

「大丈夫《だいじょうぶ》、ここよ。ほら」

ぽんとカミラが馬の鞍《くら》にさげた荷袋《にぶくろ》を叩《たた》くと、全体的にヒヨコらしさが失われつつあるソテーが何事かと顔を出した。その足元に、くまのぬいぐるみの頭も見える。

「いざというときは使ってくださいね」

「わかっ……え、それはソテーも？　ソテーも使っていいの？」

「くま陛下に刺激を与《あた》えないように、ソテー。起動したら大変だから、今は待機だ」

ソテーはぴよっと鳴いて引っこむ。なんだか最近会話できているような応答が続くのは、気のせいだろうか。

荷袋とジルを交互《こうご》に見たカミラは、疲《つか》れた顔で今度は最後尾《さいこうび》に回っていった。背後をつけられていないかの確認《かくにん》に行くのだろう。

「僕のお嫁さんは色々考えててすごいな」

ジルの頭に軽く顎《あご》をのせる形で、ハディスがささやく。ジルはちょっと首を持ちあげた。

「そういう陛下はわたしのすることをあまり止めませんね。どうして？」

それがハディスの意にかなっているから、などとジルは思っていない。金色の目をした綺麗《きれい》な竜帝《りゅうてい》は、いつだってジルを見ている。愛《いと》おしく、検分するように。

そんなジルの懸念《けねん》を、ハディスはあっさり肯定《こうてい》した。

「そうだなあ、君を見てたいっていうのが大きいかな……あんまり縛《しば》りたくないんだ」

「わたしの打ってる手が間違《まちが》いだとか、そういう不安は」

「ないよ。だって誰《だれ》が裏切っても、結局最後に立っているのは僕だ」

運命や決意ではなく、ただの事実を告げる言い方だった。

実際、かつてはそうだった。この皇帝《こうてい》は最後までひとりで立っていた。

「……陛下は、ひょっとしてこの先、誰か裏切ると思ってますか」

ハディスは微笑《ほほえ》んで答えなかった。それが答えだった。

（誰か、じゃない。陛下は、誰か裏切るに決まってると思ってる）

ぎゅっとジルは唇を引き結ぶ。忘れてはいけない。

このひとをひとりぼっちで立たせないために、ジルは今、ここにいるのだ。


北方師団に入る前は、カミラはジークと一緒《いっしょ》に傭兵《ようへい》めいたことをやっていた。故《ゆえ》に貴人づれの旅もそこそこ経験がある。野営も夜の見張りもお肌《はだ》の大敵なので好きではないが、慣れがあるので気楽だ。

(食事がおいしい分、今回はいいほうよね。っていうか陛下すごすぎない?)

食べられる植物を瞬時《しゅんじ》に見分けるし、旅支度《たびじたく》で持ちこんだ道具も調味料選びも的確だし、そこら辺の雑草でもおいしく調理してしまう勢いだ。逆に言うのであれば、それだけ苦労をしてきたという証左だった。

「ジーク、あんたが先に寝《ね》て……ってあら、ロレンス君まで、どうしたの」

「ちょっと目がさえてしまって」

昼間、ジルに監視《かんし》を頼《たの》まれたばかりの人物が笑う。カミラは周囲を見回した。まだ遅《おそ》くはない時間だ。現に、リステアードの部下たちも少し離れた場所で談笑《だんしょう》している。

枝を折って焚《た》き火に放《ほう》りこんだジークが、振《ふ》り返って尋《たず》ねる。

「隊長たちの天幕は?」

「出入り口にハディスぐま置いてきたわ。ソテーも一緒に寝てる」

「……。あのぬいぐるみ、なんなんです？　鶏《にわとり》もどきも。目立ちますよ」

焚き火は獣《けもの》よけにいいが、煙《けむり》が居場所を知らせてしまう可能性がある。故に、焚き火から距《きょ》離《り》を取った場所、木々の間で見えにくい場所にそれぞれの天幕をばらけて設置している。だが天幕の前に可愛《かわい》いくまのぬいぐるみとそれを寝床《ねどこ》にしている鶏もどきがいれば、目立つというロレンスの懸念はもっともだ。

それこそ完全な罠なのだが、まだ味方ではないこの少年に教えてやることはない。

「両方、陛下からもらったジルちゃんの大事なお守りよ」

「それなら普通《ふつう》抱《だ》いて寝るのでは……鶏も竜妃殿下《りゅうひでんか》が育ててるそうですが、なんでまたよりによって鶏？」

「言わせるな。名前から察しろ。ちなみに名付け親は隊長だ」

ジークの指摘にロレンスは賢明《けんめい》にも黙《だま》り、それからそっと目をそらした。

「なかなか豪快《ごうかい》な御方《おかた》ですね……ちなみに二品目とか三品目のご予定は……」

「その数え方やめろ。そうならないよう努力してんだ、周囲が」

「ほんとにね。何事もなく合流できればいいけど」

「罠かどうかなら、確率は五分五分ですね」

さぐりを入れたつもりだったが、あっさり本人に罠の可能性を話題にされてしまった。

「罠だとしても、ヴィッセル皇太子がそもそも味方でない可能性。ヴィッセル皇太子は味方だが、ゲオルグ前皇弟《こうてい》にそれを看過されている可能性。色々考えられるので、どうせ飛びこむしかない罠です。それに対して、こちらは最善手じゃないでしょうか」

「最善手？　こっちには陛下がいるっていうのにそう言えるの？」

ロレンスが焚き火用にまとめてあった枝の一本を拾い、地面に四角を描《か》く。

「罠《わな》だと仮定して話をします。もし、この件をリステアード殿下かエリンツィア殿下にまかせたとしましょう。その場合、俺ならノイトラールまで味方のふりで入り込みます」

「……最悪だな。内側から食い破られて全滅《ぜんめつ》だ」

「でも、皇帝がきたら？　こちらは少数、ならまず皇帝を捕《と》らえようとします。向こうの一番の目的は皇帝ですから。皇帝さえ捕らえれば、エリンツィア殿下もリステアード殿下も降伏《こうふく》する。皇帝のために負ける戦いをしてくれる人物はいない。おそらく、竜妃殿下以外はね」

非情なその断言を、カミラは否定しない。ジークは頬杖《ほおづえ》をついて聞いている。

「そういう事情をあの皇帝はわかっていて、出てきている。逃《に》げ切る自信があるのなら、この編制は罠を最速で見破り、損害を最小限に抑《おさ》える最善の手段ですよ。頭の回ることだ」

「あなたもね」

「俺について、竜妃殿下から何か聞きました？」

「無事、クレイトスに帰してあげてって言われたわ。お姉さんがいるからって」

そのまま伝えると、ロレンスはまばたいてから、苦笑《う》いを浮かべる。

「……まいったな。本気で？　隠《かく》し事をしないにもほどがあるでしょう」

「そもそもお前、ここにいていいのか。その姉貴ってのは今、無事なのか？」

こういうときずけずけ聞けるジークの神経はありがたい。ロレンスは気分を害した様子もなく答えた。

「手紙は届いてます。元気でやってる、大丈夫、心配しないでって。国王陛下——南国王は姉に興味を持たず放置してるようなので、まだ時間はあります」

「放置？　せっかく後宮に入れたのにか」

「もともと俺の生家が姉をご機嫌《きげん》とりに放りこんだだけですから。それに、今の南国王のご趣《しゅ》味《み》は年端《としは》もいかない少年だそうです」

ジークがげっと舌を出す。

「そりゃあ——なんというか、早く出してやりたくもなるな、姉貴」

「そう言われるの、新鮮《しんせん》ですね。クレイトスだと諦《あきら》めろって言われること多いんですが」

「まあ、うちは所詮《しょせん》、他人事《ひとごと》だからねぇ」

ロレンスは笑って、何かを地面に描き始めた。何かと覗《のぞ》きこんだカミラはまばたく。ジークも気づいたのか目を細めていた。

「おい」

描いているのとは別の手で、ロレンスが人差し指を唇《くちびる》の前に立てる。そしてその立てた指を、上空に向けた。ジークと一緒にカミラは目をあげる。

弓を武器とするカミラにとって最大の長所は、目の良さだ。ジークより先に、焚き火の煙が消えたその先、夜空に光るものを見つける。

(竜騎士《りゅうきし》……！　しかも先頭は赤竜!?　まさか三公か、ラーヴェ皇族の竜騎士団!?)

数は三頭、それらが綺麗に三角を作りカミラたちがやってきた方角へ飛んでいく。ノイトラールの城塞《じょうさい》都市へ向かっているのだろうか。竜の移動速度なら翌朝にはつく。

「静かに。今は騒《さわ》がなくてもいい。どうせ戻《もど》っても間に合わないんですから、明日、きちんと皆《みな》さんに報告しましょう」

「……お前、あれが何かわかってるのか」

「いいえ。でも大丈夫《だいじょうぶ》ですよ。フェイリス王女がいる限り、あれがどこの何だろうとひどい攻《せ》め方はできない。だから俺は王女を置いてきたんです。あまり竜妃殿下に借りを作りたくなかったので――いずれ、俺達は敵対するんでしょうから」

カミラは表情を改めた。ジークはなんとも言えない顔で後頭部をかいている。

ロレンスはロレンスで、こちらの反応などどうでもいいのか、がりがりと枝の先で地面をえぐっている。

「それに飛んでいたのは分隊以下の数でしたよね。伝令か、斥候《せっこう》……ノイトラール竜騎士団への再度の勧告《かんこく》か……いや別の可能性を考えたほうがいい。となるとやっぱり……ここか」

ひとりごちて、ロレンスが描き上げた地図の一点をさす。

「何かあったときの合流地点はここがベストです。ひとが近づかない竜の巣が近くにある。少なくとも俺はここに逃げます」

「……本気か」

「本気ですよ。囲まれる可能性はありますが、竜を刺激《しげき》しないために大がかりには攻めてこられない。ひとまずの逃げ場としては最適です。竜妃殿下と共有しておいてください」

合流地点から少し東より、ルキア山脈の端《はじ》っこにあたる場所を、枝の先で示す。

「竜帝《りゅうてい》や竜妃が逃げてきてくれれば、なおさら安全かもしれません。俺はあまり神話を信じてませんが、女神《めがみ》の加護も竜神の加護も実在するんでしょう。神頼《かみだの》みも悪くない」

「……その言い方、この先は罠だとお前は思ってるようだが、お前自身はどうなるんだ？　所詮は下っ端《ぱ》だろう」

犠牲《ぎせい》になるのはまず下っ端だと、カミラもジークもよく知っている。それこそベイルブルグでジルに出会わなければ、カミラたちは今頃《いまごろ》、故郷を捨てていたかもしれない。

ロレンスはきょとんとしたあと苦笑いを浮かべた。

「優《やさ》しいですね。でも平気ですよ。魔力《まりょく》の低い俺はクレイトスでは落ちこぼれです。ジェラルド王子は俺を買ってくれてますが、危険な仕事をこなして成果をあげなければ、出世は見込めない。だからそう警戒《けいかい》しないでください、あなたがたを助けるのは俺の利になると判断したからです。俺の今後のために、ここはあなたたちに勝ってもらう」

「その言い方だと、勝ったあとが怖《こわ》いわね」

「だがまず勝たなきゃならんだろう。俺達はまだ給料ももらってないんだぞ」

苦々しい顔のジークに、ロレンスは噴《ふ》き出した。

「それは深刻な問題ですね。……もったいないな。彼女はここだと後ろ盾《だて》がない。たとえジェラルド王子と結婚《けっこん》せずとも、クレイトスにいれば軍神と崇《あが》められたかもしれないのに」

その姿は容易に想像できた。でもとカミラはくまのぬいぐるみが見張る天幕を見る。

「それがジルちゃんの幸せかは、別問題でしょう」

「竜妃殿下に入れ込んでらっしゃいますね」

「それはお前も同じなんじゃないのか」

「わかります？　でも気になるでしょう。どうして彼女がここにいるのか。あと、いったいあの皇帝《こうてい》のどこがそんなにいいのか」

「それ、考えずにあるがままを受け止めたほうがいいやつよぉ。深みにはまるから」

心の底から忠告すると、ふいに幼い顔になったロレンスは神妙《しんみょう》に頷《うなず》いた。

「気をつけます。考えたところで、竜妃殿下があの皇帝を見捨ててクレイトスに戻ってくるとは思えませんし……あなたたちも竜妃殿下についていくんでしょうから」

「俺は隊長のこと抜《ぬ》きに、あの皇帝も見捨てたくないと思ってるがな」

ロレンスが意外そうにまばたいた。ジークは焚《た》き火をじっと見つめて口を動かす。

「隊長を守るためなら自分を突《つ》き出せって、平気な顔で言われたんだよ。腹が立つだろ」

さすがにカミラも顔をしかめる。ロレンスが淡々《たんたん》と応じた。

「竜妃殿下を守るためには有効な手ですからね。……なるほど、そう言えてしまうところを放《ほう》っておけないのかな、彼女は……」

それきり何を言うわけでもなく、ぱきりと音を立てて燃える火を三人で囲んでいた。

やがて持っていた枝を焚き火に放り投げ、ロレンスが立ちあがる。

「順調にいけば明日、引き渡《わた》し場所に着きます。俺はもう寝《ね》ますね。あなたがたも、無理はなさらず」

「ありがと。おやすみなさい」

「また明日な」

ジークとカミラに見送られて、ロレンスが自分の天幕へと入っていく。そろえた両膝《りょうひざ》に両肘《りょうひじ》を立てて、組んだ手の甲《こう》の上に顎《あご》をのせたカミラは、隣《となり》のジークに言った。

「いい子よねぇ。やになっちゃう。今のうちに始末しちゃいたくなる自分が」

「やめとけ。向こうもそう思ってるだろうからな」

あっさり言うジークの頭を、なんとなくという理由ではたいておく。ぎゃんぎゃん怒鳴《どな》られたがすべて無視して、もう一度くまのぬいぐるみが鎮座《ちんざ》する天幕を見た。

もしロレンスの言うとおり明日合流できるとして、懸念《けねん》どおり罠があるとしたら、直接的な危機に陥《おちい》らなかったこれまでと状況《じょうきょう》は一変するだろう。

だからせめて、今夜くらいはゆっくり休んでくれればいいと思った。

場所こそ野営だが、いつもどおりハディスにぎゅうぎゅう抱《だ》きつかれながら寝て、いつもどおりハディスが作ってくれた朝ご飯を食べた。お昼ご飯もいつもどおりだ。

ハディスは何も言わないし、ジルも何も言わない。すごいことだとジルは思う。

(陛下はたぶん、いつもどおりにするのがどれだけ大変なことか知ってる)

そしてそれを維持《いじ》することがどれだけ困難か。

視界の悪い森を抜けると、いきなり木も何もない、土と石だらけのくぼんだ地面へ出た。ひらけた視界に戸惑《とまど》っていると、先頭で案内をしていたロレンスが振《ふ》り返って説明する。

「ここは以前、大きな川だったらしいですよ。でも川上の方角に竜の巣ができてから、せき止められて干上《ひあ》がったそうです。川の水がどうなったのかは竜の巣に入らないとわからない。神秘ですよね」

観光案内のような説明をするロレンスに、リステアードが顔をしかめる。

「竜の巣はラーヴェ皇族でもおいそれと入ることは許されない、神聖な場所だ。勉強熱心なのは結構だが、観光気分で近づくのは感心しない」

「わかってますよ。今からこの乾《かわ》いた川を竜の巣の方向へむかってのぼります。その先が合流地点になりますので、急ぎましょう。ただここは遮《さえぎ》るものが何もないので、できるだけ川岸にそって、木の陰《かげ》に隠《かく》れるようにして移動してください」

ロレンスの指示で端《はし》によりながら、馬を進める。竜の巣はかなり高い場所にあるのか、乾いた川道は勾配《こうばい》になっていた。ジルはハディスに背中を預けてこっそり話しかける。

「陛下も竜《りゅう》の巣に行くのはだめって言われてましたもんね、ラーヴェ様に」

「本当は竜帝だから問題ないはずなんだけど……ラーヴェは過保護なんだよ。僕はちょっと新しい料理に挑戦《ちょうせん》したいだけなのに」

「わたしも挑戦してほしいですが、ラーヴェ様的にはだめでしょうね……」

「君も絶対だめだって言ってるぞ、ラーヴェが。おそろいだな」

ハディスはにこにこしている。ついジルも笑ってしまった。

「陛下とおそろいならしかたないです。竜の巣に乗りこんでの金目黒竜狩《が》りは控《ひか》えます」

「うん、ラーヴェが絶対入るなってさっきからうるさい──」

ふとハディスが空を見あげた。遅《おく》れて、森側の木々がまとめて斜《なな》めに揺《ゆ》れ、木の葉と大きな影《かげ》が舞《ま》う。

「竜……エリンツィア殿下《でんか》!?」

声をあげたジルに、一行の足が止まる。ジルたちに気づいたらしいエリンツィア含《ふく》む竜騎士《りゅうきし》団一行が一度上空を旋回《せんかい》し、少し離《はな》れた川上に竜をおろそうとしている。

昨夜、ノイトラールに向かって竜が飛んでいったという報告はジルも聞いている。何かあったのかもしれないという緊張《きんちょう》は、すぐに周囲にも伝わった。

「目立たないよう竜の伝令は使わないんじゃなかったのかよ。小隊できてんじゃねーか」

「それを看過する何か急ぎのことがあったんでしょ。──この先と合流するな、とか」

低いカミラの声に、真っ先に馬からおりたリステアードが言う。

「あれだけ竜がいると馬が脅《おび》える。ここに置いてから近づくぞ」

「カミラとジーク、ロレンスは馬を見ててください。陛下はリステアード殿下たちと一緒《いっしょ》にいてくださいね。わたし、先に行って話を聞いてきます」

遮蔽《しゃへい》物はないが、ここからでは声も届かない。馬から飛び降りたジルは、斜面《しゃめん》を駆《か》け出す。すぐに豆粒《まめつぶ》ほどの大きさだったエリンツィアがよく見える位置になった。その背後にずらりと竜が並んで川の横幅《よこはば》を塞《ふさ》いでいる。そこでいったん斜面が平らになるのか、背後は青い空が見えるだけだった。

懸念どおり、険《けわ》しい顔をしたエリンツィアを前にして、ジルの背筋が伸《の》びる。

「何かありましたか」

「ああ。……突然《とつぜん》、すまない」

「いえ、昨日そちらへ竜が飛んでいったのは知ってます。ひょっとして何か罠《わな》が――」

いきなり腕《うで》をつかんでエリンツィアに抱きあげられた。瞠目《どうもく》している間に、首元に腕を回され、長剣《ちょうけん》の刃《は》が押し当てられる。

「なっ――」

「ジル!?」

「動くな、ハディス、リステアード!」

人質《ひとじち》にされたのだとはっきり自覚したのは、エリンツィアたちの竜がいるうしろから見知らぬ兵が、そして川岸側の木々の中から大量の騎馬《きば》兵が出てきたときだった。

――囲まれている。

エリンツィアの腕を手でつかみ、ジルは今できる力一杯《ちからいっぱい》の魔力《まりょく》をこめる。だがばちりと音を立てて、弾《はじ》かれてしまった。エリンツィアはラーヴェ皇族だ、魔力を持っている。武術の心得もある。以前のように不意をつけなければ、今のジルでは振りほどけない。

「エリンツィア殿下、どういうことですか！」

「すまない、ジル。……本当に、すまない。でも私は……」

「何を謝る、エリンツィア。お前は正しいことをしているのだ」

うしろから真横を通りすぎて歩く人物に、ジルは両眼を見開いた。

(ゲオルグ・テオス・ラーヴェ！　じゃあ……昨日の赤竜は、まさかこいつか⁉)

深紅《しんく》のマントを川上からくる風になびかせ、ゲオルグが白銀の剣《けん》を振りかざした。銀色の魔力が溢《あふ》れる、本物と見間違《みまちが》うような、美しい偽物《にせもの》の天剣。

それを振り下ろし、叫《さけ》ぶ。

「全軍、突撃《とつげき》。この国を病《や》ませる偽帝《ぎてい》ハディスを捕《と》らえよ！」

「陛下！」

叫んだ瞬間《しゅんかん》に、兵たちが雄叫《おたけ》びをあげてたった数人の集団に向かっていく。手を伸ばそうとしたジルを抱《だ》きかかえて、エリンツィアが竜の鞍《くら》にまたがった。

「おとなしくしてくれ、無駄《むだ》な血を流したくないんだ」

「――っあそこにいるのはあなたの弟たちですよ！　それなのに」

「リステアードは殺されない！　叔父上《おじうえ》は説得すると言っていた！」

「じゃあ陛下は⁉　陛下はどうなるんですか！　それともこれは、何かの作戦なんですか⁉」

叫んだジルに、エリンツィアが唇《くちびる》を噛《か》む。

その目が答えを、裏切りを、雄弁《ゆうべん》なまでに物語っていた。

「すまない」


「……どう、いう……これはどういうことだ、姉上⁉」

リステアードの叫びは、土石流のようにあがる雄叫びとこちらへ向かってくる兵隊の軍靴《ぐんか》にかき消された。剣を抜《ぬ》いたジークが舌打ちする。

「最悪をこえた最悪じゃねえか、どうすんだよ！　団長が裏切ったってことか⁉」

「今は逃《に》げるのが先決です！　ひとまず森に入りましょう、竜で追えないように」

「落ち合う先は予定どおりってわけね！　でも、ジルちゃんは⁉」

ハディスが見あげた先で、ジルはエリンツィアに拘束《こうそく》されたまま竜に乗せられようとしていた。このまま人質として帝都《ていと》まで運ぶつもりなのだろう。

唇に笑《え》みが浮《う》かぶ。お優《やさ》しい異母姉上《あねうえ》は、ずいぶんとジルを評価しているらしい。

「リステアード様、逃げましょう！　数が違《ちが》いすぎます、こちらには竜もありません！」

「僕はいい、おそらく殺されはしない。お前達はハディスをつれて逃げろ！」

馬に飛び乗ったリステアードが腰《こし》の剣を引き抜いて叫んだ。地面に突《つ》っ立ったままのハディスはきょとんと見返してしまう。

「──君は裏切ってないのか、リステアード」

「何を悠長《ゆうちょう》なっ……！　僕は姉上に話を聞きに行く！　ジルも僕がなんとかする。だからハディス、お前は逃げるんだ！　いいかお前達全員、ハディスを守れ！　これは命令だ！」

「……いや」

エリンツィアの竜が浮かび上がる。

ジルが必死で抵抗《ていこう》しながら、こちらを見ているのがわかった。健気《けなげ》なことに、不安より心配がにじみ出ている。彼女はこんな状況《じょうきょう》でも、ハディスを心配してくれているのだ。

「全員、僕を置いて、ジルを連れて逃げろ」

「待ってちょうだい、何する気なの陛下。駄目《だめ》よ」

「そうだ、お前も逃げるんだよ！」

「そうしろと僕は命じてるんだ、竜妃《りゅうひ》の騎士《きし》」

ちらと一瞥《いちべつ》したふたりは、それだけで胸を刺《さ》されたような顔をした。部下に止められながらリステアードが何か必死で叫んでいる。

それだけでも十分だ。

(みんながまだ裏切ってないなんて、奇跡《きせき》じゃないか)

右手に奔《はし》らせた魔力はしびれるような反応を返し、天剣を形作ってはくれない。佩《は》いていた長剣を引き抜いて、笑う。

「いくぞ、ラーヴェ」

『あの偽《にせ》天剣相手にするには魔力が足りない。気をつけろ』

「誰《だれ》に向かって言ってる。──今の全力で十分だ」

そうすればジルを取り戻《もど》すことだけは、できる。

間欠泉のように竜帝《りゅうてい》の魔力が噴《ふ》き上がり、地面から竜巻《たつまき》が起こった。悲鳴と一緒に兵が巻きこまれ、空中に放《ほう》り投げられる。

竜の上でそれを見ていたジルは振《ふ》り返った。

「陛下っ……！」

「⁉ ローザ、どうし──」

ハディスたちに背を向けて飛び上がり、そのまま雲の上を目指していたエリンツィアの騎乗《きじょう》竜《りゅう》が、いきなり固まったように止まった。それどころか、上空で高度を保ったままぎこちなく、真反対に方向転換《てんかん》する。

斜め下の地上でたったひとり、兵に囲まれたハディスが笑っている。

「竜帝の僕の前に竜を出したのは、まさか慈悲《じひ》のつもりか？」

「だめだローザ、ハディスに支配されるな！」

「ひるむな！　奴《やつ》の魔力は今ので尽《つ》きたはずだ、全員でかかれ！」

ゲオルグの号令に合わせ、目測を誤りながらも竜が火を吐《は》く。槍《やり》を持った歩兵が、馬に乗った騎兵が奮い立ち、ハディスひとりに目がけて突進《とっしん》し始めた。

「陛下ぁ！」

姿勢を低くしたハディスが周囲の敵を切り捨て、蹴《け》り飛ばし、走り抜ける。頭を踏《ふ》みつけて跳《と》び越《こ》え、竜すらも翼《つばさ》を切って蹴り落とす。

たったひとりで向かってくるハディスの姿に、悲鳴と怒号《どごう》があがった。

「相手はひとりだぞ、何をしている！」

「こ、この化け物っ……！」

違うとジルは思った。突き出された槍に大腿《だいたい》を突き刺されても、剣先《けんさき》に肩《かた》をえぐられても、ひるまず止まらない。それは彼が強いからだ。奔る剣の先からきらきらこぼれ落ちていく魔力も、ほんのわずかしかない。でも止まらない。

いつか見た、守るために奔るうつくしい白銀の魔力。

どんな男だろうと見あげたあの星屑《ほしくず》のような魔力が、まっすぐジル目指して駆《か》けてくる。

「――ッ！」

がくんとローザが高度を落とした。エリンツィアがジルを抱《かか》えこむ。解放する気はないらしい――いや、そうじゃない。風圧からかばっているのだ。

「しゃべるな、君には竜の守護がない。舌を噛む」

「……っ！」

「……強いな、私の弟は……いや弟じゃ、ないのか……」

その諦《あきら》めきった自嘲《じちょう》の眼差《まなざ》しも口調も、見覚えがあった。

未来の、一度きりの邂逅《かいこう》。せめてハディスの敵にはならないと首にナイフを突き立てた、あのときの顔だ。ハディスが向かってきているのはわかっているだろうに、剣も抜かない。

「この、化け物が！」

大ぶりなゲオルグの一撃《いちげき》をよけたハディスが、その背中を蹴り飛ばし、そばにいた緑竜を踏み台にして、上空に飛び上がった。落ちてくるローザの頭を踏みつけて、血まみれの長剣を弁らせる。

まっすぐ、自分の姉の首を切り落とすために。

「――殺しちゃだめです、陛下！」

ハディスの剣が、エリンツィアの銀髪《ぎんぱつ》を一房《ひとふさ》、切り落として止まった。上空の風が、銀髪をばらばらにほどいて飛ばしていく。

だが殺意にまみれた目はそのままだ。

「理由は、ジル。彼女は裏切り者だ」

もう姉とは言わないハディスに、ジルの胸のほうが痛む。それでもと、手を伸《の》ばした。

「大丈夫《だいじょうぶ》です、陛下。まだ、殺さなくて大丈夫ですから」

「……」

「血だらけですよ。怪我《けが》だってたくさんしてます。これ以上戦ったら、陛下、また寝込《ねこ》んじゃうでしょう。――大丈夫、わたしがいます」

そっと前髪《まえがみ》に指先が触《ふ》れた瞬間、まるで糸が切れた人形のようにハディスがふらりと体を傾《かたむ》けた。慌《あわ》ててエリンツィアが手を伸ばす。

「ハディスっ……！」

「陛下――ッ⁉」

エリンツィアと気絶したハディスを受け止めた瞬間、襟首《えりくび》がぐいと引っ張られ、体が空に放り投げられた。すれ違うように、一瞬《いっしゅん》だけ視界に冷たいゲオルグの顔が映りこむ。

「ハディスを捕《と》らえたのならお前はもう用なしだ」

「叔父上《おじうえ》、話が違う！　――ジル！」

ハディスを抱えたままエリンツィアが手を伸ばそうとしたが、つかめない。上空の風に吹《ふ》かれて、軽い子どもの体が煽《あお》られる。

（落ちたら死ぬな、これは）

ここまでハディスは少ない魔力《まりょく》を使って竜を踏み台に飛び上がってきたが、そもそもの魔力量が違うせいで、回復量も違うのだろう。ここから地面に着地する衝撃《しょうげき》をふせげるだけの魔力は、ジルにはない。

（強いなあ、陛下は）

――でも。

（助けなきゃ）

エリンツィアに抱《だ》かれたままぴくりとも動かない夫だけを見て、手を伸ばす。小さな手だ。

助けなきゃ。守ってあげなきゃ。だってそう決めた。

彼がたったひとりで立つ未来を変えるために、今ここにいるのだから。

「死ね」

ゲオルグの赤竜が口をあける。迫《せま》ってくる炎《ほのお》は、竜神《りゅうじん》の裁きの炎。

届かない手のひらを拳《こぶし》に変えて、ジルは叫《さけ》んだ。

「やれるものならやってみろ、わたしは竜妃だ！」

視界が炎の赤で真っ赤にそまる。地上まで放射状に放たれた炎は、そのまま空気を、地面を、ジルの体と意識を焼き尽くした。


竜の炎は塵《ちり》ひとつ残さない。ハディスの特攻《とっこう》に凍《こお》りついていた兵達があげる歓声《かんせい》が、ここまで届いた。その瞬間《しゅんかん》に、まずジークがリステアードの肩を引っ張る。

「おい逃《に》げるぞ殿下《でんか》、今のうちだ！」

「おまっ……おま、お前たち、彼女が、あんな小さな子が」

「陛下が竜巻でここに逃がしてくれたの、無駄《むだ》にする気!?　気づかれる前に早く！」

カミラの声に、高台に飛ばされて呆然《ぼうぜん》と一連の流れを見ているだけだったリステアードが顔をあげる。渋面《じゅうめん》であとずさりをして走り出した。そのあとに、彼の部下が続く。

それを見ながら、ロレンスは駆け出したカミラのあとを追う。愚《おろ》かだとわかっていても、尋《たず》ねずにいられなかった。

さすがに自分も信じたくない、あの炎に焼かれる姿は。

「でも、逃げてどうするんですか。竜妃殿下《りゅうひでんか》はもう――」

「ジルちゃんは竜妃だって言ったでしょ！　生きてるわよ、陛下だって！」

ロレンスは目を見開く。ジークも叫んだ。

「あんな程度で死なねえよ。竜帝と竜妃が、竜になんぞ負けるわけないだろ」

それは神頼《かみだの》みに似た愚かな願望だ。信じるのは思考停止。だが、嫌《きら》いではない。

「――いいですね、そういうの。なら俺もそういうつもりで動きます」

「いたぞ、こっ――！」

剣《けん》を振りかぶるジークより先に小さなナイフを飛ばしてひるませ、こめかみを打ちつけて気絶させる。今一番まずいのは、騒《さわ》がれることだ。

「ひとまずは決めておいた逃亡《とうぼう》先へ向かいましょう。あとのことはあとのことです」

「やるじゃないの、あなた」

「どうも。カミラさんは弓、ジークさんは大剣ですよね。――どっちもこんな森の中じゃ使えないな」

「おい、失礼なこと言ったなお前！」

「俺の指示に従ってもらいますよ。そのかわり、必ず逃がしてみせる。――こっちです！」

方向転換を指示した瞬間、矢が飛んできてカミラが背負う荷物を引き裂《さ》いていった。見つかったらしい。げっとジークが顔をしかめる。

「当たったか⁉」

「だ、大丈夫よねソテー⁉　生きて――」

「ピヨォォォォ！」

可愛《かわい》らしいヒヨコもどきからおぞましい怒《いか》りの声があがった。と思ったら、射貫《いぬ》かれた荷袋《にぶくろ》からくまのぬいぐるみをつかんで飛び出てきて、敵がいる方角に放《ほう》り投げる。

「やべえ、早く逃げろ！」

「リステアード殿下、こっち！　ハディスぐまの視界から離《はな》れて！」

「な、なんなんです？」

胸を張るヒヨコもどきをつい両手で受け止めたロレンスの目の前で、一回転したくまのぬいぐるみが地面に着地し、立ちあがる。

射貫かれたマントがばさりとはためいた。

（は？　――立った？）

その日、ロレンスは知った。

くまのぬいぐるみはこの場の誰《だれ》よりも強いことを。

ぽつんと頬《ほお》に何か落ちた。その刺激《しげき》ではっと目がさめる。

「陛下！　――って……」

冷たい石の上にジルは倒《たお》れていた。しばらくぱちぱち目をまばたいていたが、我に返り、ジルはぺたぺた自分の体を触《さわ》ってみる。どこにも怪我はない。衣服も焦《こ》げ跡《あと》ひとつない。

（……わたし、燃やされたはずじゃ）

つい挑発《ちょうはつ》してみたが、こうも無事でいられるのは、おかしい。

そもそもここはどこだろう。

遠くで滝《たき》のような音が聞こえるが、周囲は白い岩の断層がいくつも積み重なり、奥へつながっていた。白い岩が何本もつららのように高く伸びている。鍾乳洞《しょうにゅうどう》という単語が頭をよぎったが、相当な広さと高さがある場所だ。何より明るさがある。地面に丸く差し込む光の筋を追って上を見あげて、驚《おどろ》いた。

最初は空かと思った。高い高い、青い空だ。でも違《ちが》う。水だ。水が浮《う》いて――いや、落ちてこないというほうが正解かもしれない。

高い水の天井《てんじょう》に赤い夕日が差し込んで、ここへ光を届けているのだ。

「……魔力か？　でも少し違うような……どうなってるんだ、ここ……」

「竜妃《りゅうひ》だというから転移させたというのに」

はっとうしろを振《ふ》り返ると同時に、地面がゆれて体が傾きかけた。片膝《かたひざ》をついた状態で断続的にやってくるゆれと、その姿を見つめる。

黒光りする鱗《うろこ》と、地面に食い込む鋭《するど》い爪《つめ》。頭はジルくらいの大きさがあるのではないか。当然、全長はその何倍にもなる。ぎょろりと動いた瞳《ひとみ》の色は——紫《むらさき》。

紫目の、黒竜《こくりゅう》。

「まだ子どもではないか。今代の竜帝《りゅうてい》は何を考えているのだ」

竜がしゃべった。驚きも背中に流れる汗《あせ》も隠《かく》して、ジルは笑う。

竜神ラーヴェに次ぐ、竜の王——考えることはただひとつでいい。

(味方にすれば、陛下を助けられる)

自分は竜妃だ。拳を握《にぎ》るジルを、澄《す》んだ紫の目で黒竜が睥睨《へいげい》した。

第五章 血と誓約の竜帝救出戦

「金の指輪も見えぬ。大した魔力も見当たらん。――いや、どちらも封《ふう》じられているのか。故《ゆえ》に赤竜も混乱したのだな。だが今、ないことには変わらん」

朗々とした低い声は聞こえているが、口の動きと合っていない。しゃべっているというよりは、伝えているのかもしれないとジルは思い直した。

「我を見てもうろたえぬ、その度胸は認めよう。だが裁定には至らぬ」

「あなたが助けてくださったのですか」

「許しもなく我に問いかけるか。まあよい。答えは応。赤竜の申し出により、転移させた」

ゲオルグの赤竜のことだ、と思った。赤竜は人間並みに賢《かしこ》いと座学で習ったから、炎《ほのお》は転移を誤魔化《ごまか》すために吐《は》いたのかもしれない。

いずれにせよ、礼儀《れいぎ》を尽《つ》くさねばなるまい。竜の流儀《りゅうぎ》は座学でも学んでいないが、ジルは立ち上がり、胸に手を当て、一礼する。

「助けてくださって感謝します。――失礼ですが、お名前は、黒竜」

「黒竜でよい。今のこの世界に黒竜は我しかおらぬも同然」

わざわざ名前をつけて区別する相手がいない、ということか。さみしい気がしたが、色は竜にとって階級を示す絶対のものだ。黒竜と呼ばれるのは竜神《りゅうじん》と呼ばれるのと同じくらい名誉《めいよ》なことなのかもしれない。

「申し遅《おく》れました。わたしは、ジルと申します。竜妃です」

「裁定にも至らぬと言った」

ずしんともう一度地響《じひび》きが鳴り、一歩近づいた黒竜の紫の目が物騒《ぶっそう》に細められる。

「不幸なことだ、娘《むすめ》。竜妃ではない以上、生きて返すわけにはいかん」

「助けておいて？」

「少し死ぬ時間がずれただけだろう。――ここは竜の巣、ただの人間が足を踏《ふ》み入れていい場所ではない！」

瞠目《どうもく》した瞬間《しゅんかん》、口から青い炎が一直線に放たれた。地面をえぐって進んでくるそれを、足裏に魔力《まりょく》を集中させてよける。が、そのまま方向転換《てんかん》して今度は壁《かべ》を削《けず》りながらジルを追いかけてきた。

「ちょっとくらい話を聞きません⁉　陛下が――竜帝が大変なんです！」

「それがどうした」

「竜帝ですよ⁉」

「ならばなぜ今代に金目の黒竜が生まれぬ！　なぜ卵が孵《かえ》らぬのだ！」

初耳の情報に、走りながらジルは眉《まゆ》をひそめた。だが、背後の岩が炎で蒸発していく真っ最中に詳細《しょうさい》を問いただす余裕《よゆう》はない。

「しかもこんな小娘が竜妃だと？　竜妃とは竜帝を守る盾《たて》、女神《めがみ》の愛をくじき理《ことわり》を諭《さと》す唯一《ゆいいつ》の者！　力なき者には到底《とうてい》つとまらぬ！」

背後に回ると尻尾《しっぽ》がものすごい勢いと質量で飛んできた。間一髪《かんいっぱつ》でそれをかがんでよけ、ジルは岩陰《いわかげ》のひとつに身を隠す。

（色々聞きたいことはあるがどうする、逃《に》げるか？　魔力もなしに無理だ。だが戦うにも、竜の巣では卵の破片《はへん》や鱗が集まって磁場になってる。下手に魔力を使えば暴発するかそれともまったく使えないか……くそ、何か手はないのか）

岩陰に隠れたまま周囲を見渡《みわた》す。見えるのは岩と、届かない水の天井。地面には申し訳程度に転がっている石、それと薄《うす》い硝子《ガラス》のような破片は――竜の鱗だろうか。ちょうど足で何かふれたジルは、視線を落とす。

鱗かと思ったが、違った。卵の破片だ。触《ふ》れると、わずかに魔力が吸い取られるような感覚があった。――使えるかもしれない。

「そもそも、お前は竜帝を守れておらぬではないか！」

反響《はんきょう》する黒竜の非難に、目の前で倒れたハディスの姿が思い浮かんだ。

「赤竜から事情は伝わっている。なぜ、竜帝を止めた。敵の首を斬《き》り落とし、竜帝と共に逃げる算段をつけるべきだった」

エリンツィアを殺そうとしたハディスを止めたことを、間違《まちが》っていたとは思わない。

だが、黒竜の批判はもっともだった。ジルはあの瞬間、命がけで助けにきてくれたハディスの行動を無駄にしたのだ。

「裏切り者に同情でもしたか。その甘さで竜帝を守れるなどと、どうして言える！」

「……」

「現に女神の力で魔力を封じられている。なんという竜妃にあるまじき失態！　ラーヴェ様はどこまで甘いのか！」

「──待て。今、なんて言った？」

聞き捨てならないことを聞いて、岩陰から一歩出る。

斜《なな》めに振り返った黒竜が、こちらに向き直った。

「ラーヴェ様は甘い、と言っている。竜妃が女神を封じて死に、理に負けたあの日。神格を落とし、竜帝の座すら喪《うしな》った日から」

「そこじゃない。そこも大事そうだが、今聞きたいのはその前だ。……わたしが、女神に、魔力を封じられている？」

「そうだ」

思わず肩《かた》をつかんだ。もう傷痕《きずあと》は消えているが、傷口から体の中に入り込んだ魔術はまだとけない。それだけの魔術を組めるのはクレイトス王国。そこまでわかっていたのに、どうして偽天剣《にせてんけん》の素材に今の今まで気づかなかったのか。

「あれはまさか──……女神クレイトスの聖槍《せいそう》から作ったのか」

「竜帝の魔力を封じるには、それしかあるまい」

静かに答えた黒竜は、今度は攻撃《こうげき》ではなく問いかけをした。

「――何を笑っている？　気でも触れたか」

「敵ながらあっぱれだと思ったんだ。女神だというのに、自分の身を削るその献身《けんしん》に」

「女神の愛を解するとでもいうなら、やはりお前は竜妃失格だ」

危険物でも見たように、黒竜の殺気と警戒《けいかい》が増した。まっすぐ黒竜と向き合って、ジルは答える。

「陛下を助けにいく。そこをどけ」

「竜《りゅう》の巣に入った人間は生きて帰さぬ。そして強き者は弱き者には従わぬ。それが理だ」

「理だかなんだか知らないが、わたしは竜妃《りゅうひ》だ。陛下の妻だ！」

「戯《ざ》れ言を！　竜妃だというなら、我程度、あしらってみせよ！」

もう一度、地面《け》をえぐりながら一直線の青い炎がくる。今の魔力をすべて足に行き渡《わた》らせて、ジルは壁を走って蹴った。きらめく水の天井《てんじょう》すれすれに宙返りをし、黒竜の頭上をとる。

「理、理と屁理屈《へりくつ》ばかり！　諭すばかりで、陛下を、竜神を助けようと思わないのか!?」

「情に訴《うった》え、愛を語るか。所詮《しょせん》は女神の僕《しもべ》か、クレイトスの魔女《まじょ》！」

「だから女神に勝てないんだよ、お前たちは!!」

まっすぐ伸《の》ばした腕《うで》に、さきほど手にした竜の卵の破片を思い切り突《つ》き刺《さ》した。

そうすれば、狙《ねら》いどおり、右手に魔力が奔《はし》る。

「なんっ――」

「命がけで向かってくる女と、すまし顔で何もしない竜！　どっちが勝つかなんて、理も愛もなくわかりきってるだろう！」

竜の卵の欠片《かけら》は、魔力を無効化する。当然、魔力を出そうとすれば、それを無効にしようと発動する魔術をまず吸い取ってくれる。

ばりんと腕に突き刺した破片がわれた。だが、ジルの魔力が再度封じられるには時間差がある。一撃《いちげき》だけでいい。

(何頭、竜を拳《こぶし》でぶん殴《なぐ》ってきたと思ってる！)

「食材になりたくなければ黙《だま》ってわたしに従え、黒竜!!」

見開いた両眼の真ん中、眉間《みけん》を思い切り殴りつけた。手加減なしの全力全開だ。ぐらりとかしいだ黒竜の巨軀《きょく》が、そのままうしろに倒《たお》れた。

よろけながら地面に着地したジルは、血が流れる右腕《みぎうで》と、力の抜《ぬ》けた右の手を見る。何度か握《にぎ》ろうとするが、うまく力が入らない。

(ああもう……陛下が見たら心配して泣くじゃないか)

早く助けにいかないと。そう思ってふと気づいた。黒竜が昏倒《こんとう》しているそばの岩壁《がんぺき》に穴がぽっかりあいている。

外への出口だろうか。多少おぼつかない足取りで進むと、突然《とつぜん》奥から光が差す。

外界の光かと目を凝《こ》らし、身を乗り出してから勘違《かんちが》いに気づいた。

「……これ……まさか、竜の卵……」

見たことのない大きさの卵が、光っていた。藁《わら》を敷《し》き詰《つ》められた岩穴の中に、ひとつだけ鎮《ちん》座《ざ》している。殻《から》は黒色のようだが、内側から金色が透《す》けて光っているように見えるのだ。

ジルは、状況《じょうきょう》も忘れてぱちぱちとまばたく。

さわってみると温かかった。生きているのだ。

――なぜ卵が孵らぬのだ！

黒竜の叫《さけ》びを思い出した。

「……まさかこれ、金目の黒竜だったり……」

「そうだ」

「うわっ」

突然岩穴に顔をつっこんできた黒竜に、ジルは声をあげる。紫目《むらさきめ》の黒竜は眉間にこぶをつくっていた。ジルが殴ったあとだ。

「竜帝《りゅうてい》が生まれると、必ず金目の黒竜の卵が現れる。生まれながらの王は、竜帝の心を栄養分にして育つ。故《ゆえ》に竜帝の成長にあわせて十年もすれば孵るのだが……見てのとおりだ」

敵意はもう感じない。だからそのまま話を続けた。

「ラーヴェ様はこのことは？」

「もちろん存じておられる。だが竜帝は興味がないようだ。我はそれが許せぬ」

「……孵らないって、大変なことですか」

「十年、二十年など我ら竜にとっては誤差の範囲《はんい》だ。だが、孵らぬまま竜帝が死ねば、死んだ心を栄養分にすることになり、化け物が生まれてしまう。……案外、竜帝はそれを狙っているのかもしれんがな。自分が死んだあとも、世界を呪《のろ》うために」

　ふと、六年後のハディスの姿が思い浮《う》かんだ。何もかも呪って、恨《うら》んで、破壊《はかい》を望むあの破《は》滅《めつ》的な姿。あの未来で、果たして金目の黒竜は孵ったのだろうか。

「……大丈夫《だいじょうぶ》ですよ、陛下はまだ生きてますし、元気です」

「だが……」

「あなたの心配はわかりました。要はまだ陛下は、心を閉《と》ざしてるってことですよね」

　嘆息《たんそく》して、ジルは卵をゆっくりなでる。大丈夫だ。まだ、温かい。

「助けにいきますね、陛下。待っててください」

　心なしか、手のひらにちゃんと鼓動《こどう》も伝わる気がする。

「あと、あなたも早く生まれてきてください。わたし金目の黒竜、乗りたいんです。陛下と同じ色だから」

　どくん、とはっきり振動《しんどう》が返ってきた。びっくりしたジルの横に、黒竜が興奮した様子で鼻先を寄せる。

「動いたか!?　今、動いたな!?」

「は、はい。たぶん、ですけど……」

「いや、動いた。絶対動いた。……よかった、生きてはいるのだな、そうか……」

　心底ほっとしている黒竜に、ジルは疑問を投げかける。

「あなたが親竜ですか？　だからずっと守っていた？」

「いや、我はつがいだ」

つがい。番《つがい》。頭の中で変換《へんかん》して、ジルは確かめる。

「この卵の奥さんってことですか」

「そうだ。金目の黒竜にだけは、必ず黒竜がつがうと決まっている」

「失礼ですが、おいくつですか」

「まだ三百歳ほどだ」

まだか、そうなのか。その時間感覚では、確かに十年、二十年は誤差の範囲内だ。

「でも――なら、さみしかったですね」

驚《おどろ》いたのだろう。ちょっと目を開きかけた黒竜が、眉間を動かしてしまい顔をしかめる。痛いらしい。

「あ、すみません、女の子なのに顔殴っちゃって」

「何を言うか。雌雄《しゆう》差別はいかん。それに孵《かえ》らぬ卵に苛立《いらだ》ち、冷静さを欠いた言動をしたのは我のほうだ。すまぬ。目がさめた。確かに、我は何もしておらん。ただここで二十年、いつまでも孵らぬ卵を見て、気鬱《きうつ》になるばかり……」

「それ、だめですよ。あなたが先にだめになっちゃいます」

待つというのは疲弊《ひへい》させる。黒竜の真正面に立って、ジルは思い切って誘《さそ》いかけた。

「一緒《いっしょ》に陛下、助けに行きましょう。あなたも外に出るんです」

「だが卵が……」

「ここにいれば安全でしょう。あったためる必要がないなら、たまに様子見にくるだけで十分ですよ」

びくんと卵が動いた気がしたが、背中を向けたまま無視をした。

「これ、陛下と一心同体なんですよね？　だったら絶対、べったりくっついて甘やかしちゃだめです」

「そ、そうか……？　なんかさっきから卵がちかちか光ってるのだが……」

「聞き耳立ててるんでしょう。周囲がちゃんとわかってるってことですよ。それでも出てこないの、あなたがここにいてくれるからじゃないですか。甘えてるんですよ」

「ものすごく抗議《こうぎ》をするように光り始めているのだが、いいのか？」

「元気で何よりです！　陛下を助けるのが先ですね、さあ、出発しましょう」

「卵が飛び跳《は》ね始めてるぞ!?　抗議しているのでは!?」

「置いていかれたくなかったら出てくればいいんです」

振《ふ》り返るとびくっとしたように卵が光るのも動くのもやめた。

黒竜の頭に寄り添《そ》う形で、ジルは言う。

「ということで、彼女と一緒に陛下を助けてきます。――あなたもそれでいいですか？」

問いかけると、近くの紫の目が静かにジルを見て、一度だけ伏《ふ》せられた。

「……よかろう、我は出かけるぞ！　いい加減、待つのは飽《あ》きた！」

「その意気です！」

「嫌《いや》だと言うなら追いかけてくるがよいわ、お前は金目の黒竜！　竜神《りゅうじん》ラーヴェ様に次ぐ竜の王、女王たる我のつがいなのだから」

ジルが拍手《はくしゅ》をすると、晴れ晴れしたように黒竜が鼻を鳴らした。だが、卵に向いているその目は優《やさ》しい。

「では行ってくるぞ、我が夫よ。――背に乗るがよい、竜妃《りゅうひ》」

思いがけない言葉に、ジルは一瞬《いっしゅん》息を呑《の》んだあと、目を輝《かがや》かせる。

「いっ……い、いいんですか、乗せてくれる⁉　わたしひとりでも⁉」

「我が背に乗れる人間は、竜妃か竜帝のみよ」

不敵な笑《え》みにジルは急いで岩穴を出て、首のあたりから背中へとよじ登る。そして天井《てんじょう》を見て気づいた。

「でも、どうやってここから？」

「何、しっかりつかまっておれば一瞬」

岩穴から顔を出し、姿勢を整えた黒竜が翼《つばさ》を動かす。そして一気に頭から水の天井に向かって突《つ》っこんでいった。

思わず息を止めたジルは、水圧を感じないことに気づいて目を開く。息ができる。周囲が見える。きらきら夕日を反射する水の輝き、群れをなして泳ぐ色鮮《いろあざ》やかな魚たち。岩にはえた珊《さん》瑚《ご》に、緑の絨毯《じゅうたん》を敷き詰めたような藻《も》。

派手な音と水しぶきを立てて、水底から一気に地上へと躍《おど》り出た。空から見おろして、今まで いたのは滝《たき》が流れ込む崖上《がけうえ》の大きな湖底だったと知る。

「ど……どうなってるんですか、あれ……水、溢《あふ》れちゃわないんですか」

「滝の一部は地下に流れ込んでいる。竜の巣はそのあたりの地形を変動させるからな。で、どこへゆく、竜妃よ」

旋回《せんかい》して体勢をととのえた黒竜に尋《たず》ねられ、ジルは顔をあげた。風圧も高度もそれなりにあるのに、息苦しくないし体勢を保てている。ハディスやエリンツィアと一緒に竜に乗っていたときと同じだ。これが竜の加護がある、ということなのだろう。

「仲間と落ち合うと決めていた場所があります。そこへ。そう遠くないはずです」

「あいわかった」

「それと、わたしのことはジルと呼んでください。わたしもあなたを名前で呼びますから」

「我に名前はない」

「ならわたしがつけますよ。ステーキとかどうです⁉」

夕日に染まった空を旋回する黒竜は景気よく笑ったあと、冷静に答える。

「却下《きゃっか》だ」

滝の音が遠くに聞こえている。それ以外は静かだ。日の落ちた周囲で、灯《あか》りをつける気配もない。

大きくえぐられた岸壁《がんぺき》の内側に身を潜《ひそ》めていたロレンスは、ほっと息を吐《は》き出した。

「……追っ手はまけました、かね」

「まいたというより、くまのぬいぐるみから逃《に》げてきたというほうが正しい」

冷静なリステアードの言に、話がそれるとわかりつつ同意してしまった。

「おそらく敵の半数は壊滅《かいめつ》しましたね。あの目からの熱線攻撃《こうげき》で……」

「森が吹《ふ》き飛んだからな。あちらも撤退《てったい》するしかない」

「なんなんですか、あれ……ぬいぐるみじゃないですよね、兵器ですよね」

「わからんがあんな馬鹿《ばか》の極《きわ》みなものを作るのはハディスしかいない。あの馬鹿……！」

唸《うな》るリステアードについ同情しそうになるのをこらえて、周囲を確認《かくにん》する。

皆《みな》、逃げるのに必死で泥《どろ》だらけになったり汚《よご》れたりしているが、大きな怪我《けが》はない。誰《だれ》ひとり欠けず逃げ出せたのは、最初の竜帝《りゅうてい》の機転と、あのくまのぬいぐるみが大きいだろう。

「ソテーがいないな……くそっ」

「くま陛下と一緒にいたものね……さがしにいきたいけど、無事かしら」

「……無事、祈《いの》るべきですか？」

「ひとまず人命優先にしろ。あと絶対生きてるだろう。あのヒヨコもどき、ぬいぐるみを振り回していたぞ」

最初は動揺《どうよう》が見られたリステアードだが、くまのぬいぐるみが次々兵を殴《なぐ》り倒《たお》していく現実に頭が冷え切って冷静になったらしい。

「今晩はひとまずここで休むとして……今後はどうしますか」

「……姉上が裏切ったのであれば、もう味方はいないと考えるべきだ。僕達の竜をノイトラールに取りに戻《もど》るわけにもいかない……」

「ですが、この状況下《じょうきょうか》をひっくり返すには、竜がほしいです。赤竜を殺すことはしないと思うので、呼ぶことが可能ならとは思うんですが……そのあたりはどうですか」

座学ではまだ習っていないところだ。何より竜は、緑竜は無理でも赤竜には可能ということもある。岩壁《がんぺき》を背にして腰《こし》をおろしたリステアードは、胡乱《うろん》に答えた。

「魔力《まりょく》がある人間の気配なら追ってくれる。だが、今までの経験上、呼べばくるのは声が届く範囲《はんい》だった。遠距離《えんきょり》となると不可能だろう。そもそも機嫌《きげん》が悪いと呼んでもこない」

「……意外に主従関係ないんですね、竜と人間」

「当然だ。習わなかったか。竜に乗せてもらっているというのを忘れるな、と。竜の加護を失えば、無理に竜の背に乗ったところで人間は空気の薄《うす》さで死ぬ。それに……ブリュンヒルデは処分されているかもしれない」

「待てよ、赤竜だろう。しかも金目だ。人間が扱《あつか》える中じゃ最上級の貴重な竜じゃないのか」

驚いたジークに、苦い顔になったリステアードのかわりにその部下が答える。

「貴重で、賢《かしこ》い。だからこそ手《て》懐《なず》けにくいんです。リステアード様以外を乗せない可能性も高い。それだけならまだしも、裏切りを知ったら……竜には竜の流儀《りゅうぎ》があるので、他《ほか》の竜を襲《おそ》うとは限りませんが、赤竜にほとんどの竜は従いますし、ローザは紫目《むらさきめ》です」

「……竜騎士《りゅうきし》団から竜が離反《りはん》する可能性があるのか。ならいっそ処分って話か……」

「おそらく、処分よりは放逐《ほうちく》だと思いますが」

「でも呼んでも届かないってか。……あてにはできなそうだな」

ジークの結論に、ロレンスは答える。

「なら、別案を考えておきます」

「あら、何かあるの？　別案」

「竜がいれば楽だという話ですよ。こんな少数でやれることは限られてます。それより一番の懸念《けねん》は、陛下が処刑《しょけい》されるまでの時間と、竜妃殿下《りゅうひでんか》の安否ですね」

しんと周囲が静まった。

逃げている間は余計なことを考えず走り抜《ぬ》けられても、安全になればじっとりと影《かげ》になって不安は迫《せま》ってくる。

「とりあえず灯りつけようぜ。んで飯だ」

腰にさげた小さな荷袋《にぶくろ》をジークが地面に置く。そして真顔で言った。

「そしたら隊長、においでよってくるかもしんねえだろ」

「そうね、そうだわ」

カミラが頷《うなず》いた。真面目《まじめ》なリステアードは少し眉《まゆ》をよせたが、自分の荷物を出す。

「そうだな。ハディスが作った保存食がまだある。狩《か》りはしないほうがいいだろう」

「あらやだ気が利《き》くじゃなぁい、殿下。じゃあ火をおこすわね。薪《まき》はそこら辺にあるし」

「拾ってきますよ」

ロレンスは立ちあがって、警戒《けいかい》しつつ岩陰《いわかげ》から出た。そこで目を見開く。

薄暗《うすぐら》い藍闇《あいやみ》の中でも光る、漆黒《しっこく》の竜が、まっすぐこちらに向かってくる。

「……っ！　みなさ──」

「ロレンス！　みんな、無事ですか⁉」

聞き覚えのある声に隠《かく》れるよう指示しようとしたロレンスは、振り返った。食事の準備に取りかかろうとしていた面々が、慌《あわ》てて顔を出す。

「ジルちゃん！」

「皇帝《こうてい》の保存食、まだあけてないのに戻ってきたのか⁉」

「どういう意味ですか。よかった、ジークもカミラもロレンスも……リステアード殿下も！」

そう言ってジルは、多少の風を起こすだけで優雅《ゆうが》に地面におりた黒竜から飛び降りた。

「すみません、遅《おく》れました」

汚れているが、ジルはさわやかに笑っている。だがそれに感動するよりも、その横にいる存在のほうが衝撃《しょうげき》的だった。リステアードなど顔色が青を通りこして白くなり始めている。

「な、な、な……なぜお前、黒竜に乗って」

「ちょっと色々あって、あとで話します！　そうだリステアード殿下、ブリュンヒルデをつれてきました」

「は!?」

驚《おどろ》いたリステアードが空を見ると、今度は赤竜が、緑竜が、次々おりてくる。リステアードが率いる竜騎士団の竜だ。数名から歓声《かんせい》があがった。

「ブリュンヒルデ、なぜ……！」

駆《か》けよったリステアードに甘えるように赤竜が頭をこすりつけている。ジルがかたわらにいる黒竜を見あげた。

「リステアード殿下のこと話したら、黒竜が呼んでくれたんです」

「礼には及《およ》ばぬ」

黒竜から発せられた声に、全員が一瞬《いっしゅん》固まった。

が、真っ先にリステアードが表情を改めて、黒竜の前に跪《ひざまず》く。

「感謝申し上げる、黒竜殿《どの》」

「お前は礼儀《れいぎ》をわきまえているようだな」

「しゃべっ……そ、そうよね。黒竜だものね」

カミラが胸に手を当てて呼吸を整えてから、礼をした。皆がそれにならうと、黒竜は満足したように鼻を鳴らす。

「みんな無事ですね。では現状の報告を」

「いや……それがな、隊長。逃げる途中《とちゅう》でソテーとくま陛下がだな……」

やはり犠牲者扱《ぎせいしゃあつか》いなのかジークが報告しようとしたところへ、あっとジルが声をあげた。

「ソテー！　くま陛下も！」

妙《みょう》に可愛《かわい》い声をあげて、ヒヨコもどきの鶏《にわとり》がぼろぼろになったくまのぬいぐるみを背負って、茂《しげ》みから顔を出した。

「お前、怪我は……ないな、よかった。くま陛下を救い出してくれたのか、よくやった！」

「ピヨッ」

「くま陛下も、こんなにぼろぼろになるまで戦ってくれたんだな……」

「もっとぼろぼろにされてたの敵だけどな……」

ジークの声が聞こえているのかいないのか、くまのぬいぐるみとヒヨコもどきを抱《だ》いて、ジルは立ちあがる。

「陛下に直してもらわないと」

ぎゅっとそのぬいぐるみを抱いて前を見据《みす》える凜《りん》とした姿が、大人の女性に見えて、ロレンスはまばたく。まばたけば、一瞬でその姿は消えた。

「必ず陛下を助け出しましょう。ロレンス、策を」

「わかった」

頷き返してから、当然のように答えた自分に驚いた。つい、笑い出したくなる。

(面白《おもしろ》い)

この少女が戻ってきた。それだけで、先ほどの薄暗い不安が消えてしまっている。

本当にもったいないと思った。クレイトスに残っていれば、ジェラルドと婚約《こんやく》してくれれば、軍神令嬢《れいじょう》なんて呼ばれて戦場を自分と駆けてくれただろうに。

「まかせてくれ。この少数でも、皇帝を取り返してみせよう」

未練を断《た》ち切るためにも勝たせよう。

いつか敵になるその日、手加減などせずにすむように。

夢を見ていた気がする。優《やさ》しい未来の話だ。

だが現実は薄暗い牢《ろう》の中、重罪人を護送する強固な魔術《まじゅつ》をかけられた馬車の中だった。物音も何も聞こえない。視界も聴覚も遮断《しゃだん》され、常人では数日と持たず正気を失う、鉄箱の移動結界だ。

だが体内に竜神《りゅうじん》という神を飼っているハディスは、意識を保っていられる。

(帝都《ていと》まであと少しだな……)

自分が囚《とら》われた場所と時間を計算して、弾《はじ》き出す。まだ魔力も体力も、ジルを助けようとしたときにも届かない。処刑がすぐさま執《と》り行われた場合、逃《に》げるのがせいぜいだろうか。

(……最悪、あの女神《めがみ》の器《うつわ》がいた場合、帝都に被害《ひがい》が出るか)

「ハディス、起きているか」

魔術が少し和《やわ》らぐ気配がした。檻《おり》を隠していた馬車の幕が持ちあげられる。ひたすら体力の回復に努めていたハディスは、目をあける。

「食事をとってないのか。体を壊《こわ》したらどうする」

「今から処刑する人間に、食べろと？」

気遣《きづか》うような声をあげたエリンツィアが、はたかれたように黙《だま》った。食事をすすめようとした手を止め、胸の前で握《にぎ》りしめる。

「……そうだな、すまない。だが、私もヴィッセルと一緒《いっしょ》にゲオルグ叔父上《おじうえ》を説得するつもりだ。せめてどこかで、お前が普通《ふつう》の人間として暮らせるように……」

「僕は竜帝《りゅうてい》だ。お前たちがどんなに否定しようとも」

見据えたエリンツィアは、震《ふる》えているように見えた。わかっているのだろう。

ハディスの護送に竜を使わない時点で、誰《だれ》が竜帝なのか、わかっているのだ。

「どうしてジルは、お前を殺すなどと言ったんだろうな」

答えを期待しないひとりごとだったが、意外にもエリンツィアが目をそらしたまま、苦笑い気味に答えた。

「それは、お前が可哀想《かわいそう》だからだよ。……姉に裏切られて姉を殺すお前が、あんまりにも、可哀想だからだ」

「別に僕は、可哀想じゃない。そもそも本気でお前を姉だなどと思ったこともない」

「……許されると思ってない。だが……私はせめて、ジルに殺されるべきなんだろうな」

「まさか命乞《いのちご》いか？」

「お前の姉でいられなかったことへの贖罪《しょくざい》だ」

泣き笑いのような笑顔《えがお》に嘘《うそ》がない気がして、ふと疑問がわいた。気にも留めていなかったことが、泡《あわ》のように。

「……どうして裏切ったんだ、姉上」

尋《たず》ねたハディスに驚いたようにエリンツィアがまばたき、泣き出しそうな顔になった。

「……お前は、悪くないんだ。なにひとつ。悪いのは、私達だ。お前は、悪くない」

「……」

「すまない。不出来な姉で、本当に、すまない……」

姉でないと言ったり、姉だと言ったり、なんだか面倒《めんどう》だ。それでも聞きたい気がした。

たとえ口だけで終わってしまうとしても、間違《まちが》いなく自分を慈《いつく》しむつもりだったこのひとが裏切ったその理由を、きちんと聞かねばならない気がした。

「――敵襲《てきしゅう》！　エリンツィア殿下《でんか》、敵襲です！」

「どこからだ⁉」

「竜、竜です、リステアード殿下が……っそれと、黒竜が我々に攻撃《こうげき》を！」

目を見開いたのはエリンツィアだけではない。ハディスもだ。体の中で眠《ねむ》って回復に努めていたラーヴェが応じる。

『黒竜、紫目《むらさきめ》だ。現存する竜の中では最高位の竜。――認められたな、嬢《じょう》ちゃん』

当然だ、とハディスは笑う。彼女は竜妃《りゅうひ》。

自分に選ばれ、竜神ラーヴェに祝福を受けた竜帝の花嫁《はなよめ》なのだから。


竜神に近い黒竜ならば、野生の竜に命じて、カミラやジーク、ロレンスを乗せることも可能だ。数頭なら、簡単な陣形《じんけい》くらい組ませて飛ぶこともできる。

竜を使わずハディスを護送するはずだというロレンスの読みは当たっていた。争いに巻きこむには厄介《やっかい》なフェイリス王女は別で運ばれるだろうということもだ。

(でもいくら竜を使えても、兵が圧倒《あっとう》的に足らない。偽天剣《にせてんけん》にかなう術《すべ》もない)

時間勝負だ。

「いいですか、俺達の目的は皇帝《こうてい》の身柄《みがら》の確保です！ 勝っているのは機動力だけ、帝都から応援《おうえん》がきたら押し負ける」

ハディスを護送するルートの候補をいくつかあげ、ここまで導いたロレンスが叫《さけ》ぶ。

「リステアード殿下の騎《き》士《し》団は旋回《せんかい》してできるだけ兵を引きつけてください。俺達は皇帝の奪《だっ》取《しゅ》へ向かいます。あとは各自、健闘《けんとう》を祈《いの》ります！」

その叫びを最後に、下から矢が飛んできた。だが、リステアードの騎士団はさすがだ。ブリュンヒルデを含《ふく》むどの竜も身をひねり、撃《う》ち落とされぬように火を吐《は》き、旋回する。

護送団に真っ先に追いついたジルは、眼下を見て黒竜に指示を出す。

「あのいちばん大きい馬車だ、黒竜《こくりゅう》！」

「了解《りょうかい》した！」

炎《ほのお》を吐いて兵を蹴散《けち》らした黒竜が、まっすぐに大きな馬車へと向かう。

そこへ、あろうことか馬車の屋根を蹴って飛んできた人物がいた。

「エリンツィア殿下っ……！」

「叔父上は死んだと言っていたが、私はなんとなく生きていると思っていたよ、ジル」

ぶつかった剣の勢いに押されて、地上に降り立った黒竜の背中から転がり落ちる。

「わたしはいい、その馬車ごと陛下をつれて逃げろ！」

「持って飛ぶのは無理だ、この鉄箱自体に強力な竜殺しの魔術がかかっている！　女神の国のものだろうが……ッ箱ごと破壊《はかい》するしかない、時間がかかるぞ！」

「カミラさん、ジークさん！　俺達は黒竜の護衛です！　兵を近づけさせないで！」

ロレンスがすぐさま的確な指示を飛ばしてくれる。だがエリンツィアに焦《あせ》った様子はなかった。ジルは冷静に、エリンツィアから距離《きょり》を取って着地し、抜《ぬ》いた剣を向ける。

もちろん魔力は万全《ばんぜん》ではない。黒竜と戦った傷もまだ癒《い》えてない。それでも。

「――そこをどいてください、エリンツィア殿下」

「どくわけにはいかない。……私の家族、私の弟妹《ていまい》たちのために」

眉《まゆ》をひそめたジルに、エリンツィアは綺麗《きれい》に笑う。

つい見惚《みと》れたその一瞬《いっしゅん》、ものすごい速度で真正面から剣戟《けんげき》が撃ち込まれた。

「魔力が封《ふう》じられていて、これを受け止めるか。確かに君は、危険人物のようだ」

がんと下から振《ふ》り上げられた二撃目で、剣の刃身《はしん》が欠けた。距離を取ろうとしてもすぐ詰《つ》められる。突《つ》き出されたエリンツィアの剣先《けんさき》をよけると、頰《ほお》に朱《しゅ》が走った。

（強い！）

なめていたわけではないが、直接剣をかわしたことがなかったせいで目算を誤った。魔力がまだ半分も戻《もど》ってきていない今の状態で、どこまで太刀《たち》打ちできるか。

「引くんだ、ジル。引けば追いはしない！　ハディスの命は私が助けてみせる！」

「それならどうして裏切った！」

勝手な言い分に腹が立って、鍔《つば》迫《ぜ》り合いをしたまま怒《ど》鳴《な》りつける。押されていても気合いで負けるつもりはない。引く気もない。

「陛下を助けたいなら、なぜ、陛下の味方をしない！」

押しているはずのエリンツィアが傷つけられたように顔をゆがめた。だが力はゆるまず、弾き飛ばされたジルは岩に激突《げきとつ》して沈《しず》む。そこにまっすぐ剣先が向かってきた。目をそらさないジルの前で、その剣先が弾かれた。

「僕にも話を聞かせていただこう、姉上」

両先端《せんたん》に穂先《ほさき》が光る槍《やり》を回転させて、リステアードがかまえる。エリンツィアが剣を少しさげた。


「……ッ！」

「リステアード……」

「なぜハディスを裏切った。あなたが最初から味方ではなかったのは理解している。だが、情の深い方だ。半分でも血のつながった兄弟を、家族を、見捨てられない方だ。だからこそ僕はあなたを信頼《しんらい》し、味方にすべきだと考えた。……それが間違いだったと思いたくない」

いや、とひとこと言い置いてリステアードは叫ぶ。

「今でも間違いだと思っていない！」

対するエリンツィアは冷静だった。一呼吸置いて、姿勢を正す。

「だったらリステアード、お前も私につけ」

「僕はハディスを皇帝だと認めた！　それに背《そむ》くのは僕の生き方に背くことだ！」

「妹の命がかかっていてもか⁉」

エリンツィアの叫びに、リステアードがまなじりを決し、怒鳴り返した。

「見損《みそこ》なったぞ、姉上！　それは言ってはならない脅《おど》しだ！」

「ちがっ……」

否定しようとしたエリンツィアが最初に気づいた。ジルが動くより先に、リステアードとジルを抱《かか》えて地面に伏《ふ》せさせる。その上を、ものすごい魔力が奔《はし》っていった。

「何をもたついている、エリンツィア」

「叔父上《おじうえ》……」

重たい鎧《よろい》の音を鳴らして、ゲオルグが偽物《にせもの》の天剣を振るう。

その背後、遠くに軍旗が見える。ずらりと並んでこちらへ向かってくるのは、帝国軍《ていこく》だ。

（くそ、陛下は――ロレンスたちはまだか!?　足止めは!?）

リステアードの部下達も遠くで囲まれている。竜達も攻撃しあぐねているようで、膠着状《こうちやくじよう》態《たい》に陥《おちい》っているのが見て取れた。

起き上がったエリンツィアが焦ったようにゲオルグに叫ぶ。

「ここは私にまかせて叔父上はお待ちください、リステアードは私が説得します！」

「どう見ても、説得されるような顔ではないが」

「叔父上、ちょうどいい。お優《やさ》しい姉上では話にならない」

かばおうとするエリンツィアの肩《かた》を押しのけ、リステアードが立ち上がり前に出る。

「ハディスは竜帝《りゆうてい》だ。それは覆《くつがえ》しようがない。姉上に何を吹《ふ》きこんだか知らないが、こんな無益な争いはやめてもらいたい！」

「ハディスが皇帝にふさわしいと？」

「罪もない村に焼き討《う》ちなどしかけるあなたよりはましだ！」

「しかたなかった」

平然と放たれたそのひとことに、ジルは地面に指を食い込ませる。

エリンツィアは唇《くちびる》を噛《か》み、リステアードは激昂《げきこう》した。

「ラーヴェ皇族とは思えぬその言い様！　叔父上、断言する。あなたはラーヴェ皇族にすらふさわしくない！」

「リステアード！」

エリンツィアの制止を振り切って、リステアードがゲオルグに飛びかかる。だが偽物の天剣の一撃《いちげき》に、吹き飛ばされて戻ってきた。

「リステアード殿下、大丈夫《だいじょうぶ》ですか⁉」

「くそ、あの天剣、本当に偽物なのか……⁉」

「偽物です。でも、威力《いりょく》は本物ですから、無理をしてはだめです……！」

女神《めがみ》の聖槍でできているのであれば、威力は神器並みだ。決して侮《あなど》れない。

エリンツィアが再度ジルとリステアードの前に立ち、声を張り上げる。

「叔父上！　私が説得します、ですからこの場は私におまかせを」

「お前は甘い、エリンツィア。ハディスの護送が遅《おく》れたのも、お前の悪知恵《わるぢえ》だろう。途中《とちゅう》で逃《に》がそうとでも考えたか？　本来ならとっくに帝都に到着《とうちゃく》しているはずなのに、敵から奇襲《きしゅう》を受けてこのザマだ」

「それは……」

「リステアード。お前は先ほど、私はラーヴェ皇族にふさわしくないと言ったな。では、お前はどうだ？　お前は本当に、ラーヴェ皇族なのか」

一歩前に出たゲオルグに、リステアードが眉をひそめる。

「仰《おっしゃ》ることの意味がわかりませんが」

「エリンツィアでさえ知らなかったことだ。お前が知らぬのも無理はない。……ハディスの母親について」

「まさか今更《いまさら》、平民で踊《おど》り子だったからハディスが皇帝《こうてい》にふさわしくないとでも？」

「あの女はな、ヴィッセルを生んだあと、護衛だった男と恋仲《こいなか》になっていた。皇帝――兄上の渡《わた》りがないのをいいことにだ。頭も悪かったのだろう。それがこんな事態を招いた」

何が言いたいのだろう。

突然《とつぜん》始まったわけのわからない話に、リステアードだけではなくジルもまばたく。エリンツィアが青い顔で叫んだ。

「叔父上！　リステアードに聞かせなくとも」

「いいや、知っておくべきだ。これはラーヴェ皇族全体の危機なのだから」

「……どういう、ことですか。あなたは何が言いたい！」

「ハディスは兄上の子ではない」

それは息が止まるような瞬間《しゅんかん》だった。

どこかゆがんだ目で、焦点《しょうてん》の合わない瞳《ひとみ》で、ゲオルグが笑う。

「わかるか、リステアード。その意味が」

ゆっくりジルは唾《つば》を飲みこんだ。ゲオルグの発言が意味することと一緒《いっしょ》に。

(陛下は竜帝だ。間違《まちが》いなくラーヴェ皇族だ。なのに陛下は、前皇帝の子どもじゃない。つまり……今のラーヴェ皇族、は……)

ジルより早くその事実に行き着いたリステアードの膝《ひざ》が崩《くず》れ落ちる。エリンツィアは拳《こぶし》を握《にぎ》ったままこらえるように両目を閉じていた。

「我々はハディスを皇帝とは認めることはできない」

ラーヴェ皇族とされている自分達とまったく血のつながらない、竜帝。それを認めることはすなわち――。

「奴《やつ》だけは竜帝であってはならなかったのだ」

今のラーヴェ皇族が、竜神《りゅうじん》ラーヴェの末裔《まつえい》ではないと認めることと同義なのだ。

クレイトス王国は女神クレイトスの末裔が、ラーヴェ帝国は竜神ラーヴェの末裔がそれぞれおさめている。それを疑う者など、この大陸にいない。

さすがにジルも、深呼吸を繰《く》り返さねばならなかった。

そしてどうして、ジルが知る未来でハディスがラーヴェ皇族に受け入れられなかったかを理解した。

(泥沼《どろぬま》の身内争いの本当の原因は、これか……!)

ハディスが皇帝であり、竜帝であるという事実は、今のラーヴェ皇族の正統性と存在意義を失うこととなのだ。

「……いつから、ですか。いつから、そんな」

「さてな。一番あり得るのは、天剣《てんけん》を失った三百年前ではないか」

既《すで》に受け入れているのか、淡々《たんたん》とゲオルグが答えた。リステアードは地面に両手をつき、震《ふる》えている。人一倍、ラーヴェ皇族であることを誇《ほこ》りにしていたリステアードだ。その衝撃《しょうげき》ははかりしれない。

「そんな、では、もう、何百年も……僕達は、民《たみ》を、だまして」

「黙《だま》れリステアード！　我々はラーヴェ皇族だ。そうでなくてはならぬ」

「だが、それでは……！」

「なら貴様のみ、その首を民にさらせ。前皇帝と血のつながらない、不貞《ふてい》の子としてな」

リステアードが喉《のど》を鳴らした。皇族だと僭称《せんしょう》したなら、当然の展開だ。ジルは唇を噛む。

血統が正しいから、民は従う。本人たちの思惑など関係ない。疑いがあるだけで争いの火種になる。ハディスという真に正しい血統が存在する今、絶対に。

「理由はわかっただろう、リステアード。わかったら、そこの小娘《こむすめ》を捕《と》らえよ」

びくりとゆれるリステアードの肩を見た。ジルは拳を握る。

せかすようにゲオルグが叫《さけ》んだ。

「リステアード！　お前の兄は無駄《むだ》死にしたと笑われたいのか。お前の兄は皇太子として立派に死んだ、そうだろう！」

リステアードの五本の指が、地面をえぐる。土をつかむその拳を、ジルは祈《いの》るように見ていた。どうしようもないのだろうか。

結局、ハディスはラーヴェ皇族と称されていた者を、全部殺して回るしか。

「──兄上は……立派な、皇太子だった。腑抜《ふぬ》け共が皇位継承《けいしょう》権を放棄《ほうき》して逃げ出す中、死ぬのを覚悟《かくご》で、皇太子になった。それがラーヴェ皇族として生まれた自分の役割だと」

「そうだ、ならば皇太子として名誉《めいよ》を守るのが、お前の──」

「兄上なら、俺にこのまま血統を偽れとは、言わない……っ皇族であればこそ！」

血のにじむようなゆがんだ顔で、リステアードが叫ぶ。エリンツィアが、気圧《けお》されたようにあとずさった。

「公開すべきだ！　そして民の、皇帝の裁断をあおぐべきだ！　僕達の存在が過ちならば、それを正すために!!」

「ではお前は、処刑台《しょけいだい》に妹を送る覚悟《かくご》があるのだな」

泣き出しそうな顔でリステアードが返答に詰《つ》まったあと、拳を地面に叩《たた》きつける。

エリンツィアがそっとその肩《かた》を抱《だ》いた。

「わかっただろう、リステアード。……ハディスはまだ知らない。だから今ならまだ、大きな争いを起こさず、ハディスの命も守れる。……私達が、呑《の》み込みさえすれば」

エリンツィアの裏切りの理由もわかった。彼女はこの話をゲオルグから聞かされて、何も知らない弟と妹を守る方法を変えたのだ。

（でも、それじゃあ、あんまりだ……）

震えて地面にうずくまるリステアードも、その肩を抱くエリンツィアも、犠牲《ぎせい》に選ばれたハディスも、誰《だれ》も──救われない。

「あれが死ねばすむだけの話だ。……お前たちが動けぬのであればしかたない」

ゲオルグの視線がジルに向いた。顔をあげたジルは、魔力《まりょく》を帯び始めた天剣に身構える。

「ひとまず竜妃《りゅうひ》だなどと偽るその娘《むすめ》は殺しておかねばなるまい」

「待て！　もしそれが争いの理由なら、陛下と話し合えばいいだろう⁉」

「皇族を呪《のろ》い殺す奴と何を話し合う。あの小僧《こぞう》は害悪！　これが結論だ。ラーヴェ帝国《ていこく》をゆるがす、許されない存在。そもそも生まれてきてはならなかったのだ‼」

「そんな言い方……っ！」

「あれさえ生まれてこなければ、誰も不幸にならなかっ――」

脅《おび》えたように、偽物《にせもの》の天剣を振《ふ》りかざすゲオルグが唐突《とうとつ》に動きを止めた。

その原因を背中で感じて、ジルは振り返る。

最悪だ、と思った。

「へい、か……」

「……面白《おもしろ》い話だったよ。まさかの真実にラーヴェもびっくりだ」

黒竜《こくりゅう》が檻《おり》を壊《こわ》したらしい。たったひとり、ハディスがさわやかに笑いながら一歩一歩、こちらへ歩いてくる。

「よく、わかった。……本当に、よく、わかった」

その笑顔《えがお》は不気味なほどすがすがしい。

「確かに話し合う余地はない。生殺与奪《よだつ》権を握《にぎ》っているのは僕なんだから」

リステアードとエリンツィアが青ざめる。ゲオルグだけが唇《くちびる》を引き結び直した。

「これでも僕にはあったんだ。幸せ家族計画っていってね。呪われてるなんて言われてもいつかきっと、わかり合えるって」

「ハディス、私は」

「黙れ裏切り者」

鋭《するど》い目を向けられて、エリンツィアがすくみあがる。それをハディスは嘲笑《あざわら》った。

「ここにいる全員が、薄汚《うすぎたな》い反逆者じゃないか」

「竜帝を騙《かた》る不届き者め、今ここで処刑してやる！」

ゲオルグが握った剣が爆風《ばくふう》と一緒に魔力を放つ。だが顔をあげたハディスの目の前で、それは爆散した。ゲオルグが、あとずさる。

「お前、魔力は……封《ふう》じられているはずだろう……」

「ああ。女神《めがみ》はこの状況《じょうきょう》が楽しいんじゃないかな。僕も笑いが止まらない」

咄嗟《とっさ》にジルは壁《かべ》と白亜《はくあ》の尖塔《せんとう》だけが見える背後を見た。フェイリス王女は別の道から既に帝都入りしていると聞いている。

（魔力封じの効力を操《あやつ》っているのか、まさか……偽の天剣を通じて？）

口元をわななかせたゲオルグが、唸《うな》る。

「我々を散々苦しめ、今なお嘲笑うか。この、化け物めが……！」

「僕が化け物なら、お前らはなんだ」

物騒《ぶっそう》に光る金色の目が嗤《わら》いながら、怒《いか》りと殺意でゆがんでいた。

どこでもない場所を見ている。きっとジルのことも見えていない。

「処刑？　笑わせる。処刑されるのは、僕じゃない。お前らに決まっている！」

ものすごい魔力がハディスの足元から噴《ふ》き上がった。その鬼気迫《ききせま》るものに気圧されて身震《みぶる》いが全員に走る。激震《げきしん》が走り、地面がひび割れる。

このままでは女神の思うつぼだ。ジルはゆれる地面を蹴《け》った。嗤い損ねた泣き顔をゆがめている、焦点の合わない金色の目に自分をうつすために。

「陛下、だめです！」

全身でぶつかるようにハディスの腰《こし》に抱きついた。だがハディスは吼《ほ》え続ける。

嗤いながら、目元に何かを光らせながら。

「僕が何をした！　僕が何をしたんだ⁉　そしてお前たちは僕に何をした⁉　勝手に遠ざけ、呪いだなんだと都合の悪いことだけ僕のせいにする！」

「陛下だめです、こっちを見てください！　わたしを――!!」

「生まれてこなければよかったのはお前らのほうじゃないか！　僕じゃない！」

怒りで放出される稲光《いなびかり》のような魔力に、そこから巻きおこる風圧に、弾《はじ》き飛ばされそうになった。止めるには魔力が足りない。だが踏《ふ》ん張った。

（しっかりしろ、女神の魔力封じがどうした！　そんなもの折れ！）

愛で負けてたまるか。

歯を食いしばって、絶望に進もうとする体を押し返す。全身が焼けるように熱い。でもそらさず、その顔を見あげた。

「殺してやる、全員だ」

虐殺《ぎゃくさつ》を命じたときと同じ、愉悦《ゆえつ》と絶望にゆがんだ顔を。

「生まれたことを後悔《こうかい》させてやる、僕がそうされたように！」

「――わたしが陛下の子どもを十人、産みます!!」

ハディスの周囲に走っていた魔力が、いきなり止まった。

しん、と恐怖《きょうふ》で染まっていた空気が静まる。

「…………。…………は？　今、なんて？」

真っ先にハディスが冷たい反応を返した。その腰に両腕《りょううで》を回したまま、ジルはもう一度叫ぶ。

「わたしが、陛下の子どもを産みます！　十人！」

金色の目がジルをやっとうつした。その勢いでまくしたてる。

「まかせてください、うちは多産の家系ですから！　わたしも七人兄弟ですし、姉ももう三人子ども産んでます！」

「……。ジル、なんの話かよく……」

「そしたら、リステアード殿下《でんか》に娘を嫁《とつ》がせましょう！　それで義理の息子《むすこ》です！」

「――は!?　ちょっと待て、それは何歳差だ!?」

衝撃的《しょうげき》すぎたのか、リステアードが間抜《まぬ》けなことを叫ぶ。ジルはかまわず、次にエリンツィア殿下は義理の娘です！」

「そして息子と結婚《けっこん》してもらえば、エリンツィア殿下は義理の娘です！」

「わっ……私もなのか⁉　何年後の話だ⁉」

「みんなそれで、家族です！」

ハディスが見開きっぱなしだった金色の目をまばたいた。ジルは胸を張る。

「どうですか、完璧《かんぺき》でしょう！　幸せ家族計画です、陛下とわたしの！」

だからどうか、諦《あきら》めないでくれ。力が抜《ぬ》けたハディスの体に顔を埋《うず》めて願う。

「……わたしだって血がつながってませんよ、陛下。でも家族になれます」

血統の正統性は国をゆるがす問題だ。軽視できないことはジルにだってわかっている。

でも、エリンツィアもリステアードもいい姉と兄だった。

だったら、ハディスの姉と兄として、ラーヴェ皇族を名乗ったっていいではないか。

(道はある。わかってるはずなんだ、陛下だって)

ゲオルグの言い様から察するに、ヴィッセルとも半分しか血がつながっていない。

だからひとりぼっちだと知って、血のつながりという言い訳もなくして、悲しくて怒《おこ》っただけ。ちゃんと冷静に考えれば、わかるはずなのだ。

「竜帝《りゅうてい》よ。……赤竜二頭が、赦免《しゃめん》を求めている」

すべて聞いていたのだろう。空からカミラとジークとロレンスをつれた黒竜が、ハディスのうしろに降り立った。

「我からも証言しよう。そこの皇女は、竜妃を守ろうとした。そこの皇子は、竜帝を助けるためこの隊列に加わった。そこに偽《いつわ》りがあれば、赤竜達は協力などせぬ」

「……」

「そも、大昔のラーヴェ皇族から分岐《ぶんき》した三公の血を引いている者達も皇族には多い。ならば、皇女と皇子は、ラーヴェ皇族たる資質は十分にそなわっていると、我は考える」

「……ラーヴェ。お前はどうだ」

ハディスの問いかけに、エリンツィアやリステアードだけでなく、黒竜ですら緊張《きんちょう》を走らせた。だが、ラーヴェなら、先ほどのハディスを止めようとするはずだ。

「かまわないか。……そうか」

ハディスにとっても想像どおりの返答だったのだろう。嘆息《たんそく》と一緒《いっしょ》に、ハディスがジルの前にしゃがんだ。いや、ひざまずいた。

「十人？」

いたずらっぽく尋《たず》ねる目は、笑いながら諦めと不安にゆれている。だから、手を伸《の》ばしてその頭をなでた。

「もっとでもいいですよ。わたしはたくさんがいいし、陛下はさみしがり屋だし」

「そうか。……きっと子どもも、遊んでくれる伯父《おじ》や伯母《おば》がいたほうが喜ぶだろうな」

それはリステアードやエリンツィアを姉兄《きょうだい》として認める言葉だ。ぱっと顔を輝《かがや》かせると、ひょいと抱《だ》きあげられた。

「魔力《まりょく》もろくに使えないのに、僕を止めようとするなんて、無茶をする」

「陛下が大人げなく怒《おこ》るからですよ」

「そうだな。……でもすごいな、君は。あと二、三ヶ月はかかると思ってたけど」

何もない右手を、ハディスが振《ふ》った。当たり前のように、天剣《てんけん》が現れる。

『よー、嬢《じょう》ちゃん！　おひさ』

「ラーヴェ様！」

「女神の魔力封じがゆるんだ。──叔父上。いや、反逆者ゲオルグ」

呆然《ぼうぜん》としているゲオルグにきらきら輝く天剣を突《つ》きつけて、ハディスが宣言する。

「僕の姉と兄をたぶらかし、竜帝を名乗った罪を償《つぐな》ってもらう。投降するなら、ラーヴェ皇族として処刑《しょけい》してやる。その偽物《にせもの》を持ち続けるより、ましな死に方ができるはずだ」

「ど……どういう、意味だ……」

「竜帝を名乗るだけならまだしも、天剣を偽る。それは竜神《りゅうじん》の怒りを買う行為《こうい》だ。お前、そう遠くないうちに竜神の呪いで全身を腐《くさ》らせて死ぬよ」

だから放《ほう》っておけばいいとハディスは言っていたのか。

青から赤に顔色を忙《いそが》しく変えて、ゲオルグが首を横に振る。

「いや、でも。それでもだ。お前を信じるなど、お前だけは……消しておかねば。もう一度魔力を封じて、その時間だけあればいい！」

眉《まゆ》をひそめたハディスの前に、リステアードが出た。

「叔父上、もうやめるんだ！　ハディスは僕らを、ラーヴェ皇族として認めようとしてくれているのに、その厚意《こうい》を――」

「どこにそんな証拠《しょうこ》がある！　この先、こいつが裏切らない保証がどこにある！」

怒鳴《どな》られたリステアードが顔をしかめる。

「……私は信じます、叔父上。いえ、信じるべきだ」

静かに立ちあがったのはエリンツィアだった。

「自分達のことばかり考えて、先に保身に走ったのは私達です。それを赦《ゆる》すハディスは、立派な皇帝《こうてい》です。今の私達に必要なのは、それを信じる強さだ」

「そんな甘い考えで何が守れる!!　この――こ、の……っ!?」

突然《とつぜん》ゲオルグが口元を押さえた。ぎょろりとその目があり得ない方向に動き、自分が持ちあげたままの偽物の天剣を見る。

そこからものすごい勢いで右腕《みぎうで》が膨《ふく》れ上がっていった。

「なんっ……」

変化は一瞬《いっしゅん》だった。右腕が分厚い鎧《よろい》からはみ出る。肩《かた》、首、全身が膨張《ぼうちょう》と破裂《はれつ》を繰《く》り返し、鎧を弾き飛ばした。皮膚《ひふ》が黒ずみ、体積を増していく。足も手も、頭もおぞましい肉の塊《かたまり》に埋もれては、分裂《ぶんれつ》を繰り返す。

「私たチは、排除《はいじょ》、セねばならナイ……竜帝ヲ、デナケレバ。殺さレル」

どんどん大きくなっているゲオルグの影《かげ》に飲まれながら、ジルは叫《さけ》ぶ。

「陛下、これがラーヴェ様の呪いなんですか⁉」

「違《ちが》う。あの偽物の天剣が、叔父上を喰《く》ってるんだ」

「娘《むすめ》モ、兄モ、家族ガ、甥《おい》モ姪《めい》モ皆《みな》、竜帝の裁キを、受ケテ、シマウ」

リステアードとエリンツィアが息を呑《の》んで、変化し続ける叔父だったものを見つめている。

「助ケ、ねバ。救わ、ネバ」

「叔父上……叔父上、もういい！　その偽物を放してくれ！　叔父上が案じるような未来はこさせない！」

「――たとえ、後世に愚《おろ》か者とそしられようとも」

偽物の天剣がゲオルグだった肉の塊に沈《しず》んでいく。手足が生え直し、四つん這《ば》いになった背中から青い翼《つばさ》が飛び出た。

それは、竜《りゅう》もどきの、異形の化け物だ。

「ワタシが守る、守るマモルマモル壊セ殺セ皆殺シだ、我ハ竜神ノ末裔《まつえい》！　女神《めがみ》ト戦ウ者！」

ひとつだけの目から血の涙《なみだ》が零《こぼ》れる。斜《なな》めにさけた口が悲鳴に似た奇声《きせい》をあげた。

衝撃波《しょうげきは》になったその声に両耳を塞《ふさ》ぐ。黒竜が炎《ほのお》を吐《は》いたが、ゲオルグだった化け物は翼を動かして空に逃《に》げた。そしてまっすぐに、ものすごい速度で帝都《ていと》へと向かって飛んでいく。

突然現れた化け物の姿に、こちらへ向かっていた軍から悲鳴があがるのが聞こえた。

「まさか帝都を攻撃《こうげき》するつもりか⁉　ローザ！」

「ブリュンヒルデ、こい！　叔父上を止めるぞ。姉上はあっちの兵をまとめてください！」

エリンツィアとリステアードが竜を呼んで飛び乗る。ジルも叫んだ。

「ロレンス、カミラ、ジーク！　帝都の住民の避難誘導《ひなんゆうどう》をしろ！　陛下は――陛下？」

ゆっくりと地面におろされて、ジルはまばたいた。

緊迫《きんぱく》したこの状況《じょうきょう》に不似合いな優《やさ》しさで、頬《ほお》を大きな手でなでられる。

「いってくる。黒竜、竜妃《りゅうひ》をまかせた」

「請《う》け負った」

「ラーヴェ、いくぞ」

『あいよー』

陛下、と呼ぼうとしたときにはもうハディスは地面を蹴《け》っていた。

まっすぐ帝都に向かう化け物に追いつく勢いで飛んでいくハディスに、慌《あわ》ててジルも黒竜に乗せてもらい追いかける。

化け物になったゲオルグが先ほどと同じ、口から出る音波で帝都の魔法障壁《まほうしょうへき》と城壁を一撃《いちげき》で破壊《はかい》した。帝都の空に悲鳴があがり、怒号《どごう》と爆発《ばくはつ》音、建物が崩落《ほうらく》する煙《けむり》があがる。鳴り響《ひび》く鐘《かね》の音は、敵襲《てきしゅう》の合図か。

だが化け物を追い抜《ぬ》いた皇帝が、帝都の上空で立ちはだかる。

その手に持つのは天剣。白銀にきらめく、竜帝の持ち物。

苛立《いらだ》ったように悲鳴じみた魔力を吐き出す化け物を前にして、いっそう美しく輝く。

「ここまでだ、叔父上。あなたは立派だ。この僕から、家族を、国を守ろうとした」

慈悲《じひ》と憐《あわ》れみをもって、竜帝の天剣の切っ先が化け物へと向かう。

「だから、これは手向《たむ》けだ」

空をふたつにわるような、一閃《いっせん》が奔《はし》った。ものすごい魔力が爆音《ばくおん》と爆風を立てて、帝都の空が白銀にそまる。雲も煙も醜《みにく》い化け物もすべて、浄化《じょうか》していく。

「心配しなくていい。僕はきっと――」

ハディスがなんと言ったのか、ジルには聞こえなかった。けれど、昼間だというのに星屑《ほしくず》のように輝く白銀の魔力を見て、微笑《ほほえ》む。

あれを見て、誰《だれ》が疑うだろう。

彼こそが、この帝国《ていこく》を守る皇帝。竜神の加護を受けた、竜帝なのだ。

終章

「だぁからお前はっなんでそうなんだ！　背筋を伸ばして！　しゃんとしろ！」

「痛い痛い痛い、そんなに頭を押さえて僕の背が縮んだらどうするんだ⁉」

「縮むわけがないだろう、馬鹿《ばか》が！」

「リステアード、やりすぎるな。せっかく整えたハディスの髪《かみ》がまたはねる」

「姉上、リステアードにもっと言ってくれ」

「お前はいい加減僕を呼び捨てるのをやめろ、兄上と呼べ！」

午後から帝都《ていと》凱旋《がいせん》パレードだというのに午前中から大騒《おおさわ》ぎしている三人を、帝城のやたら豪《ごう》華《か》な控《ひか》えの間の隅《すみ》からジルは眺《なが》めていた。カミラとジークも同じく、壁際《かべぎわ》に立って苦笑いを浮《う》かべている。

「よかったわねえ、あの三人。仲良しのままでいられて」

「まだ表面上だけだろうがな。無理してる感がすごい」

「いいんですよ、形から入ってくものです」

椅子《いす》に座って足をぶらぶらさせているジルは、パレードに参加しない。ハディスは一緒《いっしょ》がいいとわめいたが、物事には順序があるとリステアードに説教され、エリンツィアに悪いようにはしないと諭《さと》されて、ハディスの婚約者《こんやく》として発表されるのは後回しになった。

突然の偽帝騒ぎ《ぎていさわ》で国が分裂しかけ、しかも帝都が化け物に襲撃《しゅうげき》されたのだ。まずは皇帝の帰還《きかん》とラーヴェ皇族の結束を見せ帝民を安心させるのが先だというのは、理にかなっている。

「でもジルちゃん、なんか不満そうね。パレード、出たかった？」

「だってわたしが出ないほうがいい理由が、背が小さくて見えないからですよ……かといって陛下に抱《だ》きあげられてパレードもかっこ悪いし……」

早く身長が伸《の》びて欲しい。記憶《きおく》どおりなら、もうそろそろ成長期が始まる頃《ころ》なのだが。

「しかも晩餐会《ばんさんかい》も出られないから、ご馳走《ちそう》も食べられないんです！」

「ふてくされてる一番の理由はそれだろう、隊長」

「ま、我慢《がまん》しなさいな。あの三人以外の皇族も出ないんでしょう？　そんな場所に小さな女の子がひとり、料理を片っ端《ぱし》から持っていったら目立って護衛が大変よ」

おどけたカミラに、ジルが座る椅子の横にしゃがみこんでいるジークも同意した。

「むしろ隊長が不参加でありがたい。俺は晩餐会とか苦手だからな」

「……あの子だったら得意そうだったけどねえ……」

あの子というのがロレンスのことだとわかったが、ジルは答えず足元に目を落とした。

化け物になったゲオルグを一閃で切り捨てたあと、リステアードやエリンツィアと一緒にハディスは皇帝《こうてい》として堂々と帝都に凱旋《がいせん》した。突然現れた化け物から帝都を救った英雄《えいゆう》だと言わんばかりに、帝民は歓声《かんせい》をあげてこれを受け入れた。

　だが、それに反して帝城はひっそりとしたものだった。貴族や官僚《かんりょう》といった面々は里帰りと称《しょう》して大半が逃げ出しており、残っているのは帰る先がない者たちばかり。ゲオルグに従った帝国軍も、将軍を筆頭に兵の大半が行方《ゆくえ》不明だ。

　帝城にいる皇族の無事は確認《かくにん》されたが、軟禁《なんきん》生活がこたえたのか、それともハディスをさけているのか、そろって療養《りょうよう》中だそうだ。一番ジルが警戒《けいかい》していた実兄《じっけい》のヴィッセルなど、例の援軍《えんぐん》の派遣《はけん》でゲオルグの不信を買い、婚約者のいるフェアラート公爵領《こうしゃくりょう》に強制送還《そうかん》されて帝城にはいないという有様で、拍子抜《ひょうしぬ》けしてしまった。

（不信を買ったなんて、どこまで本当かあやしいが）

　囚《とら》われの身でもほぼ賓客扱《ひんきゃくあつか》いだったフェイリス王女が無事なのは僥倖《ぎょうこう》だった。ノイトラールから帝都までの旅路がたたり体調がすぐれないらしく、ほんの数分の挨拶《あいさつ》になったが、ハディスの生還《せいかん》を心から祝福しているように見えた。

　つまり、どいつもこいつも全力でうさんくさい。

　なお、すぐさまクレイトスから丁重《ていちょう》なお迎《むか》えがきて、フェイリス王女の帰還が決まった。彼女を疑う手間はただの無駄《むだ》なので、何も言わず見送ることにした。ロレンスは当然それに付き添《そ》って帝都を出て行った。

（……今頃《いまごろ》、ベイルブルグから出る頃か？　ジェラルド様が迎えにきてるんだったか……）

　きちんとジェラルドはラキア山脈から生還していたらしい。

　黒竜は、見張りがわりにフェイリス王女一行を見送り、そのまま竜の巣を見てくると飛び去っていった。そちらから特に連絡《れんらく》がないということは、何もなくラーヴェ帝国から出て行ってくれるのだろう——ひとまずは。

ちらと視線を戻《もど》すと、まだハディスはリステアードに怒《おこ》られていた。エリンツィアは苦笑い気味だ。一見微笑ましいが、はしゃぎすぎである。

ジークの指摘《してき》どおり、なんとかこの形を保とうとしているのだろう。

前皇帝が竜神《りゅうじん》ラーヴェの末裔といえないことについては、本日の凱旋パレードの演説でハディスの口から公表することになった。皇族と三公の古くから続く婚姻《こんいん》関係を盾《たて》にラーヴェ皇族は今の形で維持《いじ》されるが、反発も起こるだろう。それこそ、我こそ正しきラーヴェ皇族だと名乗りをあげる輩《やから》が出てくるかもしれない。ジルが知っているこの先のように、クレイトス王国に担《かつ》ぎあげられて——だが、それも覚悟《かくご》の上の選択《せんたく》だ。

ぴょんと椅子から飛び降りた。

ジルもハディスも魔力《まりょく》が戻りきっていない。だがハディスが天剣《てんけん》だけは出せるようになったからなのか、ラーヴェの姿は見えるようになっていた。あの蛇《へび》っぽい竜神姿を長く維持するのはまだ無理らしいが、今もハディスの肩《かた》の上で、ハディスたちのじゃれ合いを何やら嬉《うれ》しそうに眺《なが》めている。

ラーヴェの姿はリステアードやエリンツィアには見えない。だが、たとえ話に加われずともこの光景を一番喜んでいるのはラーヴェだろうと思いながら、ジルは三人に近づく。

真っ先にハディスが気づいて、訴《うった》えた。

「ジル、さっきからリステアードがひどい！」

「だから呼び捨てをやめろと……！」

「無理強《むりじ》いするものじゃないだろう、リステアード。私達はそんなことを言えた立場では」

「そうやって遠慮《えんりょ》するのは違《ちが》うでしょう！　何せ僕らは黒竜《こくりゅう》と竜神直々に認められたラーヴェ皇族なのだから！」

胸を張ったリステアードに、ハディスが嫌《いや》な顔をし、エリンツィアが頬《ほお》を引きつらせる。

『うっわあ、立ち直りはええなあこいつ……』

さすがのラーヴェも呆《あき》れている。らしくはあるのだが、ジルも苦笑いを浮かべてしまう。

「大体、姉上はそういって優《やさ》しさと無責任を混同するのがよくない！」

「そ、そうだな、すまない」

「いいですか、腫《は》れ物にさわるような扱《あつか》いがいちばん腹が立つのです！　本当に兄姉《きょうだい》だというなら、他《ほか》の弟妹《ていまい》と同じようにこいつを扱うべきだ！　竜帝《りゅうてい》だなんだと、何を恐《おそ》れることがあるのですか――僕らだけでも、おそれてはならないんだ」

最後の静かなひとことに、エリンツィアが曖昧《あいまい》な笑《え》みを消した。そして染《し》み入るような声で答える。

「そうか。そうだな」

「ですって、陛下」

『こりゃあ、一本とられたな。ハディス』

呆然《ぼうぜん》としていたハディスがはっと姿勢を正したあと、両肩《りょうかた》を落とした。

「それでこんなにうるさくてしつこいなんて……」

「何か言ったかハディス」

「たった二ヶ月しか違わないのに、えらそうなんだ。──リステアード兄上は」

目を丸くしたリステアードに、これでいいかとばかりにハディスがそっぽを向く。ちょっと頬が赤くなっていて、可愛《かわい》い。

「……。ふ、ふふふ。よぉし、僕を兄と認めたなハディス！　つまりお前より僕が上！」

「リステアード……いい話だったのに、お前のそういうところがよくない……」

「何を言うか姉上！　さあもう一度言ってみろハディス、僕を兄上と！」

「嫌だ」

「そういうのしつこく言わせるあたりそっくりですね、陛下とリステアード殿下《でんか》って」

ジルの評価に衝撃《しょうげき》を受けたふたりのかたわらで、エリンツィアがてらいなく笑う。その笑顔にもう嘘《うそ》も暗い影《かげ》もない。

「言えている。鋭《するど》いな、ジルは」

「エリンツィア殿下、今日は陛下をお願いしますね」

「まかされた。君は欠席だものな。残念だが、その身長ではパレードの馬車の上では見えないだろうからなあ……」

「しょうがないです。十一歳になったので、そろそろ背が伸びてもいいはずなんですが……」

部屋中の人間と竜神が、雷《かみなり》に打たれたように固まった。ぱちりとジルはまばたく。

「どうしました？」

「……ジ、ジル……君、今、十歳じゃ……？」

ああとジルは震《ふる》えるハディスに顔を向ける。

「言ってませんでしたっけ。十一歳になりました！」

「いつ⁉」

「えっと確か、陛下が捕《つか》まって護送されてた頃です」

今度は空気が凍《こお》った。ジルは首をかしげる。すると、目の前で突然《とつぜん》、ハディスが両膝《りょうひざ》を突《つ》いて床《ゆか》に崩《くず》れ落ちた。

「も、もう十日以上前の話じゃないか……お、お嫁《よめ》さんの……誕生日を……初めて一緒にすごす誕生日を、見すごした……⁉」

「そんな、大袈裟《おおげさ》ですよ。エリンツィア殿下が裏切ってそれどころではなかったですし」

「うぐっ……すまない、ハディス……！」

「あ、姉上、しっかり。気を確かになさってください」

『マジなのか、嬢《じょう》ちゃん』

神妙《しんみょう》な顔でラーヴェがハディスからジルの肩に移動する。まさかこんな反応をされるとは思わなかったジルは、困った顔で頷《うなず》いた。

「はい。実は十一歳になっちゃいました……」

『あー……やっちまったなあこりゃ……』

「パレードやめよう⁉　それでジルの誕生会にしよう⁉」

「馬鹿《ばか》か、そんなことできるわけがないだろう！」

「ひどい、皇帝やめてやる！　お嫁さんの誕生日を祝えない皇帝なんてやめてやる！」

本気で嘆《なげ》き始めたハディスに、言うタイミングを間違《まちが》えたことを悟《さと》る。あーあと、うしろからカミラたちもやってきた。

「ジルちゃん、これはだめよ」

「すみません……まさかここまで嘆かれるとは思ってなくて……」

「そばにもいなかったんだぞ、こんなのありか⁉　姉上が裏切ったばかりに！」

「そっそれを言われると……その……すまない……ハディス、ジル……」

落ちこむエリンツィアにジルは慌《あわ》てる。

「わ、わたしは平気ですよ。気になさらず。皆《みな》さん、事情が色々あったわけで」

「いいんだ、私は自業自得《じごうじとく》だ……こんな形でぐさぐさ刺《さ》されるとは思わなかったが……」

「おい陛下、泣くなわめくな。あとでみんなでお祝いしよう、な」

「パレードが終わったらだ、ハディス。僕達だって考える」

ジークとリステアードになだめられているハディスの前にジルはしゃがみこんだ。

「陛下、大丈夫《だいじょうぶ》ですから。パレード終わって、もう少し落ち着いたら、みんなでお祝いしてください」

「でも……」

「みんなでお祝いできることのほうがわたし、嬉しいです」

本心だった。ぱちぱちまばたくハディスの目の前で、両腕《りょううで》をいっぱい広げる。

「せっかくですから、これっくらい大きなケーキ、作ってください！　いちごたくさんで！」

「わ……わかった。うん。そうだな。こうなったらちゃんと準備しよう。ラーヴェ帝国《ていこく》の総力をあげたケーキと各地の美食を集結させた最大の祭典を……！」

「ほんとですか⁉」

目を輝《かがや》かせたジルの前で、ハディスが立ち上がり、両手で拳《こぶし》を握《にぎ》った。

「まかせてくれ、皇帝《こうてい》の力を今こそ正しく使ってみせる！」

「……まったくもって皇帝として正しくない気がするが、人手も何もかも足らないこの状況《じょうきょう》をなんとかするというなら、誕生会だろうがなんだろうが見逃《みのが》してやる」

「この状況だからこそ堅《かた》いことは言うな、リステアード。楽しいことは多いほうがいい。ジルにプレゼントを用意しないといけないな」

リステアードが嘆息《たんそく》し、エリンツィアが笑う。ラーヴェが肩の上で笑った。

『よかったな、嬢ちゃん』

「あ、陛下！　ひとつだけお願いがあるんですが」

「何？　なんでもきく、君の頼《たの》みなら！　ただでさえ誕生日を祝い損《そこ》ねた汚点《おてん》があるんだ、君を婚約《こんやく》者として公表するのも先になるし……！」

「ラーヴェ様、ちょっと貸してください」

ハディスとラーヴェがそっくりの表情で、ぱちぱちとまばたきを返した。


ベイルブルグの港は、ジルが初めて足を踏《ふ》みしめたラーヴェ帝国の土地だ。少なくとも、今世ではそういうことでいいと思う。

潮の匂《にお》いを懐《なつ》かしく思いながら、埠頭《ふとう》へと足をおろした。

「ありがとうございます、転移できて助かりました」

「まあ、そこそこ回復してるからな。で、いったいベイルブルグになんの用事だよ？　スフィア嬢ちゃんに話があるっていうことだったけど、みんな置いてきちゃってさー」

「すみません、あれ嘘です」

「嘘⁉」

ジルのそばにいるラーヴェが仰天《ぎょうてん》する。港には大きな客船が一隻《せき》、浮《う》いていた。船の帆《ほ》に描《えが》かれているのは、クレイトスの国章。それを見て、ラーヴェが顔をしかめる。

「まさかひとりで強襲《きょうしゅう》するんじゃないだろうな⁉」

「しません。でも、天剣《てんけん》になってもらえますか、ラーヴェ様。陛下の演説までには帰りたいんです」

ラーヴェは何か言いたげにしたが、するりと天剣に転身してくれた。その柄《つか》を持って、ジルはその女が振《ふ》り返るのを待つ。

次々荷が引き上げられ、出航の準備をする埠頭。なのに行き交《か》う人の姿も、声も、まるで影のように通り抜《ぬ》けていく。

まるで、振り返った車椅子《くるまいす》の少女がそこにいないかのように。

「クレイトスに一緒《いっしょ》に帰ってくださるの、ジルお義姉《ねえ》さま？」

ジルがくるのを待っていたように、少女が可愛く首をかしげる。

「いえ、見送りにきました」

「ひょっとしてロレンスを？　ロレンスなら今、お兄さまとお話ししてらっしゃるわ」

「あなたの見送りです、フェイリス王女」

名指しすると、今日も天使のように可憐《かれん》な少女は頰《ほお》を赤く染めた。

「まあ、わたくしを？　でも嬉《うれ》しいです。わたくしもジルお義姉さまとちゃんとお別れしたかったですから……ゲオルグ様の一件についてお悔《く》やみも言えないままでしたし」

そっとフェイリスがまぶたを伏《ふ》せ、自嘲《じちょう》気味な笑《え》みを浮かべる。

「ハディスさまと一度は袂を分かったゲオルグさまも、化け物の帝都襲来という危機にハディスさまとおふたりで立ち向かわれた。なのに志半ばで討ち死にされてしまったとか……せっかく和解されたのに、本当にお気の毒です」

最後にロレンスが置き土産《みやげ》に残していった歴史の台本を、そのままフェイリスは台詞《せりふ》のように読みあげる。

「その化け物がクレイトス由来の魔術《まじゅつ》による魔獣《まじゅう》だ——という噂《うわさ》には少し困っていますが、些《さ》細《い》なことですわね。雨降って地固まる、というのでしょうか。ラーヴェ帝国《ていこく》の結束は高まったでしょう。よいことです」

「でも、ゲオルグ様に偽物《にせもの》の天剣を持たせたのは、ジェラルド様ですよね。作ったのは女神《めがみ》かあなたか、以前から用意されていたものなのかはわかりませんが」

ジルの言葉にも、フェイリスは花のような微笑《びしょう》を崩さない。ジルも背筋を伸《の》ばしたまま、口調を乱さない。

「国同士の戦略について問いただすことはしません。ただわたしは、ゲオルグ様を化け物に変えたのは、あなたではないかと思い、確認《かくにん》にきました」

「根拠《こんきょ》は？」

ゲオルグの化け物への変化を知っていることを、フェイリスは隠《かく》そうともしない。

「わたしと陛下の魔力封《まりょくふう》じがとけていない。ということは、媒体《ばいたい》だったあの偽《にせ》天剣はまだどこかにあるはずです。それを誤魔《ごま》化《か》すために、ゲオルグ様と偽天剣が同化して化け物になったように見せかけたのではないですか」

「素敵《すてき》。正解です」

ぽんとフェイリスが両手を叩《たた》いた。あっけないものだった。

ゲオルグは敵だった。あそこまで大々的に敵対されては、化け物にならずとも処刑《しょけい》しか道はなかった。それでも最後、彼が叫《さけ》んだ言葉を思い出して、ジルは拳を握る。

「なんのために、こんな手の込んだ真似《まね》をした！　ゲオルグ様にも陛下にも味方をしたのはわかる、ラーヴェ帝国内の国力を削《そ》ぐためだ。いつものジェラルド様のやり方だ！　だがあなたは何をしにきたんだ。まさか本当に陛下と婚約しにきたわけじゃあるまい！」

「ご自分で既《すで》に正解をおっしゃっておられますよ。偽天剣を回収するためです。……あなたが女神の聖槍《せいそう》を折って、海の底に沈《しず》めてしまったから」

思いがけない言葉に、ジルは黙《だま》る。フェイリスは穏《おだ》やかに続けた。

「ただでさえ弱っているのです、あれは。同じ素材でできた媒介《ばいかい》がないと、捜索《そうさく》は不可能でした。なのに、すでにお兄さまがゲオルグさまの手にわたるよう仕組んだあとで……わたくしもこの体です。遠方のものを媒介もなしに呼びよせれば、どれだけ寝込《ねこ》むことになるか」

「……じゃあ、ゲオルグ様に近づくために？」

「ええ。ですがゲオルグさまに返せと言って返すはずがありません。あの方はクレイトス王国をずいぶん警戒《けいかい》してらっしゃいました。化け物になっても、帝都にいた女神《わたくし》を屠《ほふ》ろうとするほどに。だからわたくしが囚《とら》われて近づき、回収するのがいちばん早いと思ったのです」

だからハディスの味方をしようとした。そしてまんまと、ノイトラールから帝都に入り、機を見計らって偽天剣を呼び戻《もど》したのだ。

「お兄さまに頼《たよ》ってばかりいてはいけませんものね」

無邪気《むじゃき》に笑ったフェイリスが、車椅子から立ちあがった。

開いた小さな右手に黒い靄《もや》が立ちのぼる。気配を知っていた。見覚えがあった。

女神の聖槍だ。ジルが折ってやった、クレイトス王国の神器。夜空を模したような、漆黒《しっこく》の美しい槍。

自分の身長の二倍はある黒い槍を小さな手で持ち、フェイリスが優雅《ゆうが》な微笑を浮かべる。

「これで答え合わせはよろしいでしょうか？」

「――よく、わかった」

天剣を握り、ジルは冷や汗《あせ》を隠して笑う。フェイリスが女神の聖槍を手にして、初めてわかった。

（フェイリスさまの魔力《まりょく》。本物だ。陛下並みの魔力……女神の器《うつわ》！）

だが竜妃《りゅうひ》が、女神の器だというこの少女の存在に、圧倒《あっとう》されるわけにはいかない。

「敵だ、ということがな」

「ふふ。せっかく竜妃になれたのです。今度は処刑されないようお気をつけくださいな」

そのひとことだけで、この少女がかつての記憶《きおく》を持っていることが知れた。

女神と同じだ。女神に喰《く》われるのかどうかはともかく、少なくともこの少女は今、自分の意思で、女神と共にあるのだろう。ハディスがラーヴェと共にあるように、だ。

「お前の目的はなんだ、陛下か」

「ええ。あの竜帝《りゅうてい》を、わたくしのものにすることです。――お兄さまのために」

両眼を開いたジルの目の前で、フェイリスは完璧《かんぺき》な淑女《しゅくじょ》の礼をする。

「お礼を、ジルお義姉さま。今回のラーヴェ帝国《ていこく》訪問はとても有意義なものでした」

「待て、ジェラルド様のためというのはどういう意味なんだ」

「お兄さまを気にしてくださるのですか、まだ？」

からかうような問いかけに、口を閉《と》ざした。

「助けてくださる？　前は助けられなかったのに？　教えてさしあげてもよろしいわ。きっとお兄さまは嫌《いや》がるでしょうけれど、わたくしはお兄さまのためならなんだってするもの。でもあなたにその覚悟《かくご》はあるのでしょうか？　どこまでも盤上《ばんじょう》の駒《こま》にすぎない、あなたが」

「盤上の駒だと。わたしが竜妃になったのは、わたしの意思だ！」

「ふふ、そうですか。でもそれは愛かしら」

「そうだ。陛下はわたしを必要としてくれている。わたしもそれに応《こた》えると決めた！」

愛の女神の生まれ変わりが、喉《のど》を鳴らして笑った。

「お兄さまだってあなたを必要として、愛していたのに？」

衝撃《しょうげき》のあまり呆《ほう》けたジルに、フェイリスは予言のように告げる。

「きっとあなたは、竜帝も捨てるのでしょう。お兄さまを捨てたように、ご自分の意思で」

――あなたがわたしを捨てたんじゃない。わたしがお前を捨てるんだ。

そうジェラルドに言い放って、ジルは城壁《じょうへき》から飛び降りた。

(ジェラルド様に必要とされてた？　わたしが、陛下を捨てる？)

びりっと天剣から震《ふる》えがきた。愛に惑《まど》わされるなというように。

そうだ、約束したのだ。しあわせにすると。――だから、理《ことわり》を忘れるな。

「……謝罪する。確かに、馬鹿《ばか》なことを聞いた。捨てた男の事情なんて」

自分のやることはもう、変わらない。

「だから、ただ受けて立とう」

海風に吹《ふ》かれながら氷の微笑で佇《たたず》む王女に、ジルは拳《こぶし》を握《にぎ》る。

「陛下は渡《わた》さない！　せいぜい策を練ってこい、また折ってやる――その槍も、お前のすまし顔も、はた迷惑《めいわく》な愛もだ！」

くっと唇《くちびる》の端《はし》をフェイリスが持ち上げる。初めて本物の笑みを見た気がした。すべてを睥睨《へいげい》する、慈悲《じひ》深《ぶか》い女神の笑み。

「愛を騙《かた》る無礼者。出直せ」

重さを感じさせない手つきで舞《まい》のように聖槍を横に振るう。途端《とたん》、ものすごい魔力の風圧が正面から飛んできた。ラーヴェの舌打ちが聞こえる。

『だめだ、帝都に戻るぞ、嬢《じょう》ちゃん！』

反対しないかわりにジルは目を凝《こ》らす。

車椅子《くるまいす》に座ったフェイリスの背後から、ジェラルドがやってくる。ふたりが立ち去ろうとする。何度も見た光景。割りこめないと思った、あの――でも。

追いかけたいとはもう思わない。それで正しいのだ。

「なんっー無茶するんだよ、っとに！」

「すみません……あのでも転移する場所がここってひどくないですか!?」

「ひどくねぇよ、反省しろ！」

天剣《てんけん》から戻ったラーヴェに正面から怒鳴《どな》られ、円錐《えんすい》の形をした屋根にしがみついたままジルは首をすくめる。眼下には、広大な天空都市ラーエルムの街並みと、皇帝《こうてい》が広場に姿を見せるためのバルコニーがある。

つまり帝城《ていじょう》の尖塔《せんとう》に転移させられたのだ。

「でもこの状態、落ちたら死にますよ、今のわたしは！」

「反省」

「はい」

鼻先でラーヴェがぱたぱた翼《つばさ》を動かしたまま、嘆息《たんそく》した。

「ま、いいけど。今のが俺からの誕生日プレゼントってことで」

「……だったらせめて普通《ふつう》の場所に戻してほし……いえ、なんでもないです」

「むしろ罰《ばつ》にしちゃ甘いくらいだ。ハディスの演説を聞く特等席なんだから」

言われてジルは斜《なな》め下のバルコニーにいるハディスの背中を見つめる。何やら小難しいことをハディスはすらすらと口にしていた。

それに苦笑《くしょう》してしまう。

「リステアード殿下《でんか》が考えた文面なんですかね。陛下らしくない」

「あとでからかってやるか。……そのためにも、嬢ちゃんがいるんだよ」

ジルの肩《かた》にのったラーヴェが真剣《しんけん》な顔でもう一度言った。

「あの場に俺を連れてったから、これ以上は言わねぇけど、二度とするなよ。──未来を知ってるって聞いたときからわかってたが、女神《めがみ》と因縁《いんねん》があるみたいだな、嬢ちゃん」

「……みたいです。わたしも事情がわかってないですが……あ、でも陛下やみんなには」

「わかってる、黙っててやるよ。聞きたいことはたくさんあるが、嬢ちゃんがわかってなさそうだし、ハディスもああ見えて、隠し事は得意だ。俺もな。だから、その辺はお互《たが》い様ってやつだよ。でも、この光景を作ったのは嬢ちゃんだって自覚しろ」

もう一度、ジルは眼下を見おろした。

広場に集まった民《たみ》に向けて演説するハディスは、なんとも堂々としている。そばを固めているリステアードも、エリンツィアも誇《ほこ》らしげだ。

「ありがとうな。あいつを選んでくれて」

「ラーヴェ様……」

「あいつはきっと、立派な皇帝に──竜帝になるよ」

胸に手を当てて、ジルも頷《うなず》こうとしたそのときだった。

『ところで最後にひとつだけ僕からお知らせがあります！』

拡散器から唐突《とうとつ》に放たれた声の調子が突然《とつぜん》、変わった。

ぱちりとまばたいたジルとラーヴェは、バルコニーのハディスを見る。

『僕はこの間十一歳になった女の子と結婚《けっこん》しました！』

広場がざわめくのも忘れて呆けた。あの馬鹿、とラーヴェが渋面《じゅうめん》になる。

『すごくすごく可愛《かわい》くてかっこいいお嫁《よめ》さんです！　子どもの予定は十人です！　ラーヴェ皇族はどんどん増えるので、色々心配しなくて大丈夫《だいじょうぶ》です！』

『この馬鹿、それはあとにしろと、しかもものすごく誤解される言い方を……！』

『末永くしあわせになりますので、よろしくお願いします！』

青ざめたリステアードが泡《あわ》を吹き、エリンツィアが乾《かわ》いた笑いを浮《う》かべる。

ジルは屋根を蹴《け》った。迷わなかった。

だってきっとハディスは抱《だ》き留めてくれる。振《ふ》り向いてくれる。置いていったりしない。

ジルを世界でいちばん、しあわせな女の子にしてくれる。

「陛下！」

「ジル⁉」

だからもうこの手を放さないのだ。

やけくそのように合図が鳴り、ラッパの音と一緒《いっしょ》に白い鳩《はと》が、紙吹雪《かみふぶき》が舞《ま》い上がる。どこからともなくあがった拍手《はくしゅ》と歓声《かんせい》の中で、竜帝夫婦《ふうふ》は抱き合った。

これから先の二度とない未来を、失わないように。

間章 ⚜ 竜妃陥落第一作戦室

　ジルとジークが竜騎士《りゅうきし》団に働きに出るようになった。その間、ハディスはカミラに護衛兼《けん》手伝いをしてもらいながらせっせと家事をこなす。食事の用意に掃除《そうじ》に洗濯《せんたく》、畑の世話や食料の調達、ジルとジークが持っていくお弁当の仕込み、やることは多い。

　けれど、仕事がない限りは朝夕はみんなそろって食事をする。そんな決まりにも慣れてきたある日のことだった。

「ちょっと相談があるんだけど、いいかな」

　夕飯の片づけを終わらせたハディスは、竜妃《りゅうひ》の騎士《きし》たちに呼びかけた。粗末《そまつ》だがそれなりに大きさのある長方形の食卓《しょくたく》で雑談していたカミラとジークが、同時にこちらを向く。

「皇帝が俺らみたいな下っ端《ぱ》に相談ってな。まあいいが、こんな状況《じょうきょう》だし」

「なぁにぃ、隊長には聞かれたくない話？」

　ジルが風呂《ふろ》に入るため姿を消した直後だ。察しのいいカミラにハディスは神妙《しんみょう》に頷き返し、自分も食卓につく。

「竜騎士団から給料が出たってジルがプレゼントをくれたんだけど……君たちももらった？」

　ああ、とカミラがまず自分の懐《ふところ》をまさぐった。

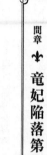

「もらったわよー給料代わりにって。アタシはハンカチ」

「俺はタオルだな。両方、同じ店のやつだ」

「えっそうなのか。まさか僕だけ仲間外れ……」

「なんでそうなる。陛下だけわざわざ別の店で買ったんだよ、隊長は。言わせんな」

「そもそもなんで知ってるのよ、あんた」

「相談するかもって言われたから、店までついてったんだよ」

しんと一瞬《いっしゅん》だけ沈黙《ちんもく》が落ちた。ジークが気まずそうに口を開く。

「……なんでにらまれるんだよそこで。俺は護衛の仕事しただけだ」

「えージルちゃんとデートとかずるーい。ねー陛下。一緒に買い物とかずるいわよねー」

カミラに同意を求められて、ハディスも真似《まね》るように首をかしげて返す。

「ねー」

「男ふたりでねーとか言うな。話を進めろ、話を。陛下がもらったプレゼントの話なんじゃないのか？」

「あ、僕はこれなんだけど……」

いそいそと自分の前髪《まえがみ》を留めていたピンをはずし、大切に手のひらにのせて差し出した。

「料理や家事で髪をとめられるようにって、ヘアピンをくれたんだ、ジル」

「いいじゃなーい。まさか陛下だけ布製じゃないのが不満なの？」

「不満なんかないよ。すごく嬉《うれ》しかった。便利だし、僕のこと考えてくれたんだなってわかるし、まだお給料少なくてこれくらいしかって渡《わた》してくれたジルがもう可愛くて可愛くて……鏡で何度も見たりして！」

「ならいいじゃないか。解散だ、解散」

「でも……なんで花の飾《かざ》りがついてるんだろう」

ピンクと黄色の小花の装飾《そうしょく》があしらわれた可愛らしいヘアピンに、カミラとジークはなぜか目を向けない。ハディスは確認《かくにん》してみる。

「女の子用だよね、これ」

「……そ、それしかなかったとかだろ、うん」

「や、やあねぇ陛下。今は男も女もない時代よ。最先端《さいせんたん》よ！」

「ジルに、可愛いから似合うと思ってって言われたんだけど、どういうこと？」

はっきりジークとカミラが目をそらした。ハディスは確信する。

「やっぱりおかしいよね!? 僕、ひょっとしてジルに男として見られてない、とか……!?」

「あー……ついに気づいちまったか……」

「気にしちゃだめよ陛下、ね」

「気にするよ！　僕はジルと結婚してるんだよ!?」

「ああ、隊長のお嫁さんな」

「妹分じゃないだけましじゃない？」

「いつの間に弟扱《あつか》いですらなくなったんだ!?　なんでそんな……うう……何か対応間違《まちが》えたか

な、僕……」

しょぼんと肩を落として、ハディスはヘアピンを見つめる。

「別に可愛いのは嫌《きら》いじゃないし、ジルがくれるならなんでも嬉しい。褒《ほ》めてくれるのも嬉しい。陛下は可愛いですねって頭なでなでされるのも好きだ。膝枕《ひざまくら》もしてくれるし、ぎゅうってしてくれるし、最近は甘えたらしょうがないですねってほっぺにキスもしてくれる」

「おいおいおいおいおい、ふざけんなよ陛下」

「どさくさに紛《まぎ》れてちゃっかりしすぎでしょ、陛下」

幸せな光景を思い出してふわふわしてきたハディスの耳に、臣下の声は届かない。

「ちょっと恥《は》ずかしそうなのがまた可愛いんだ。でも失敗したかなあ。ジルは正攻法《せいこうほう》で攻《せ》めるだけじゃ逃《に》げる気がしたから、甘える方向で油断させて慣れさせた上で本人も気づかない間に閉じこめたほうが確実だと思ってたんだけど」

「おいおいおいおい待てって、ほんとふざけんな陛下」

「ジルちゃんに報告できない案件増やさないで、陛下」

「え、でも……逃げられたくなかったら、そもそも閉じこめてることに気づかれないようにするって攻略《こうりゃく》の基本じゃないの？　逃げるって発想を持たせたほうが負けだよ」

「竜騎士団に通報するぞ本気で」

「竜騎士様ーこのひとでーす」

「何が駄目《だめ》だったのかな」

頬杖《ほおづえ》を突《つ》いて、可愛いヘアピンを眺《なが》める。プレゼントに不満はない。あるのは不安だ。

「……男として意識してほしいなあ……」

顔を見合わせたカミラとジークが、何か同情したのか姿勢を正した。

「腕《うで》っ節《ぷし》の強さを見せるとかどうだ？　鍛《きた》えてるんだろう、陛下」

「ジルは僕が鍛えると張り合うし、絶対になんか違《ちが》う方向にいく。自信がある」

「ジルちゃんだしね……かっこよくエスコートするにも今は陛下、お尋《たず》ね者だしねぇ……」

はあ、とハディスは溜《た》め息を吐《つ》いて、上半身をテーブルの上に投げ出した。

「帝都《ていと》奪還《だっかん》するしかないかあ」

「そんな理由で奪還ありなのか。国難じゃないのか、今の事態は」

「でもエプロンより正装したほうがかっこいいのは確かよ、陛下」

「やってみてもいいけど、手加減できるかな」

「あら。ジルちゃんは意外と鈍《にぶ》いから、意識されたいなら盛りすぎくらいが――」

体を起こし、わざと挑発《ちょうはつ》的に口端《くちはじ》をあげて眇《すが》め見ると、カミラは途中《とちゅう》で黙《だま》った。盛りすぎて警戒《けいかい》されても困るのだ。なまじ見目がいいから加減もききにくい自覚がある。

ハディスとカミラの無言の攻防《こうぼう》に気づかず、真面目《まじめ》に考えていたジークがぽんと膝《ひざ》を打つ。

「あーじゃああれだ。いっそ脱《ぬ》ぐ」

とんでもないことを言い出した。思わず真顔になってしまう。

「は？　なんでそうなったの？」

「筋肉美ってやつだよ。上だけなら許してやってもいい、チラ見なら」

「この筋肉馬鹿《ばか》。十歳の女の子には刺激《しげき》が……待ってジルちゃんなら喜ぶかも……」

じっとふたりから見られて、ハディスは頬《ほお》を染める。

「ジ、ジルはまだ小さいし、そういうのはもっと先の話だよ……！　僕、最初のキスはちょっと失敗したなって反省してるんだ。あのときはまだジルを思いやる余裕《よゆう》がなかったから……次は失敗しないように頃合《ころあ》いを見計らってるんだ！」

「無邪気《むじゃき》に何を想定して虎視《こし》眈々《たんたん》と狙《ねら》ってるんだ、ふざけるな」

「さすがのアタシも許さないわよ、純情ぶってこれだから陛下は。そうじゃなく、手っ取り早く男として意識される方法で健康的にチラ見せしろってことでしょー？」

そう、と乱雑にジークが頷《うなず》く。

「そしたら隊長も陛下を警戒するかもしれん。全身全霊《ぜんれい》、全力で」

「あらやだジークのくせに賢《かしこ》いじゃない。アリね、それ。全力で陛下を特別警戒」

「えっちょっと待って。それだとせっかく縮んだジルとの距離《きょり》が遠のくんじゃ」

「離《はな》れるんだよ、密禁止だ」

「夫婦《ふうふ》でも社会的かつ物理的距離は必要よ！　ついでに心理的距離もとりましょ！」

「それはもはや他人って言わないかな!?　あ、ちょっ本気で!?」

両側から迫《せま》ってくるふたりの目には、「ジルに警戒されて避《さ》けられてしまえ」という魂胆《こんたん》が見え隠《かく》れしている。身を引くが、ふたりとも武人だ。しかもハディスは今、魔力《まりょく》がない。

（いやでもありなのかな、どうかな）

などという好奇心《こうきしん》も勝ってエプロンを剝《む》かれシャツが半分脱げかけたそのとき。

「お風呂、あきま――」

廊下《ろうか》の奥から出てきた小さな女の子の姿に、全員で固まった。

ハディスが顔をあげたがもう遅《おそ》い。ジルの目がまん丸になったあとで、光が消える。

「な、何してるんだお前ら……!?　陛下が旦那《だんな》の留守中に間男に襲《おそ》われた人妻みたいになってるじゃないか！」

「評価がおかしい！　違うのジルちゃん、これは色々事情があって！」

「そ、そう、ちょっと陛下の相談に、男同士にしかできない相談にのっただけだ！」

慌《あわ》てて言い訳するふたりとジルを見て、ふむとハディスは考え直す。そっとまぶたをおろして、ジルにすがりついた。

「ジル……怖《こわ》かった……！」

「陛下……！　もう大丈夫《だいじょうぶ》ですからね」

「てめぇ陛下！」

「人でなし陛下!!」

「陛下、お部屋に行きましょう。……お前ら、あとで話を聞くからな」

魔力がなくても有無《うむ》を言わせぬ彼女の迫力《はくりょく》は健在だ。

ひとにらみで部下を黙らせ、ジルが手を取り部屋へと連れていってくれる。

「陛下も悪ノリしてわたしの部下で遊ばないでくださいね」

部屋に入るなり、ジルに注意された。ハディスは、苦笑いを浮《う》かべる。

「なんだ、ばれてたんだ。本気で怒《おこ》ってくれたのかと思ったのに」

「あのまま放《ほう》っておいたら悪ふざけが加速するでしょう。だからです」

素っ気ない口調だ。だがそれ以上に、ハディスはジルがこちらを見ないことに気づいてまばたく。じいっと観察すると、斜《なな》め上から見える彼女の耳は真っ赤だ。

「わたし、あのふたりにお説教してきますから。陛下はちゃんと服を直してください」

自分のあられもない格好を見おろし、ハディスはジルを抱《だ》きあげた。

「ちょっ陛下」

「ボタンをとめてほしいな、ジル」

下から甘えるように、でもちゃんと大人の余裕で笑ってみせる。

「ご、ご自分でできるでしょう!? 子どもじゃあるまいし……!」

「できない。いいじゃないか、ボタンをとめるくらい」

小さな手を首元に引きよせるのは果たしてやりすぎか否《いな》か。加減はいつだって難しい。

「して、ジル」

ああ、ささやく声に少し色をのせすぎたかもしれない。と思った瞬間《しゅんかん》、ジルがものすごい速さと力でハディスの腕から抜《ぬ》け出した。今の魔力の全力だろう。

「陛下のばか!! えっち!!」

真っ赤になったジルが、部屋の向こうに消える。

部下が「どうした」とか「何されたのジルちゃん⁉」とか叫《さけ》んでいるのが聞こえたが、ハディスは噴《ふ》き出さないよう堪《こら》えるので必死だ。

『やりすぎ禁止だぞ』

ずっと内側から黙って見ているだけだった竜神《りゅうじん》の声が呆《あき》れている。わかってるよと胸の内で返すと、反論はこなかった。育て親の竜神はなんだかんだハディスをよくわかっている。

（ああ、でもジルが猫《ねこ》みたいに毛を逆立てるな。大変だ）

もう陛下とは一緒《いっしょ》に寝《ね》ません、なんて言われたら泣いてしまう。だから今は自分でボタンを留めて襟《えり》を正すことにしよう。

僕は危険な男ではありません。可哀想《かわいそう》で手のかかる可愛《かわい》くて弱い男です。甘やかして、優《やさ》しくして、守ってください。

君が大きくなって僕のすべてを暴《あば》くその日まで、お行儀《ぎょうぎ》よく欺《あざむ》き続けるから。

あとがき

初めまして、またはお久し振《ぶ》りです。永瀬《ながせ》さらさと申します。

この度《たび》は拙作《せっさく》を手に取ってくださり有り難《がと》うございます。男前な軍人幼女とどこまでも家事にいそしむエプロン竜帝《りゅうてい》の続編、皆様《みなさま》の応援《おうえん》のおかげで書籍《しょせき》化できることになりました。WEB版より色々加筆修正もしております。楽しんで頂けたら幸いです。

そして現在、月刊コンプエース様にて『やり直し令嬢《れいじょう》は竜帝陛下を攻略中《こうりゃく》』のコミカライズが連載《れんさい》開始しております！

なんと『悪役令嬢なのでラスボスを飼ってみました』をコミカライズしてくださった柚《ゆず》アンコ先生に作画を手がけていただいております。元気に動き回るジル達をぜひコミカライズでも見て頂きたいです。コミックス1巻も近日発売予定ですので、公式サイトなどチェックしてみてくださいませ！

前作に引き続き素敵《すてき》なコミカライズをしてくださっている柚先生には、本当に頭があがりません。有り難うございます、ジル達も宜《よろ》しくお願いいたします。

それでは謝辞を。

藤未都也《ふじみつや》先生。お忙《いそが》しい中、美しいイラストを本当に有り難うございました！　ハディスもジルもイケメンで心のときめきが止まりません。

担当様。諸々《もろもろ》お世話になっております、これからも宜しくお願いいたします。

他にも校正様、編集部の皆様、デザイナーさんや営業さん、印刷所の皆様、この本を作るにあたり携《たずさ》わってくださった全ての方々にも、厚く御礼《おんれい》申し上げます。

WEB連載中やツイッターなどでコメントくださった皆様には、いつも励《はげ》まして頂いております。有り難うございます。

最後に、この本を手に取ってくださった皆様。ここまでおつきあいくださり、有り難うございます。皆様のおかげで、ジル達の物語を書くことができております。これからも応援、宜しくお願いいたします。

それでは、またお会いできることを祈《いの》って。

永瀬さらさ

「やり直し令嬢は竜帝陛下を攻略中２」の感想をお寄せください。
おたよりのあて先
〒102-8177　東京都千代田区富士見2-13-3
株式会社KADOKAWA　角川ビーンズ文庫編集部気付
「永瀬さらさ」先生・「藤未都也」先生
また、編集部へのご意見ご希望は、同じ住所で「ビーンズ文庫編集部」
までお寄せください。

やり直《なお》し令嬢《れいじょう》は竜帝陛下《りゆうていへいか》を攻略中《こうりやくちゆう》２

永瀬《ながせ》さらさ

角川ビーンズ文庫　22363

令和２年10月１日　初版発行
令和６年11月25日　７版発行

発行者――山下直久
発　行――株式会社KADOKAWA
〒102-8177　東京都千代田区富士見2-13-3
電話 0570-002-301（ナビダイヤル）
印刷所――株式会社KADOKAWA
製本所――株式会社KADOKAWA
装幀者――micro fish

ISBN978-4-04-109848-6 C0193　定価はカバーに表示してあります。　◆◇◇